DECIMA

DEUR DIESELFDE SKRYWER

Witblitz
Foxtrot van die vleiseters
Ek stamel, ek sterwe
My simpatie, Cerise
Twaalf
Begeerte
Horrelpoot
Santa Gamka
Brouhaha
Wolf, wolf
Groen soos die hemel daarbo

IN ENGELS:

My Beautiful Death
Trencherman
Wolf, Wolf
Green as the Sky Is Blue

DECIMA

Eben Venter

Uitgegee in 2023 deur Penguin,
'n druknaam van Penguin Random House Suid-Afrika (Edms.) Bpk.
Maatskappyregistrasienr. 1953/000441/07
The Estuaries Nr. 4, Oxbow-singel, Century-rylaan, Century City,
Kaapstad, 7441
Posbus 1144, Kaapstad, 8000
www.penguinrandomhouse.co.za

© Eben Venter 2023

Alle regte voorbehou.
Geen deel van hierdie boek mag sonder skriftelike verlof van die uitgewer
gereproduseer of langs enige meganiese of elektroniese weg weergegee word
nie, hetsy deur fotokopiëring, plaat-, band- of CD-opname, of enige ander
stelsel van inligtingbewaring of -verkryging.

Eerste uitgawe, eerste druk 2023
9 8 7 6 5 4 3 2 1

ISBN 978-1-4152-1001-7 (Druk)
ISBN 978-1-4152-1126-7 (ePub)

Omslagontwerp deur mrdesign, met 'n detail van
Albrecht Dürer se renoster, 1515
Outeursfoto deur Stephen Fourie
Teksontwerp deur Fahiema Hallam
Geset in Sabon LT Std 11.5 on 16

Gedruk en gebind deur Novus Print, Suid-Afrika

Opgedra aan my moeder
Maureen Venter, née Van den Heever
Januarie 1926 – Maart 2019

As 'n mens nie van diere hou nie,
is daar fout met hom. – MAUREEN VENTER

*

En sy gee hom die klein spieëltjie wat sy vanmelewe
uit swart harnosterhoring gevryf het,
en ook die groot kopernekring van Heitsi-eibib ...
En voor hom lê die harnosterspieël van Nasi-Tgam,
sodat hy alles agter kan sien;
en hy is blink gevrywe met stertvet.
– uit 'n Koranna-dwaalstorie soos oorvertel deur EUGÈNE MARAIS

Vandag moet ek die sangoma gaan spreek. Die lug is yl met vlokke bleikgoud – vroeglente in die Oos-Kaap. 'n Polohemp met helder, dik strepe en swart jeans voel reg. Gedurende die skraal oggenduur hierdie brokke in my droom: 'n "teken hier"-vorm wat aanhoudend vervaag, 'n hand winterwit en leweloos, en die kleur blou. Niks hiervan beteken iets totdat ek by die sangoma gaan sit nie.

My vraag aan die sangoma is eenvoudig: Kan 'n mens die Groot Visrivier-park binnegaan, renosterhoring oes en weer veilig uitkom? Nie dat ek ooit so iets sal of wil aandurf nie, maar ek moet weet hoe om die storie te vertel. Voor die skeerspieëltjie, 'n spikkel op my hemp, miskien 'n vlieg s'n. Met ingeseepte waslap probeer ek dit afvee.

Ook my plan is eenvoudig. Ek ry van hier af, van my ma se aftreeoord tot by die BP-garage op Stamfordweg, digby die N2. Daar sal 'n man by name Thulani Lani Klaas op my wag. Ons sal dan óf in my kar, eintlik my ma s'n, maar sy bestuur nie meer nie, óf in sy kar verder ry. Ek hoop maar dis syne. Van daar af vat Thulani my na die sangoma se huis in Motherwell, een van die grootste en oudste townships in Suid-Afrika. Ek was nog nooit in Motherwell nie en ek ken Thulani glad nie, maar hy ken die sangoma. Thulani Klaas is my kontakpersoon. Die ekskursie is netjies beplan; daar's geen rede om angstig te raak nie.

My ma wag op my by die eetkamertafel. Sy het gedek met 'n outydse, gehekelde tafeldoek en 'n Noritake-bord. Daar is twee goudbruin beskuite op die bord, en bitterige Nescafé in een van haar blommetjieskoppies – in dié deel van die storie is ek in Paradys-aftreeoord. Nou glip my ma se hand om die bekertjie warm melk en vou myne toe vir die ontbytgebed. Dan sê sy: Jy kan my kar vat. Ek bedank haar, ook vir die gebed wat ek beskou as 'n seëning omdat ek nie meer bevoeg is om vir myself te bid nie.

Ek maak als bymekaar vir die konsultasie, my Leica-kamera, gelaaide iPhone, notaboek, potlood en water, toe my ma my vasgryp met haar benerige, skone hand: My kind, sê sy, ek wil nie hê jy moet doodgaan voor my nie, dis al wat ek vra.

Nou is ek op die stuk pad waar die kranse begroei is met 'n boskasie van Oos-Kaapse flora, 'n wildheid wat my heeltemal aflei van altyd-tog-so-besig-wees met al my dinge – diepgroene, byna dreigend, die laaste van die aalwynkerse, wolkblou, tuimelende plumbago en oral turskvye, tolofiya vir die plaasmense. En dan die boommanne met plomp vingers hemelwaarts, uit die euphorbia-familie, of sommer net noors, en 'n titsel skreeuoranje van tecomaria capensis.

My ma se woorde keer vir 'n oomblik terug – ek jaag teen 130 km/h. Natuurlik is sy bang. Sy weet skaars waar Motherwell is en ek gaan trouens in die minderheid wees, miskien die enigste wit mens op 'n Saterdagoggend in die ganse township. En wat die sangoma betref: Sy is 'n dinges, 'n toordokter, 'n mens wat bonatuurlike dinge met haar seun kan en wil aanvang.

Ek trek af by Stamfordweg-BP en kry parkeerplek. Hierdie diensstasies werk soos 'n dorpsplein: In die koue son vleg 'n meisie se ma-tannie haar hare langs Cars & Suds waar twee ander vroue in pienk overalls en twee seuns, beide met Guinness-musse, 'n kar handwas; taxi's en busse trek in, maak vol, bande word geskop-toets, dan opgepomp.

Ek klim uit en sorg dat ek gesien kan word. Thulani moet my raaksien, ek weet nie hoe hy lyk nie. Dis so 'n plek dié – by die kafee is pap en boerewors met chakalaka vandag se special.

Tyd stap aan. Thulani is nêrens te siene nie.

Daar hoor ek nou my naam. Thulani spreek dit reg uit. Oukei, ons gaan in sy kar, een van daardie nuwe, luukse Mercedes-Benz-modelle.

Hy praat van Motherwell, sink die *e*, tong teen die ondertande. Hier het hy geloop, hier't hy gespeel, hy gaan my alles wys. Thulani. Cool laphoed met 'n Burberry-ontwerp. Toe hy handskud, stoot hy sy donkerbril op die rand van sy hoed.

Nou is ons op die R335, dis ook die pad wat na die Groot Visrivier-park lei. Op regterhand helderwit en blou hout-en-sinkhuise, links lê die eintlike Motherwell.

Ek sê jou nou, want ek weet wat soek jy, hier begin die NU 29's, en dis waar jy die manne kry wat bedags uitgaan en gaan jag. Bushmeat. Wildsvleis. Dis hulle s'n, hy maak seker ek hoor dit.

NU?

Neighbourhood Units. Die hele Motherwell is verdeel in hierdie units. Hy skuif reg in sy ligbruin broek tot hy tevrede is met sy sit op die te harde sitplek.

Sommige sinkhuise in NU 29 is nuut, ek kan sommer sien. Rowwe, aanmekaargetimmerde bousels van optelsinkplaat en houtpalette. Dis waar my stroper vandaan gaan kom, van daardie jaart met sy beteuterde lemoenboom. Die tweede stroper is 'n jong Afrikaanse man, die ene planne, maar benoud oor watter kant toe.

Jy luister nie wat ek sê nie, sê Thulani. Ons swaai regs af na Motherwell en nou's hy 'n topklas-gids. Oukei, hier kry jy die hostel vir enkelmans; jy kan sê dis die oudste gebou in Motherwell, ook een van die eerstes met die rooi bakstene. Maar dan wyk hy af van sy uitleg oor Motherwell: Jy sien, sê Thulani, ek is Fort Hare-Universiteit toe vir Engels en Geskiedenis. En sommer net daar begin die 1976-opstand oor julle taal. Jy kan maar sê ek is vrywillig gedwing om lid te word van COSAS. Toe ek weer sien, gryp hulle my, net hier anderkant, ek gaan jou nou daardie presiese straathoek wys, die SAP's met hulle harige arms wat uitsteek by die bakkie se vensters, ons het altyd geweet dis die Boere daardie. Hulle spread-eagle my en ek bid kliphard, maar nee, hulle kry vyf bladsye, fotokopieë uit Steve Biko se boek. Ken jy hom? *I write what I like.*

Ek ken sy werk. Die boek was toe verban, sê ek. Ek het 'n kopie in Amsterdam gekoop en dit laat toewerk in die voering van my jas voor ek teruggevlieg het na Suid-Afrika, 'n woljas wat my pa nog vir my geleen het vir die koue daar oorkant.

Jy het daardie boek ingebring?

Ek het.

Daar is seker wit mense soos jy ook.

Ek hou van die stuk waar Biko met die regter praat oor velkleur. En dan vra die regter: Maar is jy nie meer bruin as swart nie? En dan antwoord Biko hom: En julle, is julle nie meer pienk as wit nie?

Thulani glimlag. Niemand wil mos pienk wees nie, behalwe as jy 'n vark is.

Maar jy kry darem wit en swart varke ook, en swart-en-wittes. Hier bars ons albei uit van die lag.

Hulle is maar net varke, almal van dieselfde varkvlees, sê ek.

Die manier waarop Thulani na my kyk, daardie blik wat sy oë plattrek en kreukel, laat my vir die eerste keer sedert ons in sy kar geklim het tot die besef kom van 'n gedeelde menslikheid.

Nou ja, nou kan jy ook sê jy ken daardie boek. Dis die regte boek vir wit mense. Nou nog. Toe grawe hy 'n blikkie Zambuk uit, die lastigste blikkie op aarde om oop te maak. Met sy pinkie smeer hy 'n draaisel eukaliptussalf aan sy lippe.

Hy sê: Swart mense sal net idees kry as hulle daardie boek lees, so het die wit regering gedink. En hulle was reg. Fotokopieë van die bladsye uit daardie boek is versprei onder COSAS-lede, ons het gedink dis veiliger so as om met die hele boek rond te loop. Dit was kosbaar om te lees. Hulle gooi my 24 uur in die tronk, dis hel daardie, ek sê jou nou, dis nie vir 'n mens nie. Maar hier is ek nou.

Hy kyk wat ek besig is om af te neem: Ek sien daar is baie blou hemel in jou prente.

Nee, moenie worry nie, ek dek alles.

Hy lag. Hy ken hierdie Motherwell van hom. Hier is die Masakh'iSizwe Resource Centre, met 'n fisioterapeut, regsdienste en al daardie klas goed. Die mure is pienk met swart sierletters. Nog 'n foto.

Ek reken Thulani hou van my. Hy is natuurlik voortreflik as gids en maak seker hy wys wat juis ék wil sien. Op my beurt neem ek alles in soos hy wil hê ek moet; altans, so dink ek.

Byna daar. Die kar ry stadiger, draai links en weer links. Gebruik glad nie sy GPS nie. NU 6B, sê hy. Hier is die huise 'n skaflike gesinsgrootte met teëldakke en jaartse ommuur op menshoogte, meestal in appelkoos, met sulke gedraaide borssuiker-pilare, een aan elke kant van die garage, 'n boustyl waarmee ek vertroud is. Ek merk ook die regop paal in sommige jaartse wat net bokant die muur uitsteek. Bo-op die paal is daar bokhorings gemonteer, en tussen die horings groei stekelrige lugplante.

Op daardie oomblik trek ek diep asem in, onwillekeurig, in afwagting van die konsultasie met die sangoma, en hoop dat sy my gaan verdra en verstaan, en dat ek sal weet wat en hoe om te vra ten einde die inligting te bekom waarna ek soek, selfs al weet ek nie presies wat dit is nie. Wat ek wel weet, is dat die ekskursie weke vooruit beplan is, tot en met die kontantbetaling vir die konsultasie en die brandstof vir Thulani Klaas se kar.

Ek druk die vensterknoppie om te spoeg, maar is bang dit slaat teen Thulani se nuwe kar vas en sluk maar in – wat ook al, dis niks ernstigs nie.

Weet jy, sê Thulani, dis nie korrek om die woord sangoma te gebruik vir hierdie vrou nie. In isiXhosa verkies ons die woord *igqirha* – sy het die goddelike gawe ontvang, maar sy het haar ook halfpad tot die Christendom bekeer. Jy kan maar sê sy wou nie net tradisionele igqirha wees nie, nie die soort mense wat in Xhosaland gebly het lank voor die Christelike kerk nie; aan die ander kant wou sy ook nie haar roeping prysgee nie. So nou sal jy sien haar instruksies en leiding is gebaseer op dié van die voorvaders, maar sy maak ook gebruik van die Bybel.

Dankie, Thulani. Ek is bly sy het ingestem tot die konsultasie.

Mogogoshestraat, die straat van sangoma Nolala, of liewer

igqirha Nolala — dis moeilik om uit te spreek. Ook haar huis het die gedraaide pilare met 'n Korintiese kroon, die garagedeur is wawyd oop. Net toe ons parkeer, kom sy uitgeloop in indigo shweshwe, rooi bespikkeld. Babablou handdoek om haar heupe, links vasgesteek, 'n verdere handdoek dwars oor haar skouer en 'n doek van dieselfde shweshwe, bo afgeënd met 'n dik, gevlegte band wat haar langer laat voorkom. 'n Dubbelkoord van karmosyn en bottelgroen glaskrale is om haar nek gedraai en hang tussen haar borste tot op haar midderif.

Sy steek haar hand uit om my te groet, 'n breë silwerring aan 'n vinger, spreek my naam melodieus uit en praat dan verder met Thulani op isiXhosa. Ek besef toe dat nie alles wat gesê gaan word vir my toeganklik gaan wees nie.

Ons stap haar jaart binne — daar is die paal met die bokhorings, ek tel drie pare — dan na haar huis tot in die sitkamer met 'n reuse- platskermtelevisie, drie kinders en 'n vrou wat na hulle ma lyk, lekkersit daar op die pofsag, sjokolade sofa.

Al vier kyk om na die besoekers en weer na die skerm. Ons word buitentoe vergesel oor die plakkie grasperk tot by die rondawel, die paal met horings in volle sig. Hoekom eers die omweg deur igqirha Nolala se sitkamer? Sonder dat ek aangesê word — dis Thulani se manier — besef ek ons moet skoene uittrek. Igqirha Nolala stap eerste binne, gaan sit en vou haar bene onder haar in, voete gepunt na links, terwyl ek en Thulani oorkant haar op grasmatte plaasneem.

Ek gooi nie beentjies nie, kondig sy sonder meer aan.

Reg voor haar is daar drie kerse, twee is aangesteek. Dan is daar 'n skinkbord toegedraai in koerantpapier met mansmode-advertensies daarop, en verder 'n mentgroen emaljeskottel met kruiegoed. Daar is drie boeke binne haar bereik, al drie met swart omslae en met goudgranaat afgekant. Waarskynlik haar Bybels, maar drie? Moet sê, ek is teleurgesteld oor die afwesigheid van die beentjies en goeters, so intrigevol om te lees.

As 'n man hier inloop en vir jou sê hy wil die Groot Visrivier-park binnegaan, renosterhoring gaan oes en maak dat hy weer veilig daar uitkom, wat sal jy vir hom sê? Hoe moet hy hierdie sending van hom beplan?

Hierop ruk igqirha Nolala op, kyk my kortliks aan. Agter haar teen die oker muur is 'n houtliniaal waaraan repe diervel en sterte vasgesteek is, almal min of meer dieselfde lengte, en aan 'n spyker hang 'n varinggroen-en-pynappel kleed met 'n geborduurde kruis wat na 'n zcc-kledingstuk lyk.

A, sê sy na 'n ruk, dis 'n scenario. En laat my verstaan dat sy maar te goed besef dat ek nie self so 'n sending beplan nie, ek wil net weet hoe sy 'n stroper sou instuur. Ek beaam dit, en hoop dat sy haar nou nie minder kragtig gaan uitspreek nie.

Igqirha Nolala maak haar oë toe. Mompel-murmel. En stilte. Dan kyk sy op na Thulani en spreek hom aan, maar nie in Engels nie. Is dit nou iets wat nie vir my ore bedoel is nie, of iets wat igqirha Nolala slegs in isiXhosa kan sê? Aan die ander kant, haar Engels is uitstekend. Verdere fluisteringe. Tong tik-tik teen die voorverhemelte. 'n Saadetertjie wat van grashalm tot grashalm fladder – die Xhosa het 'n naam vir die klein saadknarser en dis itshitshi. En heeltyd gooi die hoë venster 'n skag lig na binne. Ek besef dat ek nooit werklik sal weet hoe 'n voornemende stroper haar sou beskou nie, of wat dit inhou om hierdie mengsel van brandende kers en kruie – waarskynlik wildeals – in sy neusgate te hê nie. Of wat haar woorde vir hom sou beteken as hy eers op sy sending in die park is nie, en die krag wat hy daaruit sou put net omdat hy hier by haar gesit het nie. En selfs al sou ek kans kry om 'n stroper uit te vra oor wat sy aan hom gesê het, 'n geleentheid wat ek nog wil beplan, sal hy ander woorde gebruik as dié wat aan hom gesê is, en anders as die man voor hom, en vóór hom. Daar sit ek nes hy sou gedoen het, plat op die grasmat, skif gesit deur ander advies-soekende sitvlakke – dis omtrent al wat ek met sekerheid kan sê.

Ek wil weet wat die aard van sy omstandighede is, sê igqirha Nolala uiteindelik. En ek wil weet of daar respek is vir die dier wat doodgemaak gaan word. Hierna het sy 'n lang gesprek met Thulani, deels in Engels, en hy weerhou hom of besluit weer om nie die isiXhosa vir my te vertaal nie. Dit is soos dit is. En terwyl haar sheshwe-rok donkergroen skyn in son wat die rondawel binnekom, word dit duidelik dat die igqirha nie maklik 'n kliënt sal wegwys nie, miskien nooit. Selfs al is die kliënt se sending uitsluitlik daarop gemik om een van die groot soogdiere te gaan jag, byvoorbeeld 'n renosterkoei met haar kalf, 'n wese wat so sierlik en ryk aan ondervinding soos die igqirha self is. Hoe ook al, dis nie my saak om dié soort menings uit te spreek nie. En as daar miskien teen vanaand vrae by my opkom, weet ek nie nou wat daardie vrae gaan wees nie.

Die konsultasie lyk of dit tot 'n einde kom. Ek plaas een R200- en een R100-noot reg voor haar op die skinkbord oorgetrek met koerantpapier, die R100 is 'n fooi wat ek bysit. Sy wys daarna, kyk vraend na Thulani. Oortree die ekstra 100 die reëls – hoe sal ek weet? Haar vingers met die donkerpruim naellak skep kruie op uit die emaljeskottel, vryf en sprinkel die fynsel oor albei note – miskien is dit tog in die haak so.

Ons is terug in die Mercedes, moeg. Thulani begin 'n storie vertel wat ek nie self uit die igqirha sou haal nie: 'n Bende kom eenslag vir 'n konsultasie. Hulle was nie izikoli, ek kan jou nou sê, hulle was nie lae criminals nie. Hulle kyk bietjie na 'n bank hier in die middestad van Port Elizabeth. Eerbare mense, net 'n bietjie geld nodig. Almal het mos. Sy vra toe waarvoor is die geld en die leier sê vir haar dit en dat, daar was vyf altesame, en hulle motiewe stel haar tevrede. Sy gee ook vir die leier iets.

Wat was hulle motiewe? vra ek vir Thulani.

Elk van daardie vyf wou 'n huis bou vir sy familie, hulle't net 'n kick-start gekort. Meer as dit het hulle nie aan haar gesê nie. Kyk, as jy jou hele lewe lank met goedkoop skoene op straat was, dan is die versoeking om 'n smart kar te ry net te groot, jy behoort dit te weet. Maar die leier maak 'n fout, vertel hy. Op die dag van die beplande roof vergeet hy om die hondetand om sy nek te dra, die dingetjie wat die igqirha mos spesiaal vir hom gegee het. Die roof misluk.

Thulani trek by 'n straatbraai in vir vleis en drankies – hy noem dit beverages. Oral staan mense wat met die hand hompies vleis uit borde eet, steekhare snuffel aan weggooibene, 'n plomp vrou met skotslap-voorskoot draai lewerstukke om met 'n lang vurk. Weer eens los Thulani my sonder instruksies: Klim uit of bly in die kar. Ek hou hom in die truspieël dop en sien hy bestel vleis van die rooster af. Waddehel, ek klim uit en stap nader. Thulani hou 'n plastiekbord met gebraaide snysels lewer, dik en dun in 'n klein bergie gepak, bloedbruin en druipend. Hy beduie na 'n skeepshouer op regterkant met nartjie mure en 'n tafel en daardie wit plastiekstoele, so bekend dat jy welkom voel. Ons gaan sit en deel die lewer, alhoewel ek met twee snye volstaan. My ma het ons lewer gemaal met 'n knippie neutmuskaat en sout en dan in so 'n plat koek gevorm en toegedraai in die skaap se maagvet, reg om op die kole gebraai te word. Thulani grinnik, swaai 'n sny tussen duim en voorvinger en wys na die oorblywende lewer: Dis hoe ek daarvan hou.

Terwyl ons deur Motherwell terugry, sit ek met my hande gevou op my skoot. Genoeg foto's, wat. Thulani lek sy lippe af, smeer weer Zambuk uit die blikkie aan. Ons is rustig en stil. Geen onrustige afwagting, en geen verdere nood om iets te sien of te hoor nie. Slo Jam op sy musiekstelsel. Ek dink aan niks besonders nie. Thulani Lani Klaas en ek, langs mekaar, 'n geselskap van twee, elk met sy mensreuk van 'n dag agter die rug, miskien 'n vlagie lewer op ons asems. Niks minder of meer as dit nie. Waarmee kan ek hierdie stille rus vergelyk? Miskien met die somerparty in die verre noorde van Queensland op die plaas van twee mansvriende, ons gashere vir die naweek. Mans wat in tente kampeer, snags onder die melkweg dans op 'n ronde dansvloer met twee dj's, een disko en een deep house, en as jy lus het, seks-waar-of-soos-jy-wil. Klink te goed om waar te wees, maar die rye tente en al daai mans in rugbybroeke, en boonop slegs mans, maak 'n verbluffende scene uit om by aan te kom, wat nog om deel daarvan te word. Jy raak skoon angstig dat jy niks seks gaan kry nie, en as jy wel jou sin kry, raak jy dáároor angstig. Slegs nadat jy 'n party-lollie weggesluk het, gewoonlik MDMA, glip jy binne-in soos nou, g'n hongerte om te stil, geen spoor van angs, niks veel om oor te dink nie, indien enigiets, net die slap lyfsintuie lui aan die werk.

'n Laaste stop by die huis waar Thulani grootgeword het. Sy tannie woon nou hier en iemand is onlangs oorlede. Hy parkeer in die straat agter die huis en dié slag sê hy: Ek moet my medelye gaan sê. Wag sommer hier. Jy is veilig in die kar.

Vanuit die kar kyk ek op 'n lang, smal jaart tot by die agterdeur van sy tante se huis. 'n Hond kom aangestap op die dor gras, snuffel tot hier agter, kyk skeef op en strek lank en diep, 'n volmaakte jogaposisie.

Langs hierdie jaart is daar nog een, ook lank en smal. Twee seuns, sestien of sewentien, nie veel ouer nie, is besig om 'n gat te grawe. Sodra hulle die paal in die gat staangemaak het, hamer hulle 'n sinkplaat daaraan vas en strek die plaat tot by die paal op regterhand. Hulle bou 'n heining vir hulle jaart. Een van hulle dra sloffies met kouse. Hulle lyk mooi vir my. Ek kan nie met sekerheid sê nie, maar ek dink nie hulle het werk nie. Hulle is arm. Ek kan niks meer as dit aanneem nie.

Op pad terug na Stamfordweg-BP waar ek Thulani se kar gaan volmaak, ry ons verby 'n konvooi karre wat aankruie, ligte aan, wagtend om die hekke van die yslike begraafplaas op linkerhand binne te gaan.

Die ding het nou verander, sê Thulani. Soos die mense ryker word, sorg hulle dat die begrafnisse in die week kom sodat Saterdag oop is vir party. Hy't nog steeds sy Slow Jam aan. Thulani is ontspanne en bly so; die ekskursie is voltooi.

Wat ook al tussen die igqirha en 'n werklike kliënt kon gebeur, het nie met my gebeur nie. Igqirha Nolala het dit onmiddellik gesnap: A, dis 'n scenario. Tog is ek tevrede met die konsultasie.

Trouens, ek het nog nooit teenoor 'n igqirha in haar rondawel gesit nie. Slegs dit was al genoeg vir my.

Ons skud hand en wil aanstap, byna onwillig. Ek huiwer, maar vra dan tog vir Thulani of ek hom moet betaal vir sy tyd. Ek wil jou nie beledig nie, jammer as dit so klink, ek wil net weet hoe om klaar te maak.

Nee man, sê hy, dis iets wat ek graag vir 'n ander mens gedoen het. Dis al.

Baie dankie, Thulani. Jy was 'n uitstekende gids. Ek stap na my ma se kar wat ek reg voor Stamfordweg-BP se kafee parkeer het. Die ou model Mercedes met sy nerfaf bakwerk van soveel misskattings, die skaapvel-sitplekoortreksels, gepluis en melkgeel van gebruik, en in die CD-gleuf Ella Fitzgerald op herhaal. Nietemin, hier staan hy, gereed om my terug te vat.

Maar nee, daar is tog nog iets. Toe ek die deur oopsluit, sê Thulani 'n ding wat my laat omswaai. Sy toon is laag, ontevrede, soos hy dit wil hê: Jy weet, my vrou sê vir my ek moet ophou tyd mors, julle wit mense vergewe, sê sy, daar is goeie mense onder julle, soos jy. My vrou sê: Maak jou vry en gaan aan. Maar ek kan nie, my vriend: Not unless ndenze, eers wraak, eers dan.

Ek klim nie in nie, talm, omgekrap, my hand op die dak van my ma se kar, die silwer Duco verweer in die laatmiddaglig. Thulani bedoel wat hy bedoel.

Ek weet nie, Thulani, sê ek. Want ek weet regtig nie. Ek klim in, skakel in trurat en ry terug na Jeffreysbaai.

Die lig voor my ma se huis is reeds aan, haar rose vrolikpienk onder die stoeplig; ek parkeer. Daar draf sy uit, klem haar wange in albei hande. Ek is so bly jy's terug, o, my liewe kind, ek is so, so bly jy's veilig. Ek het heeltyd gebid.

Toe besef ek dat die kinderlike gedrag, die vasgryp van die gesig en die oordrewe opgewonde stem, iets is wat ek nog nie vantevore by haar gesien het nie.

Later skink ek 'n whiskey vir my ma, ek drink 'n Castle. Ek vertel haar oor die ding wat my die meeste ontstel het in

Motherwell. In iemand se jaart het ek een van daardie groot bergskilpaaie opgemerk.

Was daar 'n heining?

Ja, daar was en hy kon nie uit nie. En net om die dier nog meer in te perk, is 'n gaatjie aan die punt van sy dop geboor, net daar by sy stert, en 'n ketting is deur daai gat geryg. Hy loop maar so, links en dan weer regs maal hy, daar's glad 'n spoor in die harde grond, die en daardie kant toe en nie 'n poot verder as wat die ketting hom toelaat nie. Dit het my vreeslik ontstel, ek moet sê.

My ma stem saam en vertel toe hoe lief sy was vir die ou bergskilpaaie wat afgestap het van die berg, duim vir duim en met soveel deursetting en grasie, heelpad tot by die grasveld daar onder, en hoe treurig dit haar nou maak om die bergskilpaaie so te onthou, en daardie tyd op die plaas in die Oos-Kaap, almal van ons so gelukkig.

Teen agtuur soen ek my ma goeienag. Woorde waarmee ek oorbekend is, volg my tot in my kamer, tot tussen die katoenlakens, slyt gelê van al daardie jare op die plaas, die woorde ook verslete van vrees dat ek haar sal los voordat sy my los: O, ek weet tog nie wat ek sonder jou sal doen nie.

*

In die jaar 1551 word 'n renoster gevang in die noordelike grasvelde van Terai-Duar, aan die voetheuwels van die Himalajas. Nes die groot soogdier regmaak om te wei, die twee voorpote wyd geplaas om die langgraspol aan beide kante plat te trap – dis al hoe die gepunte lip hierdie skouerhoë, ysgroen weligheid kan bykom – sluip buiters nader en lasso die massiewe nek. Angstig skree hulle op mekaar, want die opdrag om die dier te vang, weeg swaar. Weke, miskien maande lank, toulei hulle die renoster tot by die kus van Khambat, vandag bekend as Gujarat. Hier word die dier 'n oppasser toegesê, en word hy binne 'n ommuurde tuin aangehou. Nooit sal die renoster terugkeer na daardie weelde van 'n savanna of die koel, smarag poele binnewaad nie. Die res van die storm renosters kwispel maar sterte, wag op hulle maat, tevergeefs.

Die tyd stap aan en die renoster word nog verder gelei. Op 'n dag stoot en trek 'n bende Portugese matrose die 3 000-of-wat-pond-dier met kabeltou vanaf die strand van Goa tot op 'n skip – mens kan jou skaars die operasie voorstel. Die renoster sou onder die eerstes wees wat in Europa aankom, en Albrecht Dürer sou later sy tekening van die Panzernashorn met enkelhoring en gepunte mond baseer op 'n beskrywing van juis dié renoster. Hoe ook al, die soogdier word beskou as seldsaam en koddig genoeg om te dien as geskenk vir Pous Leo X van Rome.

Die karveel met dubbelmas is nou nog net 'n stippel op die Indiese Oseaan; uiteindelik seil sy verby die Kaap die Goeie Hoop en verder langs die weskus op. Nie ver van die kus af nie wei die Indiese renoster se verlangse dubbelhoringfamilie op strandveld met kolle fynbos en boksdoring. Dis die suidelike swartrenoster daardie, toe nog volop vanaf die Kaap die Goeie Hoop tot bo in die Hoëveld. Toe die karveel verbyvaar, lig die storm renosters hulle koppe vlugtig, ruik nie veel meer nie as die skuimkwasse van branders wat breek, word hulle die goor van daardie stinkende Portugese matrose op die dubbelmaster gespaar. Hoe kon hulle ooit hul lot antisipeer: teen om en by 1850 is hulle tot uitwissing gejag.

'n Blaaskans vir die rinoceronte in Lisboa. Die oppasser, vertroud met diereversorging, kry 'n baal lusern vir sy gevangene-op-hok in die hande; dit sou haar laaste smulhappie wees. Die seetog word hervat, die dubbelmaster stuur deur woeste water weg van Cabo São Vincente voordat sy deur die Straat van Gibraltar die Middellandse See haal. Nie ver van die kus van Italië nie duiwel die karveel om. Soutwater sypel die houtkrat van die renoster binne, benat die hoop losgemaakte lusern by haar voorpote. Nat, al hoe natter, prikkel haar mooi, breë voete, die stewige bene. Die kilte van dié water onbekend aan die soogdier wat reeds die hoë ouderdom van 33 gehaal het. Die nat styg maar, en vinnig daarby, sodat die houtplank na een kant toe kantel, die balans wat sy vir haarself bewerkstellig het, uitgegooi, haar linkeragterbeen boonop vasgeketting: Sy is onkapabel. Die renoster het geen ervaring hiervan nie, g'n oorgedraagde kennis van so 'n situasie nie. Halms lusern drywe om haar skouerblaaie, die onbekende water altyd maar hoër, styg tot by die oog, daardie sagte amandelvormige oog met die halfmaan fyn wimpers.

Die fynheid is soortgelyk aan dié van 'n witrenoster s'n wat ek bewonder het op die plaas vir renosterwesies naby Mbombela toe ek 'n bottel perdemelk-formule vir 'n weeskalfie gehou het om aan te suig. Sedert daardie besoek in die vroeglente van 2018, en veral nadat ek in die oog van daardie klein reddeling gekyk het – dit was trouens die linkeroog, koperagtig en smekend om niks meer as net 'n plek in die bos nie – het ek besluit om my te wy aan die bestudering en verkryging van stof oor die renoster, in besonder Diceros bicornis of die swartrenoster, en het toe ook besluit om alle soorte renosterplekke te besoek, en om uiteindelik daaroor te skryf in 'n poging om die respek wat die groot soogdier toekom, in ere te herstel.

Die oog van die renoster het nie verander nie, dis dieselfde as die oog van die renoster wat besig is om te verdrink – ontvoer, op die skip geboender en geketting, haar voortreflike swemvaardighede vertrap. Die waters van die Middellandse See styg, verdrink die groot renosterhoof, die punt van die horing verdwyn. Die renoster kerm yl, 'n kweel soos dié van 'n kalfie. Toe verdrink sy.

Raphael skilder Pous Leo X met twee roomkleurige hande wat by silwer-gebosseleerde brokaatmoue uitsteek. Die skilder laat beide hande rus op 'n rooi fluweeltafelkleed. Die linkerhand hou 'n vergrootglas om die pous se diepgaande kennis van die Renaissance te bevestig, en om voor te gee dat hy besig is met die geïllustreerde boek voor hom. In stede daarvan glip sy blik na regs, en half geslepe daarby, die oë swaar behang met vleesbanke, en heel onder, die pruil.

Die renoster is ontvoer uit die noordelike grasvelde van Indië, net om aan te kom in vieslike Rome, om aan 'n kabel getrek te word na die pous se kwartiere as spektakel, 'n kyk-dan-net-so vir Pous Leo x se verveelde, oorvrete kake. En het Giovanni di Lorenzo de' Medici, tweede seun van Lorenzo die Grote, ooit die nuus ontvang dat sy geskenk in die see verdrink het? Miskien: O ja, en toe? En die gewrig van Pous Leo x bengel afkeurend: Watse soort dier sou dit tog wees? En wat gaan dit my aan?

Ek bly dink aan daardie oomblik toe die dubbelmaster omneuk, die seewater styg, vullis op die dek begin dobber, al hoe hoër, vinniger, en hoe drek die laaghangende hoof van die renoster tref, die horing wat teen die paalmuur van die hok kap, die dier steeds geketting, onseker. Vrees, nét dit. En steeds styg die water, snel, stoot in die neusgate op, en op, totdat die oog van daardie renoster verdrink.

*

Daar was 'n plaas in die Burgersdorp-distrik, in die Oos-Kaap, met die naam van Renosterhoek. Slegs die plaasnaam koppel die destydse vrylopende renosters aan die Oos-Kaapse kontrei: 'n Swartrenoster keer terug na die klipkoppies waar besembos en bloubos 'n skuiling maak, waar wilderoos stowwerig geur vir die eensame dier – dit is sy woonplek. Eenslag vra ek vir oom Andries Renosterhoek uit oor die oorsprong van die naam van die familieplaas: Oom, kan Oom onthou dat 'n renoster op hierdie plaas geloop het? Hy skud sy kop.

Ons is uitgenooi vir aandete op Renosterhoek. Daar's nie elektrisiteit op die plaas nie en snags, gordyne pottoe, staan die plaashuis in duisternis, die moddersteenmure so dik soos die lengte van 'n mansarm. Hoe innig onthou ek nie, alhoewel dit 'n bevlekte herinnering is – trouens, al die herinneringe van daardie dae op witmensplase is bevlek – onthou ek, vanaf die gesigspunt van die eetkamertafel, hoe die deur na die kombuis oop- en toegegaan het. Die afstand tussen ons en hulle, die swart vroue, wás die vlek, afgeteken deur die mate van lig: ons, die soppereters by die lampverligte eettafel, hulle "oorlamshande" besig in die skemer kombuis.

Elk geval, daar, in toegestoomde halfdonkerte in die kombuis met sy enkele paraffienlamp, is die swart vroue freneties besig om die pampoenkoekies met kaneelsuiker op te skep, die gebakte ou-ooiboud uit die Aga-oond te haal, en belangrikste van alles, tannie Helmie se sousboontjies, tuisgemaak en souserig, o, hemele tog. Die sousboontjies kom tafel toe in 'n ovaalkom, room met groen lip, en word neergeplaas tussen die ander disse deur die hande van die swart vrou, haar gesig kan ek nie uitmaak nie.

Oom Andries, treiter ek, wat van oom se pa of oupa? Het hulle ooit van 'n renoster gepraat? Maar oom Andries skud net sy kop daar aan die hoof van die tafel, skouers geboë in sy Donegal-wolbaadjie, spesiaal vir die okkasie. Hy knibbel aan 'n lepel van daardie sousboontjies, skud weer sy kop. Waarom op dees aarde sal hy nou oor die ou dae wil uitpraat, hy's die hel in met alles oor die algemeen, en boonop gekoring, een glasie sjerrie na die ander.

Kort voor ons terugry in my pa se kar, 40 km of wat na ons plaas toe, beduie oom Andries vir my om bietjie saam te kom, en hy stap vooruit na sy studeerkamer. Daar steek hy 'n kers aan met 'n Lion-vuurhoutjie en ek word aangesê om die blaker vas te hou terwyl hy 'n voetstoeltjie nadertrek en daarop kniel. Al knielende grawe hy 'n sleutel uit sy broeksak en sluit 'n donkergroen kluis oop. Na 'n gevroetel bring hy 'n koevert te voorskyn en haal 'n ietsie daaruit wat hy tussen voorvinger en duim na my toe uithou. Die kers gooi 'n skynte, sy pit stil en regop in daardie studeerkamer beadem met 'n oom Andries-klank, leer van perdesaals en karwatse en ou, voosgeleesde boeke, snuif en pyptwak, wie weet wat alles, en ek wat aldeur stip na die agterkant van oom Andries se nek kyk, jare lank ongeskeer, babahaartjies teen die dun skag van sy ounek – ek's nou self dronk.

Hierso, hier's iets vir jou. Hy hou die tippie van 'n horing na my uit – dis wat dit was, duidelik. Jy kan dit erf, jy met jou geneul oor renosters, dè, sê hy.

Kom dit van Renosterhoek? vra ek toe.

Kyk, sê hy, my pa het altyd vertel van die ou boer, seun van die eertydse Oos-Kaapse trekboere, en my pa sê eendag loop die ou man op sy grond met sy Winchester-geweer, stoksielalleen, die oumens, net hy, en daar raak hy dors en vat koers na 'n watergat wat hy ken, en hy sak af op sy knieë en drink uit die gat nes die diere, almal het die spoor na daardie watergat geken, en toe hy nou opkom, op daai selfde oomblik, die vars water drup nog so van sy lippe af, staan daar skierlik 'n renoster agter hom tussen die doringbome. Die ou man is onkant gevang, maar ook nou nie so dat hy kalmte verloor nie, hy rig sy geweer en korrel, een knie net daar in die modder, en hy skiet die ding morsdood. Pa sê dit was in die distrik van Graaff-Reinet, en dit was hier by 1880.

Maar dié, vra ek, en ek vat aan die tippie horing wat hy uithou, kom dit van Renosterhoek?

Miskien. Wil jy dit hê of nie?

En toe, onverklaarbaar, sê ek nee, sonder om ooit die volle verhaal oor daardie horing te hoor. Die weiering van die horing, waaroor ek tot vandag toe spyt is, voorspel die soort mens wat ek later sou word, toe renosterhoring iets is wat ek liewer nie in my besit wou hê nie, uit respek vir alle diere, maar veral, soos voorheen genoem, die Diceros bicornis, soos Carl Linnaeus die swartrenoster benoem het in sy *Systema Naturae* in 1785.

Jou ma het jou bederf, jou klein bliksem, spetter hy en gryp die horing terug, slaan die deur van die kluis toe en snuit die kerspit met sy vingers, aspris, want net hý ken die pad terug in die donkerte. Wyk hier voor my, sê hy, jy't al reeds meer gekry as wat jou toekom. Klein etter.

Ek gehoorsaam en verlaat sy studeerkamer. Ek moet beide hande uitstrek en voetjie vir voetjie soos 'n blinde man my pad gangaf soek, ek onthou dat ek die gang aangenaam gevind het ten spyte van die stikdonkerte; die binnemuur, ongepleister, het verpoeierde grond afgegee aan my vingerpunte. So loop ek weg van oom Andries wat oud en iesegrimmig geword het, na die lig daar iewers voor in die eetkamer waar grootmensstemme murmel.

*

Ek weet nou dat groot getalle renosters vrygeloop en gewei het vanaf die weskus van Suidelike Afrika dwarsoor die land tot by die Ooskus. Kees Rookmaaker, 'n navorser by die Rhino Resource Centre, teken aan dat swartrenosters teen die middel van 1700 gewaar is, só lank gelede. Daarby haal Rookmaaker verslae aan wat nog verder terugstrek na 'n oerbevolking van swartrenosters gedurende die 1500's, en later. Die swartrenoster met die gepunte, uitstaande bolip wat hulle nie as grasvreter kenmerk nie, maar, met die hoof van nature opgelig, as 'n dier wat wei en knabbel aan die blare van die spekboom, of jong takke van die doringboom, of wildepruim en sappige noorsvingers, selfs polle gras as hulle lus het.

Wei, staan, modderrol, storm, hyg, kweel: Hierdie werkwoorde is gekies vir die etogram van die renoster. 'n Kaart van handelings en vokalisasies waarna ek telkens sal verwys om my attent te maak op die krag, enkelvoudig, van elkeen van die handelings: Die renoster wei of staan, die renoster maak so en nét so. En tog.

Wanneer ek @huskytians op Instagram volg, kry ek 'n reeks video's van 'n poolhond en haar hondjiekind wat hondetaal met mekaar praat. Die honde-eienaar het hierdie besondere taal versin, woorde word opsetlik verkeerd gespel, tyd en sinstruktuur word omgeklits om uiting te kan gee aan die gesprek van die twee poolhonde met mekaar:

Ê wil happies hê, al daai, álles, kef hondjie.
Nie vat ammy happies, waarsku ma.
Ga' tentrim gooi, ek.
Jy, pissop vi jou, kef ma trug.
Happies wil hê. Hap, hap, happies, kerm hondjie.
Stoppittt, kla die ma.

Wat gaan hier aan? Dit het nie net te make met die eienaar wat mensetaal aan die honde wil toeskryf nie. Dis meer as dit, dit gaan oor die dinamika tussen eienaar en hond. Dit het te make met die kontinuïteit tussen die eienaar se humorsin en die honde se aanvoeling daarvoor: 'n speelse, klankryke reaksie.

In Grieks beteken *ánthrōpos* mens of menslike wese, dit wil sê 'n wese wat onderskei word van die gode. In Liddell en Scott se Grieks-Engelse Woordeboek word al die variasies van die woord soos gebruik deur klassieke skrywers gelys, en *ánthrōpos* word nie een maal as die teenoorgestelde van die dier aangedui nie.

Ek het natuurlik die praktyk van antropomorfisme onder skoot, die praktyk waar jy menslike eienskappe aan die dier toeskryf. Baie mense vrees antropomorfisme as 'n praktyk wat homo sapiens hul opperplek bo die dier gaan ontneem, 'n einde gaan maak aan die vang van olifante om hulle op te lei vir sirkustoertjies, 'n einde aan die onttrekking van 'n beer se gal of om 'n sjimpansee uit te dos in 'n tutu – die dier is 'n ondergeskikte wese sonder taal, dít behoort aan óns.

Frans de Waal, die dierkundige wat in *Time Magazine* benoem is as een van die 100 mees invloedryke mense van 2007, reken die verwerping van ooreenkomste tussen die mens en dier is 'n veel groter probleem as antropomorfisme. De Waal noem mense wat nog steeds sulke idees najaag antropoverwerpers.

*

My ma soen my goeienag en loop na haar slaapkamer; sy verlaat die geselskap van die enigste ander lewende wese in haar huis. Haar skouers, skraal en effe opmekaar getrek, verdwyn in die skadu's van die gang: Sy weet maar te goed dat my teenwoordigheid in haar huis tydelik is. Ek sal nie sommer die aard van my moeder se eensaamheid gelykstel aan dié van 'n enkellopende renoster in die bos nie, maar daar is aansluiting tussen die gevoelens van die twee wesens, soos Frans de Waal inderdaad aanvoer. My moeder en die renoster het elk op hulle eie manier ontwikkel, hulle eensaamheid is eie-aardig en behoort onderskeidelik tot die menslik-dierlike wese.

*

Die swartrenosterkoei tree na vore: Ek noem haar Decima, na die Latyn vir 'n tiende, 'n grootsheid, 'n gul gawe vir hierdie stuk suidelike Afrika-grond.

    'n Berg vlees is sy soos sy daar lê. Nou span Decima al haar kragte in om op te kom, viervoet staan sy daar in sand en salie. Stof dwarrel en daal terwyl haar tone vastrapplek kry, drie aan elke voet.

    Decima staan.

    Teen agtuur bak die son en sy skuif tot effens onder die oorhang van 'n doppruimboom. Lig haar hoof en pluk met gepunte lip 'n doppruim af, robyn en sappig, ingelê in 'n hariggroen skede, 'n happie, niks meer nie. Honger is sy nou nie eintlik nie, want sy't weg gewei, laaste nog aan die jong spekboomblare bespikkel met dou totdat die naghemel begin padgee het. Skemer. Nou is dit al diepmôre.

    Die een oor skud, dan die ander. Die sieraad-haartjies al met die oorlyn langs kriewel van puur waaksaamheid, en terug na daardie jare wat al oud geword het, en daarom minder treurig; aai tog, Mamma, 40 jaar gelede daardie nag van terreur. Sy is bewus, ten diepste weet sy dis die einde van die nuwemaan, donker en só veilig. Binnekort volg die eerste kwartier met sewe nagte tot by die volmaan. Vir haar en haar storm renosters is en sal dit altyd doodsmaan beteken.

Decima lig haar neusgate noordwaarts, daar, binne hoorafstand en tussen die staning wild begroei met doringboom, weet sy hou die klein storm. Die twee jongvroue is daar en haar dogter, Tandeka, vetrond met kalf – dit sal 'n lentekalfie wees. Decima lig nog eens haar hoof en krul haar lip op en af: Daar is hy, 'n raps noordoos, snuffel aan hulle misdorp asof hy kamtig nie weet wie daar was en wie nie. Buks is baas. Aanvallig ook, hy, almal weet dit, 'n indrukwekkende vyf voet tot by die skouers met sy primêre horing wat reeds naby die vyftien duim punt.

Tandeka het slim gekies toe sy daardie welgevormde ken van hom op haar rug laat sak het; wie sou nie? Haar oë amandels, so elegant, en al om die amandelvorm 'n steenkoolstreep, en sulke lang wimpers dat sy net mooi almal belustig het.

O, hier is hulle nou. Laat vanoggend vir hulle brekfis. Op haar rug en agterstewe land hulle, die rooisnawel-iHlalanyathi. Pootjies prikkel haar vel en byna onmiddellik grawe snawels luise uit wat hulle gister gemis het, of die dag vantevore, of eer-eergister toe 'n bries vanaf die Indiese Oseaan opgeswiep het. Daardie souterige koelte wat instoot land toe, daar's niks beters om jou opgehefte neus mee te lawe nie. En tog: hierdie snawels, so vlym, so bedrywig. Dis liefde-en-haat, rêrig. Hulle fynkam haar, maak vel en ore skoon van 'n leërskare luisgebroedsels, maar nooit sonder om daardie ekstra pekeltjie Bicornis-bloed op te eis nie. Woerts wip hulle op, net om weer af te duik en morsig weg te lê totdat hulle snawels druip van die fees.

Decima skuiwe weer haar agterstewe in die dynserigheid wat om die spekboom damp. Oorkant by die storm, 'n gesnuif. Kan die ander bulletjie wees, daar is nog een, slegs 'n tiener en reeds gebou hoor, maar hy weet hoe om hom skaars te maak. Mooi so, Augustus, jy weet wie's baas. Binnekort sal Tandeka pad aangee na die watergat, 'n loom wandeling tot skemertyd.

Selfs al het hulle laasnag gesuip of die nag vantevore, gaan sy steeds vars modder opsoek vir 'n rondrollery, die mineraalryk modderkristalle uitstekend vir haar kondisie.

Op die punt van 'n doringboomtak lig 'n bokmakierie haar geel keel: Hleetok, leetokk. Decima se ronderige ore is stil, haar neusgate soet met oggendlug. Decima rus.

Teen die middaguur druk die son haar nog dieper onder skadu in. O, die spekboom, wat van 'n boskasie, dig genoeg om jou agterstewe dae en nagte daarin weg te steek. En o, daardie spekblare vet met water, jy kan kranse toe stap en terug, dae lank, en tyd maak vir verwegdink sonder om 'n watergat hoef te soek. En teen die somer die present: stuif vanaf die klein blomklosse. Natuurlik weet sy van die ander klomp, die olifante met hulle immer handige slurpe, honger soos niks op aarde en altyd lus vir ja, spekboom – heeltemal te veel van hulle as jy haar vra.

Sy's nog nie hier nie. Decima lig haar hoof, lip krul weer op en af. Is sy? Tog bly sy staan, ore waaierend. Vanaf die suidekant kom dit, him-humm, maar nie soos dié van diere nie. Hier nou. Haar voertuig. Hum.

Skoenlapper, 'n kleintjie, flap en land kortstondig op die rand van haar linkerneusgat. Sy snuiwe die reuk op. Skoenlapper moes vantevore by háár gefladder het, hier kom sy nou.

Nou weet Decima vir seker dis sy, daardie bronserige snuf wat die vrouevel afgee, hiernatoe aangedra deur die skoenlapper – dit ís sy. Jare lank – hoeveel? – het dit gevat voordat sy 'n mens in die bos of op die oop veld kon vertrou. Skyn die son, dan kom sy aangeloop met iets lekkers. Dit ratel wanneer sy uit haar voertuig klim. Sy's naby. Hierso. Sy is. Ís sy.

Stap tot teen haar, hierdie stil vroue-mens. Praat haar naam met 'n bedaarde stem, 'n tjilp vanuit skadubos, presies net so. Praat haar naam eers met 'n vraag, dan uitgelate. Steek haar arm uit, die hand nader haar, 'n aksie om te vertrou, niks om weg te steek nie. 'n Vrou se oop, uitgesteekte handpalm met iets vir haar, 'n soethappie. Die ronde vrug van appel.

Sy vou haar bolip weg en tel dit uit die hand op. Dis glad nie soos spekboomblaar, doringboom of bergghwarrie nie. Doppruim miskien net-net, maar ook nie heeltemal nie. Rol die ding in haar mond, druk en sny dit fyn, die sappigheid word uitgepers, rol dit regterkant toe, laat malers hulle ding doen. Is omtrent iets, hierdie ronde, pruimerige weglêhappie.

Decima, sê sy, en maak die geluid waarmee sy perde aanmoedig: Tsjiek, tsjiek. Hier kom die hand met die lang vingers, krap Decima tussen haar horings.

Krabbel en sapsoet vlees, dis wat haar hand kom gee het. Die lewende amber van haar iris raam hierdie mens wat hier voor haar staan met haar bronserige reuk, naby genoeg om sáám met haar te wees, by haar – so het dit gekom dat sy oor die jare hierdie mens geverkies het. Haar geknipte vingernaels krap plesierigheid los, dan is dit tyd om te gaan.

Totsiens, Decima, liewe ding, sê sy. Kyk dan waarna sy kom kyk het, op die grond suidekant toe en net langs die stam van doppruim geplaas: dis haar besigheid daardie, dis die nagkamera.

Ek gaan mooi vir jou sorg die komende week.

Haar woorde swewe na Decima, terwyl sy wegstap en terugkyk, haar songebakte vel nog net so in Decima se neusgate. Laaste prewelinge uit haar mond soos dié van 'n vetgevoerde voëltjiekind. Dan hoor sy hoe sy wegbeweeg van haar skuilplek, verder en wegger. Hum-himm. Sy's weg.

*

In Julie 2016 begin twee navorsers onderhoude voer met praktisyns van Tradisionele Chinese Medisyne oor die gebruik van renosterhoring. Die navorsing word geborg deur die Universiteit van Queensland, Brisbane, en die onderhoude is gestruktureer of halfgestruktureer met vrae wat die kern van die navorsing bepaal: Hoe, wanneer en waarom word renosterhoring medisinaal gebruik?

Roslyn Lung praat vlot Kantonnees en sy gaan die vrae stel. Leigh-Ann Biggs sal die opnames maak. Albei wil die opdrag so goed moontlik uitvoer, met die vooruitsig om 'n portuurbeoordeelde artikel te publiseer, maar hulle is ook opgewonde om in Hongkong te wees, een van die groot stede van die wêreld. Hulle is egter versigtig om binne die perke te hou van dít wat van navorsers verwag word.

Roslyn benader die ou praktisyns met respek. Terselfdertyd sit sy in met 'n lae stemtoon; sy glo dit verleen gesag aan haar. Tot dusver het hulle met agt van die ou mans gepraat, almal met sulke sponserige voue onder die oë. Al het hulle tot die onderhoude toegestem, is hulle deur die bank koppig met die antwoorde.

Roslyn en Leigh-Ann bevind hulle nou in 'n TCM-spreekkamer in Lai Chi Kok-weg in Kowloon. Die ou man se identiteit mag nie geopenbaar word nie. So lui die ooreenkoms met al 14 praktisyns. Toe Roslyn vra of hy weet dat renosterhoring uit keratien bestaan, is daar stilte. 'n Man wat opgelei is en al soveel jare TCM praktiseer, hoef teenoor niemand verantwoording te doen nie. Roslyn druk deur. Sy wys haar naels vir hom – juis vir die doel ongeverf gelaat – renosterhoring is net soos dié, sê sy, die horing bestaan uit dieselfde stof as die nael. Die ou man bly swyg en staar na die straat voor sy winkel. Roslyn vryf solank haar brillense skoon. Uiteindelik loop hulle maar en bedank die ou man sonder om enige antwoorde op die vrae te kry. Die man het duidelik g'n idee gehad van die aktiewe bestanddeel in renosterhoring nie.

Voor hulle volgende onderhoud, die laaste van die dag, gaan eet Roslyn en Leigh-Ann 'n bord sagte tofu in 'n winkel met die naam Soy Bean Factory. Dis heeltemal anders as die tofu in Brisbane. 'n Ronde, buikwit bobbel in jellieagtige sopwater. Is dit soos hoender? vra Leigh-Ann. Albei lag. Alles proe mos soos hoender as jy vermoed dis nie hoender nie.

Dit blyk visaftreksel te wees, verdik en glansend. Om bietjie smaak te gee, dit weet Roslyn van die familietafel af, word vissous en 'n sprinkel gedroogde garnaal by die bergie tofu gevoeg. Roslyn eet alles op, Leigh-Ann laat staan die sagte tofu.

Die volgende TCM-winkel is ook in die gerestoureerde gebou van Lui Seng Chen, winkels op straatvlak, woonplek op die res van die vier verdiepings. Die praktisyn is tegemoetkomend; die onderhoud met hom word die gewigtigste van almal. Hy het 'n hoë, breë voorkop en sy skilpaddopraambril komplementeer die roesswart van sy borselkop. Hy is veel jonger as al die ander grys praktisyns en praat uitstekend Engels. Verder antwoord hy flink sonder om eers na te dink, en sy begrip van die genesingspraktyk is helder en oortuigend. Na die tyd sou Roslyn hom beskryf as Bruinoog.

In elk geval, in daardie spreekkamer met die rooshout-laaikaste, elk met 'n bronshandvatsel, klassiek en stylvol, en Bruinoog in sy ingevatte Ben Sherman-hemp, los en nie ingesteek nie, ontdek Roslyn dat sy haar sjarme kan aanwend om antwoorde uit die man te kry. Sy self dra 'n groenblou minirok met byderwets uitgerafelde soom, en Australiese Blundstone-stewels wat sy by die huis gepoets het. Dit werk goed. Bruinoog verswyg niks.

Ek kan Shuǐ Niú Jiǎo gebruik, dit is Cornu Bubali of buffelhoring, en dis natuurlik wettig. Maar, as my kliënt baie ernstig is, as die liggaamskondisie die vlak van ying en xue bereik het, dui dit op 'n piretiese, koorsige toestand. Die koors kan maklik styg tot 40, en dan, om die hitte te temper en ter wille van my kliënt, gebruik ek die beste middel tot my beskikking. Ek gebruik Xī Jiǎo, dit is Cornu Rhinocerotis. Ek verkies altyd wildehoring. Natuurlik is dit beskikbaar, ek kan dit altyd in die hande kry, en my kliënt moet uithaal. Dis nooit ooit goedkoop nie. Maar my kliënt kan dit betaal, daar is altyd geld beskikbaar as die kondisie so ernstig is. Die kliënt wil ten alle koste beter word, en op my beurt wil ek help. Xī Jiǎo keer die hitte wat binnekom, temper die bloed en raak ontslae van die hitte.

Roslyn hou hom fyn dop, sy oë en ook sy hande, en weer terug oë toe. 'n Kalm, berekende persoon, sy oortuigings vasstaande, hy behoort in alle opsigte geloofwaardig te wees. Hy is mooi, dink Roslyn voorts. Geen verdere aanmoediging is nodig nie, Bruinoog praat maar voort.

In so 'n geval verkies ek kwaliteit. Ek kies wildehoring. Die suiwerste wat jy kan kry. Soos ek gesê het, die toestand is baie, baie ernstig, uiters ying. Ek stuur dus 'n versoek na my agent en spesifiseer wildehoring. Die mees gesogte een kom van die swarte, dis duurder as dié van die witte. Daar is twee soorte, het julle geweet?

Wie is jou agent? vra Roslyn.

Hoekom wil jy weet? snou hy terug. Die was die eerste teken van sy verontwaardiging.

Sy het die ding te ver gevoer. Haar vraag het hom uitgelok, dit het afbreuk gedoen aan sy status. En tog weet Roslyn hoe graag sy wil deurdring tot by die kern van die gebruik van renosterhoring, of liewer, die opsetlike onkunde daaroor, woorde wat sy nou al 'n paar keer in teenwoordigheid van haar kollega gebruik het.

Hy sal my shopping list ontvang. Dis al wat jy hoef te weet. Bruinoog kyk reguit na haar. Wildehoring, spesifiseer ek, ek wil nie horing hê wat op 'n plaas geteel en met 'n kettingsaag afgesaag is nie, dis opgefokte energie daardie.

Aan hulle kant van die toonbank druk Roslyn Leigh-Ann se hand. Hulle besef albei hy het bedoel om die woord *fucked-up* te gebruik: Moet dit nie durf om my verder te druk nie.

Hy ruk hom reg – ook dit ontgaan Roslyn nie – en gaan beleefd voort. Sodra ek die horing ontvang het, week ek dit eers in warm water en kerf dit dan in dun skywe met 'n mes, 'n spesiale mes, pang dao, en daarna sondroog ek die skywe. Indien dit horing van hoë gehalte is, sal dit deurskynend wees. Daar is niks onsuiwer te bespeur nie. Ek maal dit in 'n spesiale bakkie. Nou is dit gereed om gemeng te word met die res van die bestanddele.

Op haar vraag oor die aktiewe bestanddeel in en die chemiese samestelling van renosterhoring noem hy twee minerale. Roslyn kan nie heeltemal uitmaak wat hy sê nie. Ten spyte van sy helder, vertrouensvolle aanslag, kom dit voor of hy hier saggies praat, en sonder om asem te skep, sê hy: Ek het jou reeds gesê, hoekom het jy nie geluister nie? Dis deur en deur vir my kliënte met 'n oorverhitte kondisie, so erg dat dit tot stuiptrekkings kan lei, tot onderhuidse bloeding en boonop hoë koors, uiters ernstige wen bing. Die formule raak ontslae van die hitte en koel die bloed af. Dan daal die koors en die onderhuidse bloeding word opgeklaar.

Roslyn merk dat hy nie weer Xī Jiǎo of Cornu Rhinocerotis noem nie. Sy is op die punt om te vra of dit juis die renosterhoring in daardie konkoksie is wat die koors breek en die bloeding stop, net om dit reguit uit sy mond te hoor, toe hy snou: Die formule moet versigtig berei word, wat dink jy miskien van my?

Hy dui aan dat die onderhoud afgehandel is. Hy tree na regs agter die houttoonbank, sy regterkant, sodat hy hulle nie meer aankyk nie, en gaan voort met die mengsel waarmee hy vroeër besig was. Dis tyd om te loop.

Die horing en die mengbakkie – Roslyn weerhou haar om daarna te vra. Toe hulle die vrae by die Universiteit van Queensland saamgestel het, het hulle besluit dat sulke uitvissery indringerig sou wees en die riglyne vir navorsing oor menslike subjekte en hulle aktiwiteite sou oortree. Die ondervraagde sou so 'n versoek beskou as 'n aanval op die integriteit van sy praktyk deur iemand wat nie aan die betrokke kondisie lei nie. Die ondervraagde sou beledig voel.

Nogtans, dit frustreer die hel uit haar, dis die allerlaaste vraag wat sy wou terughou. Ek dink nie hy sou beledig gewees het nie, sê Roslyn vir Leigh-Ann. Hy was al klaar beledig, in daardie staat van woede wat al erger word, sou hy alles vir ons gewys het. Hulle sit in die kroeg van die Park Hotel waar hulle tuisgaan vir die duur van die data-insameling, en het reeds 'n derde whiskey bestel.

Leigh-Ann verander die onderwerp en sê sy wil nie verder dink aan daai jellieagtige tofu wat haar byna laat opgooi het nie. Die

smaak en tekstuur daarvan het in haar mond bly steek totdat sy
'n steak vir aandete bestel het. Die smaak van ware dierevleis en
vleissap het haar reggeruk. Moes die whiskey of iets gewees het
wat kortstondig die jellietofu weer laat opstoot het.

Die selfversekering van Bruinoog, dink jy nie, niks om weg te
steek nie, en daai opsetlike onkunde. Hy het mos sy antieke gids,
daar is geen enkele rede, ooit, om daarvan af te wyk nie, sê Roslyn
nou aan Leigh-Ann.

Sal ons nog 'n drankie bestel?

Hoekom nie? Nogtans, ek was verbaas oor die kombinasie van
jeugdigheid en sy geloof in renosterhoring. Ek sou daardie geloof
met die ouer praktisyns assosieer.

Die ding is, daardie is nie regtig geloof nie, sê Leigh-Ann. Dis
kennis wat oorgedra is, dis in die *Materia Medica,* vir hom is dit
wetenskap. Hy sal en wil ook nie stilstaan by die geldigheid van
daardie formules nie. Jy mag nie die *Materia Medica* in China
bevraagteken nie.

Nogtans. Jy sou dink hy kan die kwaad daarvan insien, dat dit
die slagting van 'n dier en die afkap van die horing impliseer, net
vir 'n stuk keratien.

'n Groot stuk.

Is so. Maar kan hy oor so iets besin, nou, in die 21ste eeu?
Roslyn sluk haar drankie weg die oomblik toe dit bedien word.
Dis fokken naels. En hy't geweifel toe ek hom uitvra oor die
samestelling van die horing. Daar het meneertjie teleurgestel.

Ek kon dit ook sien, sê Leigh-Ann. Ten minste het hy geweet
die horing groei weer. Leigh-Ann sluk ook haar vars drankie weg
en laat waai met 'n tjirp van 'n lag. Twee suits by die buurtafel
hou hulle dop. Die tapyt is 'n lawwe ontwerp van rooi golwe
en mosterd borrels. Leigh-Ann is mal oor hulle ervarings hier in
Hongkong. Sy het 'n luukse LV-handsak aangeskaf, nie goedkoop
nie. Pla haar dat dit miskien 'n namaaksel kan wees.

Na nog twee dae groet Leigh-Ann vir Roslyn, wat reg van die
begin af beplan het om nog 'n tydjie aan te bly. Die Park bied haar

kamer teen afslagprys aan. Roslyn maak nie haar plan aan haar kollega bekend nie. Sodra Leigh-Ann weer terug in Brisbane is, sal sy begin met die sortering van die data en die statistiek vir hul artikel saamstel.

Hongkong is heet, hoë humiditeit en aanhoudende reënbuie vererger dit net. Roslyn het twee dae vantevore begin menstrueer en gisteraand het die koorspen 36.38 c gewys. Vanoggend 37 c, dis hoog. Sy's min gepla. Dit is alles deel van haar plan.

Die Vrydag ná ontbyt, sy het 'n rissiehete bord hoendersop bestel met die hoop dat dit haar temperatuur nog hoër sal opdruk, keer sy terug na die TCM-spreekkamer in die Lui Seng Chen-gebou. Sy is dieselfde aangetrek as die dag van die onderhoud met Bruinoog, die groenblou minirok met Blundstone-stewels en haar swart hare los, sy wil seker maak dat hy haar dadelik herken.

Ná twee kliënte kan hy haar spreek. Vandag dra hy 'n snyershemp in donkerblou, en dit gee 'n besondere glinstering aan sy oë. Sy merk die geringste glimlag toe hy haar groet, maar sy is nie seker nie. Sy bedaardheid, indien hy haar wel herken het, ontsenu haar.

Roslyn kla oor 'n hoë liggaamstemperatuur. Baie hoog, benadruk sy. Haar gesig is inderdaad rooi gevlek, enigiemand kan dit sien. Hy druk die deur van sy spreekkamer toe en wys haar na 'n agterkamer met kwartsgroen mure. Hier beduie hy na 'n hoë stoeltjie, ook groen, in die middel van die vertrek. 'n Klomp vrae volg, elkeen versigtig geformuleer. Weer beklemtoon sy haar oorverhitte kondisie en probeer soveel warmklinkende woorde as moontlik by elke antwoord invoeg – dit blyk nie voldoende te wees vir hom nie.

Niks om jou oor te bekommer nie, sê hy. Ying, maar nie oormatig nie. Ek gaan iets vir jou voorskryf. Die weer, natuurlik ook, jy is nie daaraan gewoond nie, en daarby is dit jou tyd van die maand. Ek weet mos.

Maar, protesteer sy. Hy het waarskynlik geraai dat sy die renosterhoringkonkoksie in die oog het – hy lees haar soos 'n oop boek. Hy tree nader en lê die agterkant van sy wys- en middelvinger teen haar keel. Die vel van sy vingers is glad en koel. Niks om jou oor te bekommer nie, ek gaan jou help.

Agter die toonbank begin hy nou 'n skinkbord uitpak met wat vir haar na gedroogde daikon lyk, en dan droë shiitake en ander gedroogde plantstowwe, duidelik nie wat sy wil hê nie. Toe haal sy haar notaboek uit haar handsak, slaan dit oop op die gemerkte bladsy en wys dit aan hom. Dit is die formule vir die behandeling van 'n uiterste hittekondisie uit *Die kompendium van Materia Medica,* saamgestel deur Li Shizhen, die praktisyn wat vanaf 1518 tot 1593 geleef het. Sy het haar huiswerk gedoen. Sy merk hoe verras hy is: Sy mag miskien dink sy weet iets, íéts, hy dink beslis nie so nie. Daar is dit weer, die verontwaardiging. Maar nou kom daar woede by, woede oor sy sommer hier by sy plek ingeloop gekom het en nou dié, haar belaglike klein notaboekie.

Hy gryp die boek om te kyk wat sy neergeskryf het. As sy oor 'n oorverhitte liggaam kom kla het, voel sy dit nou. Sy haal 'n klamvegie uit haar handsak, bewus daarvan dat dit sleg is vir die omgewing.

Daar staan dit, noukeurig oorgeskryf: die formule vir die wilde renosterhoring- en Rehmannia-dekoksie, oorspronklik bekend as Xī Jiǎo Dì Huáng Tāng:

Xī Jiǎo (renosterhoring, vooraf verwerk) = 10–30 g,
Shēng Dì (Radix Rehmanniae) = 30 g,
Sháo Yào (Radix Paeoniae) = 12 g,
Mǔ Dān Pí (Cortex Moutan) = 9 g

Meng en los op in water vir orale inname om hoë koors en onderhuidse bloeding te behandel.

Hierdie is nie vir jou bedoel nie, hy tik op die bladsy. Sy stem is gedemp, die toon snydend. Hy gebruik die woord *hiu* wat sy as hovaardig en glad van tong verstaan. Reg so, ek sal vir jou wys wat jy wil sien, en dan moet jy padgee. Ek weet nou watter soort jy is. Jy is nie vry nie, jy is halstarrig. Jou oë kyk rond soos dié van 'n honger gees, jy kan maar jou ooglede sluit en jou siel sal steeds nie tot ruste kom nie. Jy is nie my kliënt nie.

'n Druppel rol teen Roslyn se nek af. Sy vee haar weer af met 'n klamvegie, dep die vel van haar bors. Toe hy afbuk om die bestanddele uit een van sy laaie te haal, vat sy vinnig haar notaboek terug en glip dit in haar handsak. Sy is onrustig. Hierdie situasie is nie deel van dataversameling nie, dis haar eie ding. Hier moet sy uit, haar senuwees is op.

Hy vou 'n dieppers sylap oop en daar is dit.

Vader tog, die horing. Wildehoring, rou vel en grond en ou bloed kleef aan die rande. Die horing, of liewer, die deel wat hy in die hande kon kry, kom in skywe van verskillende groottes soos dit afneem van punt na wortel. Hy is lank nie meer vir haar Bruinoog nie. Hy is 'n TCM-praktisyn, onderlê in 'n tradisie wat nie bevraagteken mag word nie. So iets sou nodeloos wees vir al die praktisyns en die eerste fatale toegewing vir talle van die bestanddele in die antieke gids. Sy hand, waarop sweetdruppels uitgeslaan het, stoot die bakkie na haar toe. Dit is 'n plat keramiekbakkie met ivoorkom en asgroen lip, die vysel vir die Xī Jiăo.

Is dit wat jy wil sien? Is dit nou genoeg vir jou? snou hy en begin die skywe weer toedraai.

Later sou Roslyn vertel hoe sy op daardie oomblik self die man aan sy keel wou beetkry. Om die horing so te sien en dit boonop te ruik, en langsaan, die vyselbakkie. Die finale bestemming, die lot van daardie dier. Die magtige horing met al sy funksies van skuur en aanraak, van in die lug op gooi en gaffel, by uitstek die kenmerk van die renoster, nou niks meer as net 'n hopie poeier nie.

Dis dan hoe dit is, sê sy.

Wat bedoel jy, dis dan soos dit is?

Sy antwoord nie. Sy is witkwaad, en nou ook bang. Sy sien die kapmerke op die kant van die skywe raak. Die effense inkeping op die middel van die horing. Wat bedoel sy? Sy bedoel die grootste skyf, die een naaste aan die neus, het nog haartjies aan.

Op daardie plek groei die horing uit die vel van die neus, die lewende, asemgewende neus van die dier.

Uit die agtergleuf van haar notaboek haal sy 'n foto van 'n neergevelde witrenoster. Die renoster lê op haar regtersy met die hoof opgelig op 'n stapel klippe om die afkap van die twee horings makliker te maak. Sy kan skaars daarna kyk.

Met beide hande druk sy die foto teen die gesig van die TCM-praktisyn, sy is aan't bewe. Om haar hande te laat bedaar, stryk sy die foto plat: Dis waar jou horing vandaan kom, sê sy.

Hy gryp die granietstamper op sy toonbank en swaai dit voor haar. Trap hier uit, sy oë skiet git.

Die deur is nog gesluit, hy kan haar aanrand. Een van sy konkoksies by haar keel afforseer en haar laat dood verstik. TCM-praktisyns word gerespekteer in die gemeenskap, hulle hoef waarskynlik nie aan die polisie rekenskap te gee nie. Sy prop die foto in haar handsak en binne oomblikke is sy op straat. Dit sous.

Jy is boos, skree hy vir haar, sy eens beheersde stem nou metaalagtig. Jy is 'n bose mens, dis binne-in jou. Eendag gaan jy spyt kry hieroor, en dit gaan gouer kom as wat jy dink. Jy gaan nog lank ly, hou hy aan skree terwyl sy sypaadjie langs weghardloop, spook om die sambreel oop te maak.

*

Athule Bomvana is die eerste van die twee stropers. Hy is weg uit sy grootworddorp Cradock om werk te soek in die stad.

Athule is besig om 25 sokkerballe op te pomp vir 'n breier wat hy leer ken het. Alphus Smit is 'n man met 'n hart en hy't die werk vir hom gegee by BP. Alphus is 'n sokkerafrigter by Motherwell Academy FC, en somtyds, byna altyd, laat hy spelers van Mfesane Sekondêre Skool toe om ook in te val. Athule kry R1 per bal; hy is ook 'n man wat woord hou, Alphus, dis baie om te betaal per bal. Maar dis sy loon vir die dag tensy hy nog 'n stuk werk kry by Stamfordweg-BP.

Die ding met Athule is dat hy 'n oog het vir die toevallige gebaar. Hy let byvoorbeeld op hoe 'n vreemdeling loer na 'n meisie hier by die garage waar hy rondhang – hy's nie bewus daarvan dat hy dit doen nie, dis maar net hoe hy is.

Hy kniel by die lugpomp met die sportsak vol pap balle. Druk die punt in en pomp die balle een vir een. Kyk rond terwyl hy besig is met die sokkerballe: na die neonreklamebord wat versplinter tot pieksels, na 'n man en 'n vrou by hulle kar, sy's binne, hy leun teen die kardeur. Toutjies hang onder sy keps uit tot byna op sy skouers. Hy trek aan sy sigaret, gee dit deur die venster aan haar. Dis wat Athule raaksien: Sy vee eers die tippie van die sigaret met haar vingers af voordat sy self 'n trek vat.

Athule hurk by 'n kraan naby die karwassery en bak sy hand om te drink. Nee man, jirr, R25 vir al die balle is amper nie eens genoeg vir kos nie.

Daai dag hang Frankie van der Merwe, die tweede stroper, ook by Stamfordweg-BP rond. Frankie merk die man op wat besig is om sokkerballe te pomp. Hy kan sommer sien hy's arm, sy kouse onpaar. En tog, die man het iets, dink Frankie. Hy maak seker elke bal is kliphard, dis die ding. Hy bons een van die balle, speel hom met sy voet en laat hom tot in die sportsak hop – mooi so. Dis hoe Frankie weet die man het drif vir die lewe. Hy's net arm, nes hy.

Nou kom die man agter Cars & Suds uit met 'n rugsak, flenters, en Frankie sien nog iets. Twee bene steek bo by die rugsak uit, sulke klein bruin beentjies, hoewe.

Dis omtrent halftwee en die son is teen sy vel. Nou word daar 'n transaksie gemaak, sien Frankie. Die man loop na 'n donkerblou BMW 5-reeks en die bestuurder se ruit gly af. Die man laat sak sy rugsak en trek die ding halfpad uit; hy't reg geraai, dis 'n steenbok. Daar word gepraat, nee, maar dis reg. Die BMW-man gaan die bokkie vat. Hy klim uit, oorgewig soos 'n politikus met ingesteekte T-hemp, laat sy kattebak oopwip en die steenbok word ingesit.

Geld verwissel van hande. Kan nie sê hoeveel nie, steenbok is lekker sag, maar daar's maar min vleis aan. Frankie is opreg bly vir die man met die bokkie, hy kan mos sien hier's nie veel werk nie. Toe die BMW wegtrek, gaan stel Frankie van der Merwe hom aan die man voor.

Athule Bomvana sê hy bly mos in 'n huis in NU 29, en dis toe dat Frankie alles netjies uitwerk, daar en dan. Hulle sal 'n span maak, hulle twee, en ingaan om horing te gaan haal. En nou sê Athule 'n ding waarop Frankie gehoop het, dat hy, Athule, al reeds in die park was. En nee, hulle is gespook net voordat hulle die dier kon kry. Dit was hy, sê Athule, hy't omgekyk, daar was sulke skaduwees, iets. Maar daar was niks nie. Dit was hy.

Kan jy skiet, Athule? Weet jy waar om die renoster te skiet?

Ek kan skiet. Ek weet waar om die koeël in te sit.

Frankie is gerus. Ook maar net omdat hy wil wees. Hy reken hy kan die hele ding vir hulle twee met 'n kingpin organiseer, hy weet van een, die hoofman. En hy weet hoe, hy het genoeg selfvertroue. Hy's nie dom nie. Hulle ruil selnommers uit en Athule probeer uitreken hoeveel airtime van daardie R25 moet hy opsit om sy sel aktief te hou. Die bokkiegeld kom nie by nie. Hy hou dit eenkant, dis syne.

Athule klim in, Frankie gaan hom na NU 29 toe vat. Ry stadig, dis daardie ene, sê Athule. 'n Heining aanmekaargetimmer van helderblou en spierwit pale. Ons gaan sorg dat ons hier uitkom, sê Frankie toe hy die sinkhuis sien.

Sy kop is skoon in snelrat soos hy planne maak. Oukei, en as ons eers daar aankom, dan wat? Athule sê wat hy weet. Dis 44 km vanaf sy huis na die Groot Visrivier-park. Sê nou maar hulle ry in die bakkie park toe, dan sal dit minder as 'n halfuur vat. Te voet, as hulle nou besluit om te loop met al die goed in die rugsak, op 'n paadjie in die maanlig deur die veld, wit lymklip en bokdrolletjies, hy ken die grond nes hy sy hand ken, sal dit omtrent drie ure vat. Tot by die hoë draad van die park. Daar moet hulle dan deurkruip.

Jy het wire cutters nodig, sê Athule. Op 'n plek in daardie park staan 'n renoster, hulle is maar daar, jy moet net die plek ken. Ons wag vir die GPS coordinates op my sel, ek het 'n kontak.

Die ding is geloof, sê Frankie vir Athule terwyl hy opgewonde raak oor hulle plan. 'n Regte boertjie. Athule is min gepla, hy sien nie hierdie ding soos Frankie van der Merwe nie, sommer 'n kind, dink hy. Dis anders vir Athule. Hy weet mos, dis toe hulle uit die bakkie geklim het en Frankie sy huis gesien het wat hy so begin praat, nadat hy sy armoede daar reg voor hom gehad het. Hy het nog nie Frankie se huis gesien nie en hy weet hy sal ook nooit. Frankie het al klaar vir hom gesê sy vrou weet niks hiervan af nie, hierdie ander lewe van haar man.

Hy weet hoe loop hierdie ding. Wie doen die vuilwerk. Wie is die fools. Jy gaan in, jy maak die renoster dood, en jy kom weg met die horing. Of jy gaan in en dinge loop skeef. Jy skiet en die renoster storm. Of jy word self geskiet. Finish en klaar. Jy verdwyn. Niemand gee om, jou gesig kom nie eens in die koerant nie. Almal sukkel maar net om hulle kinders kos te gee. Jy is laer as 'n hond.

*

Die tyd staan op halftien in die aand. Athule hoor twee honde buitekant speel, anderkant die sinkplaatmuur, kort, vinnige asems. Hulle speel, want hulle is honger, hy weet mos hoe dit werk. Probeer die honger wegspeel, daardie honde.

Athule wil slaap. Vannag maak die halfmaan klaar, dan is dit 'n week tot volmaan, dan gaan hy en Frankie in om die horing te gaan haal.

Sy kop lê op die kussing. 'n Spons ingedruk in 'n kussingsloop met katgesigte op. Buitekant woel die honde, hy hoor sy eie asemhaling, sy vrou se klein asems langs hom. Vannag is sy saam met hom hier in sy huis. Sy het met die taxi gekom vanaf Cradock vir 'n nag of twee saam met hom op die single matras, nie 'n dubbel nie. Vir intimacy, dis al.

Toe hy wakker skrik, is dit net voor 12. Hy het 'n groot stuk karton raakgeloop, dit was 'n boks vir 'n yskas, en hy het die karton oopgevou en op sy lengte staangemaak teen sy sinkplaatmuur. Dis sy wall stand. Hy het 'n horlosie wat werk daaraan opgehang, en 'n mooi spieël met 'n silwer raam en sewe foto's. Die een is van sy ouma en van hom, en hulle eet brekfis by die Wimpy in Cradock, die Executive: twee eiers, drie repe streepbacon, ye-boerewors en chips. Hy kan probeer, maar hy kan aan niks lekkerder as dit dink nie.

Die kussing is sopnat. Dis hoe hy sulke goed weet, die nagte voordat hy uitgaan om te jag, sweet sy kop so. Dis diepsweet wat druppels op sy kopvel en teen sy nek maak, heeltemal papnat. Hy sit regop om nie sy vrou wakker te maak nie. Hy vee met sy oop hand langs sy nek af. In die melkerige oranje van die R335 sien hy die skynsel koud en warm op die palm van sy hand. Dis nie sweet omdat hy klaar bang is nie. Nog nie, dit weet Athule goed. Die bang sal kom wanneer die maan voller en voller raak.

Hy loop uit om te pis. Hy dink aan die witman Frankie van der Merwe wat nou 'n poacher wil word. Hy is die poacher; Frankie is 'n sidekick. Jirr. Athule kan sien hy is 'n boer met 'n plaas, maak nie saak wat hy sê nie. Dit maak Frankie kwaad, hy sê hy is nie. Hy werk net daar en kry kak geld. Frankie weet dit nie, maar by Stamfordweg-BP, so 'n ent van hom af, het hy gehoor hoe stel hy homself voor as 'n melkboer. Frankie is getroud met niks kinders nie, maar teen hom is Frankie ryk.

Ek het geld nodig vir skoene vir die kinders, sê sy vrou net na intimacy, sy het seker gedink haar timing is reg. Môre sal hy totsiens sê vir sy vrou en sy sal terugry Cradock toe waar sy en sy ouma kyk dat die dogters goed eet en skoon aantrek skool toe.

Athule staan en kyk na die lemoenboompie wat hy geplant het. Hulle sê pis help hom mooi aan. Hy het hom gekry van 'n goeie man in Addo, die dorp, nie die park nie. Eendag, as hy geld in die hande kry – God gaan nog vir hom sorg – sal hy 'n Nissan-bakkie vir sy mhakhulu koop en hom Cradock toe bring vir haar.

*

Ek sit so naby aan die man-wat-renosters-stroop dat ons knieë amper raak. 'n Gelukskoot, die onderhoud, die stroper is een van die hoofspelers in die renoster-game. Die man daag net na agt in die aand op en word deur Welcome Mashele die Aardvark Adventure-park binnegelaat. Welcome, my kontak, is 'n wag in die park, hy lag breed en speels – aantreklik – en sy uniform pas net. Nadat hy 'n draai reg rondom die park geloop het om te sorg dat alles in orde is, sluit Welcome by ons aan op die stoep voor die tent. Die stroper neem van die roltabak wat ek aanbied. Die pakkie met rolpapier en filters is 'n aardigheid vir hom.

Die man sê: Ek is nie 'n stroper nie. My broers, my hele familie, ons is almal in die ding. Ons bly hier in Hazyview en daar is niks werk nie. Hierso is mense wat van R1 000 of R2 000 'n maand moet leef. Ons kinders moet kos kry. Daar is 70% werkloosheid hier om die Krugerwildtuin.

Wat moet ek doen? Sê jy bietjie vir my, sê die man. Die hond kies die kortste pad tussen sy huis en die jagveld. Nou gaan ons by die Krugerwildtuin in op 'n volmaannag, ses of sewe van ons. Ons het een AK-47 vir beskerming, ons het omtrent 20 rondtes ammunisie as ons gelukkig is, ons het 'n jaggeweer vir die renoster, ons dra 'n saag en 'n byl, en water. Ons trek handskoene aan, dis 'n nuwe ding. As ons tyd het, draai ons doeke om ons skoene om ons spore weg te vee en die veldwagters deurmekaar te maak. Daar is baie min tyd. Ons is opgelei, sê hy.

Wie verskaf al die wapens en goed, die AK-47's? vra ek.

Die man bly saggies maar duidelik praat. Ek sou nogtans graag sy oë wou sien. Een van die parklampe langs die draadheining naaste aan my tent gooi lig op sy rug en sy swart Nike-keps. Ek maak sy wangbeen uit, partymaal 'n glimlag. Hy dra jeans, 'n Uzzi-T-hemp en tekkies. Geen foto's of opnames word toegelaat nie.

Welcome hou 'n kop dagga vir hom uit om met sy tabak te meng. Mense praat hier van mbangi.

Die kingpin gee die gewere en die ammunisie vir ons. Ons

maak 'n deal met hom, hy betaal elkeen van ons R15 000. Drie maal in en ek kan my eie besigheid in Hazyview begin. My kinders gaan skool toe en my vrou leef lekkerder. Ek vat hulle sommer uit na Fishaways en ons bestel die Double Up. My lewe loop nou aan na 45, ek wil stabiliteit vir myself maak.

Waar bly die kingpin?

Die kingpin is nou weggesit in Correctional Services, Mbombela. Maar sy lawyers gaan hom gou uitkry, al die mense staan agter hom. Niemand wil hom in die tronk hê nie, vra maar vir enige mens in die dorp. No Mister Big, no jobs. Toe lag hy.

Welcome sê: Ek sal jou môre vat om sy huis te sien. Dis baie, baie groot met 'n hoë muur reg rondom.

Al hierdie wilde diere, wat kry ons uit hulle? vra die stroperman. Sê jy bietjie vir my. Gaan kyk maar, voor ons huis staan 'n kruiwa. Ons gaan in die Krugerwildtuin in met dromme en maak hulle vol water uit die Sabieriver of ons gaan in by Phabeni, die plek waar die water daardie dag die naaste is. Jy kan sien hoe ons lewe, die mense bly hier in dorpies reg langs die Wildtuin en hulle het nie eens kraanwater in hulle huise nie. Nee, man.

Na nog 'n paar trekke is ons almal gerook, en dik vriende. Amper. Die man-wat-'n-stroper-kan-wees gee 'n diep laag aan sy storie, hy's opreg, 'n man wat 'n respektabele lewe probeer lei.

Wanneer gaan julle weer in?

Man, julle mense. Ek is nie 'n hond nie.

Ek moet weet, ek moet jou vra.

Sê bietjie vir my, hoeveel betaal jy om een nag in 'n rondawel in die Krugerwildtuin te slaap? Ek weet van die luukse akkommodasie, een nag kos meer as wat ons in 'n maand maak, as ons gelukkig is.

Nou sê Welcome: Elke jaar gaan 1.8 miljoen mense deur die hekke van die Krugerwildtuin. Een punt agt. Doen bietjie jou somme.

Luister, laat ek nou vir jou sê. Wit mense het ryk geword

van al die wilde diere. Ons bly op die grens van die Wildtuin, plankhuisies aanmekaargeslaan, reg langs ons is die rykdom van al die wild, maar ons mag nie vooruit nie. Kyk bietjie oor jou skouer by 'n man se huis in en daar op sy primusstoof staan 'n pot pap, hy loop in, hy ruik die pap. Dis al. Dis al wat daar is vir hom en sy vrou en sy kinders en die ouma. So het my pa geleef, en my oupa, reg langs al die wild, hulle het nooit rykdom gesmaak nie.

Hy trek aan die zol en gee aan na my toe. Partymaal slaan hy oor na Xitsonga en praat net met Welcome Mashele. Toe kom die ding: Ek sal vat wat ek kan, vir myself en vir my kinders. Welcome kyk na my om seker te maak dat ek die erns van die stelling begryp het.

Kyk, gaan die man voort, daar sit my pa en my ooms en drink. Ek onthou as kind hoe hulle gepraat het oor die Krugerwildtuin en oor al die toeriste wat inkom met hulle jeeps en hulle stadsklere en verkykers, alles wat mens wil hê, maar weet jy wat ek by my pa gehoor het: Daardie vleis behoort aan ons. Tot vandag toe sal ek sê, die bosvleis behoort aan ons. Hoe kan jy nou vir my kom sê ek moet nie 'n renoster gaan doodmaak nie?

Ek besef hy gaan nie oor die saak besin soos ek dit doen nie. Dis my plig om hom te verstaan. Intussen sit ek en dink: Hulle eet tog nie ook die renoster nie? Hulle nader die heining van die wildtuin met die draadknipper, kruip deur, maak seker al hulle gereedskap is by, daar mag nie fout kom nie. Iewers in daardie bos van akasia en grasveld staan 'n renoster in die lig van die volmaan, miskien besig om te knabbel, maar terselfdertyd op haar hoede – dis al hoe ek die saak kan beskou. In the eye of the beholder. Maar 'n arm man sien daardie renoster as 'n uitweg – hy gaan in en doen wat hy moet doen.

Gaan spreek jy vooraf 'n sangoma?

Nie meer nie. Ons is opgelei, dis die ding nou. Hoe meer jy ingaan, hoe minder bang is jy. Maar daar is altyd vrees. Ek wil nie nou al doodgaan nie.

My tent is op die rand van die kamp en die bos net twee, drie meter van ons af. Naggeluide vou my toe terwyl ek daar sit, gerook. Waksblaartjies ritsel, 'n klaag soos die van 'n babakind, kan 'n blouapie wees wat per ongeluk sy boetie se maag elmboog. Hulle ís maar daar, die familie blouapies, opmekaar in die mik van 'n boom, sussend met arms om mekaar gevou, en teen die eerste roep van mukuku, die piet-my-vrou met sy rooi bors, oopoog en wakker.

Die man verklap natuurlik nie sy naam nie. Hy trek net elke nou en dan sy swart keps laer.

En jy, wat is jou mening, Welcome? vra ek. Lui-los sit hy daar wydsbeen op die rottangstoel, nog aantrekliker nou dat hy gerook is.

Dis die ding van die duiwel dié, sê Welcome. Ek wil hê my kinders moet eendag 'n renoster in die bos kan sien. Maar daar is baie kante, en baie mense hier in Hazyview stem saam oor renosterstropery. Jy sal sien.

Miskien omdat ons gerook is, ritsel sy stem ook; 'n asem blaai deur die blare hier op die rand van die kamp. Hy sê: 'n Man met 'n leë maag sit nie en wag nie. En: Hoeveel jare is dit nou al en party van ons huise het nog steeds nie elektrisiteit nie.

Toe hoor ons almal die uil, soos 'n teken, en Welcome gaan haal nog 'n Windhoek vir hom.

Ons gaan in, sê die man-wat-'n-stroper-geword het, en een van ons dra die AK-47, dis hoe ons onsself moet verdedig teen die veldwagters, en een dra die geweer om die renoster te skiet. Ek dra die wire cutter en die byl in my rugsak. Daar is min tyd, die renoster skop en baklei, ons moet die job klaarmaak en padgee.

Nou lê die dier daar op sy sy, lewendig of nog half-lewendig terwyl die horing afgekap word, dis hoe dit gedoen word. Ek laat sak my kop en steek myself in my hande weg, laat niks hoor van alles wat ek daar sit en dink op die stoep nie. Is daar 'n kalfie? vra ek naderhand.

Ek weet nie. Nee. Partykeer is daar een, want die ma met die kalfie is die stadigste, hulle is die maklikste teikens. Maar as jou maag leeg is, sê hy, is dit wat jy doen. Hulle het al baie van ons doodgeskiet. Een nag is my broer in Skukuza geskiet. Meer mense as diere is al in die Krugerwildtuin doodgeskiet. As jy die dooie mense en die dooie diere tel, is daar meer mense. Die regering trap ons.

'n Hond blaf oorkant die snelweg aan die oostekant van die kamp. En nog verder weg buitekant die kamp waai klanke van Mexo FM aan – klink soos DJ Big Sky, identifiseer Welcome die musiek – klanke wat ek net-net wil herken. En later, iewers gedurende ons gesprek en ongetwyfeld nadat ons gerook het, twee geweerskote, vuk, vukk, net daar. Die blaffende hond hou op blaf.

Is daai geweerskote? vra ek vir Welcome.

Ja, en dis niks ongewoon hier in Hazyview nie.

Die man-wat-nie-'n-stroper-is-nie meen hy het nou genoeg gesê. Hy staan op en laat my toe om sy hand te skud, en ek bedank hom. Welcome sal hom by die kamp uitlaat en dan na sy eie kwartiere gaan. Tensy hy deurnagdiens moet doen en die kamp patrolleer, om-en-om in sy hoë, army-groen stewels tot dagbreek toe. Welcome en ek skud ook hand, so sexy soos 'n handskud kan wees, en hy klim by die stoep af maar nie voordat hy nog 'n Windhoek gaan vat het nie.

Ek kruip in my bed. Van ver af rol hip-hop nog steeds aan, klanke wat my lank nie meer pla nie, gesif deur ruie, sawwe bos. Onder lamplig maak ek my notaboek oop met al sy aantekeninge en knipsels, gekopieerde en geplakte renosterinligting, hier en daar oor olifante ook. Van al die man se vertellinge bly die een oor die kruiwa my by, die kruiwa wat gelaai word met plastiekdromme, wat Sabierivier toe gestoot en volgemaak word met water, dan teruggekarring word na hulle dorpies. Hulle pa's en oupas het nooit voordeel getrek uit die wild nie. Ek weet wat die man-wat-stroop-vir-sy-familie hiermee bedoel, en ek weet maar te goed wat hy wil hê ek moet begryp.

Hier op bladsy 31 van my notaboek, 'n foto van 'n Thomas

Baines-skildery. Die skildery is beskryf deur die Suid-Afrikaanse Museum waar dit dan ook hang, en is gedateer 1850. Baines beeld die markplein van Grahamstad uit waar olifanttande en diervelle te koop aangebied word. Ek kan vier hope tande uitmaak, opgestapel in rye, en op die voorgrond is leeu- en luiperdvelle uitgesprei vir die kopers. Daar is waarskynlik renosterhorings en -voete ook, maar ek kan hulle nie uitmaak nie. Baines beeld meestal wit mense uit, mans met pluiskeile, vroue met sonsambrele. En tog, heel voor op linkerkant sit 'n man plat op sy sitvlak, sy rug teen 'n lang stuk hout wat lyk of dit aan 'n ossewa behoort of vir een gebruik gaan word. Dis die enigste swart man in die skildery. Die oes van olifanttande en velle, buitgemaak in die Oos-Kaapse veld en in die bos, word verhandel deur wit mans, gekoop deur wit mans. Dit is waarna die man-wat-gedwing-is-tot-stropery-en-fokkol-omgee verwys het.

 Ek bêre my notaboek. Die seilwande van die tent is skif van gebruik, die bosveld tasbaar, teenaan my, daarbinne adem en sug dit dwarsdeur die nag, so gerusstellend. Ek weet ek moenie kant kies nie, maar doen dit tog.

*

Op pad terug van Hazyview na Johannesburg trek ek af by die Petroport op die N4, 'n kompleks soos 'n dorpie met eetplekke en kiosks kompleet met wildsnuisterye en biltong en sebrastreepbroeke en luiperdkolhemde. Die kafees en kiosks is propvol mense wat lyk of hulle nêrens anders het om te gaan nie, asof die Petroport hulle eindbestemming is.

 Ek gaan trapop, neem plek in by die urinaal en kry dan uitsig deur 'n lang, smal venster al bokant die urinaal. Van hier af, op grootmenshoogte, kan ek uitkyk op 'n wydomheinde vlakte en wragtig waar, daar loop oral renosters. Hulle sak en tel hulle hoofde op soos hulle sou maak as hulle besig was om te wei, maar daar is g'n enkele boom of struik in sig nie, nie eens 'n modderdam van 'n lekpyp nie. Nadat hulle rondgemaal het, hou 'n klein troppie weswaarts waar die son vanmiddag sal ondergaan, net om weer om te draai, terug, asof hulle versteur is.

Pappa, kan ek ook? 'n Seuntjie lig sy arms en word opgelig deur sy pa sodat hy ook kan sien waarna die urinerende mans kyk. Daar is ook sebras en koedoes en kleiner bokkies, maar hulle is slegs bysaak vir die groot soogdiere.

Is dit regte renosters, Pappa? vra die seuntjie. Inderdaad lyk dit na 'n diorama met opgestopte renosters op wiele, voorafbestem om heen-en-weer op mensgemaakte spore te loop.

Op daardie ganse omheinde vlakte g'n enkele boom nie, soos ek genoem het, elke renoster word gevoer met aangeryde tef en lusern – as hulle dit gelukkig tref – en van hulle aard om rond te loop en te wei kom daar niks nie. Dis dan ook die verrassingsaspek van die Petroport: Terwyl jy staan en urineer, kan jy die diere sien ronddwaal. Hierdie tyd van die dag, of enige tyd van die dag of nag, is hulle tot niksdoen gedoem, gras kan hulle nie vreet nie, want dis vertrap tot stoppels, skadu is daar nie om te soek nie, die sensasie van 'n mineraalryke modderrol lank reeds vergete. Hulle is beroof van elke liewe funksie in die bos. Die horing van elke renoster afgesaag.

Ek rits my broek toe en verlaat die Petroport in my gehuurde Toyota Corolla.

*

My ma het lankal die gordyne van die eetkamer toegetrek. Nes klein Marcel Proust die tinkel van die klokkie by hulle tuinhek onthou en bly onthou tot en met sy laaste paragraaf, sal ek ook die rol van die brons wieletjies op die gordynstaaf onthou, nou nog, áltyd, die sussing van daardie bronsklank: Dis piknag buitekant, maar ek hoef my nie te kwel oor die winter daar ver op die veld, die ryp wat my ma se vuurpyle gaan knak, die jakkals wat die lammetjie bekruip nie.

Na die gebakte macaroni-en-kaas sal my pa sê: Laat ons boekevat, sy kaalkop gloeiend onder die lamp, 'n modieuse lampskerm uit die sestigerjare met vertikale strepe en 'n breë skerm. My pa se stemtoon waarsku al klaar: Jy beter luister. Uiteraard vra hy die Familiebybel, 'n knewel van 'n boek op die tweede rak van die room divider.

My pa het nie dikwels hierdie stuk voorgelees nie, maar somtyds tog, om ons die verdrag tussen God en die mens op die hart te druk, daar reg van die begin af, toe die voëls nog besig was om vere reg te skud op die tak van 'n paradysboom. Ek verwys hier na Genesis 1:28, 'n passasie wat volg op die skepping van die mens deur God, en volgens God se beeld: Wees vrugbaar en vermeerder en vul die aarde, onderwerp dit en heers oor die visse van die see en die voëls van die hemel en oor al die diere wat op die aarde kruip.

Ons lees tot hier, sê my pa dan, steeds streng, soms so bars dat jy verplig is om te bly luister anders het jy niks om na die tyd oor te vertel nie. Ons buig almal die hoof vir die gebed. Ons dank U, God, vir die kos op ons tafel, en ons dink aan hulle wat minder bevoorreg is, en ons bid vir reën, maar op U tyd, o Heer, en so aan. Moet darem sê, hy't die ding nie uitgerek nie. Sy bedoeling was opreg, en onmiddellik na amen het hy opgevlie en 'n laataandsopie vir hom gaan skink.

Genesis 1:28 – dis waar al die kak begin het. In die oorspronklike Hebreeus is die sleutelwoorde van die teks *kabash*, wat meestal vertaal word met "om te onderwerp" of "onder beheer te bring", en *radah*, wat beteken "om te oorheers" of "om te domineer". Die *Dictionary of untranslatables*, sy naam ten spyt, brei die betekenis van dominasie uit na 'n asimmetriese verhouding. Die mens word die oppermag gegee om te heers oor die flora en fauna van die aarde, terwyl laasgenoemde geen enkele sê in die saak het nie. In Duits word *dominasie* vertaal met *Herrschaft* en *Macht*, wat dui op 'n vasstaande verdeling tussen die dominus, die meester, en al wat dier en plant is: Hy domineer as Herr, as die meester, met al die mag tot sy beskikking, vir ewig en altyd.

Partymaal het my pa 'n tweede en soms 'n derde sopie met een sluk weggesit. Net so. Agterna het ek die sopieglas op die drankkabinet raakgesien, 'n oulike glasie wat my aan 'n teddiebeer laat dink het, nog steeds glinsternat binnekant met die goudlikeur wat ek dan met my vinger opgelek het.

My pa het erns gemaak met Genesis 1:28, waarom sou hy nie? Die skaap die meerkat die bok, die miskruier die springhaas die skole sardyne spartelend in die skuimbranders – he-he, sê bietjie saksarelsêsanniesewesondaesondersonde – die berggans die rooijakkals die pragtig gemerkte kameelperd die renosters die kwaggas die sebras, laat maar kom, hulle behoort almal aan ons, ons mans en vrouens, alhoewel die vrou nie eintlik tel nie, elkeen van daardie diere om mee te maak soos ons wil. As snotpikkertjie het ek dikwels in die veld rondgedwaal met 'n .22, die vaalgrys veldvoëltjies vrekgeskiet dat hulle stukkend spat, elke lewende ding, alles wat groei en grootword is ons s'n om te eet en aan te trek en te teel en te kruistel, paradysvoëls kaalgepluk vir ons kerkhoede, leer gebrei vir ons skoene ons gordels ons baadjies.

Uiteraard is daar die apologete vir die Ou Testament wat die twee woorde, *kabash* en *radah*, anders interpreteer. Op 'n middag, reeds terug aan die ooskus van Australië waar ek woon, ry ek na die koöperasie om gort te gaan koop, en ek is ingeskakel op Radio National. Vanmiddag se gas is 'n Katolieke priester – sy naam onthou ek nie – en hy word bekendgestel as 'n skolier van Ou Testamentiese hermeneutiek. Hy konstateer met oortuiging dat *kabash* en *radah* verstaan moet word as 'n ooreenkoms tussen God en die mens, tussen mens en dier en tussen die mens en die aarde, en die ooreenkoms behels respekvolle voogdyskap.

Terwyl hy nog so praat, hoor ek duidelik die budgie in sy studeerkamer, daardie staccato knippertjilp waarvoor hulle so bekend is, nes dié van die swerms budgerigars wat in duisendtalle in die diep platteland van Australië bymekaarkom. Hulle is slegs groen en goud, dié bosbudjies, kleure waarmee hulle die woestynblou hemele beskilder terwyl hulle wonderwerklike murmurasies uitvoer en plotseling afduik op 'n rooimodderland om uit 'n watergat te teug, derduisende goues en groenes, soos ek genoem het. Daardie tjilp wat ek agter die voortreflike Ou Testamentiese -geleerde uitgemaak het, was ongetwyfeld dié van 'n budjie, gekluister in 'n klein draadhok. Nee wat, my maat, dink ek toe, fokkof liewer net.

Op rypoggende op daardie plaas in die Oos-Kaap waar ek grootgeword het, was dit my ma se gewoonte om heel eerste die gordyne oop te trek om lig binne te laat, om uitsig te bied op die winterveld doer ver. O, die klank van daardie klein wieletjies op die bronsstaaf terwyl ek nog toegevou onder die verekombers lê, die kaserige tamatie-macaroni steeds iewers in my maag, en liefde, dáár, die liefde terwyl my kop aangevly was teen my moeder se bors, en steeds hoor ek haar fluisteringe in my dons-seuntjieoor: Lekker slaap. Die warmte van haar, toe.

*

Gedurende die week in die noorde van die provinsie Mpumalanga word ek uitgenooi na 'n vyfster-gastehuis in 'n bewaringsgebied binne die Krugerwildtuin. Dit help om 'n skrywer te wees, mense vertrou jou. Maar ek kan jou nou sê, afgelei uit my gesprekke met mense in die renoster game, die hanteerders en die bewaringsmense en die veldwagters en advokate wat die staat versus renosterstropers verteenwoordig in die spesiale hof in Skukuza, die oomblik dat hulle vermoed die spil waarom jou storie draai, is renosterstropery en kingpins en die sensasie van groot somme geld, gee hulle net daar pad sonder om eens hulle drankie klaar te maak. Bowendien sal hulle nooit van die renoster-game praat nie. 'n Spel het wenners en verloorders, daar is geld by betrokke. Hulle vermy al hierdie terme. Rol deur hulle sosialemediaplasings en jy sal agterkom hulle gee renosterkalfies wat gered is, name. Hulle praat van die kalfies as "parmantig" en "dapper" in die maande en jare wat die oorlewendes gehelp en begelei word, en uiteindelik by die trop in die bosveld vrygelaat word. Soos die renoster daar sielalleen staan, is dit veel meer as net staan-in-die-bos: Veldwagters en hanteerders wat nóú betrokke is by renosters van alle ouderdomme, dra kennis hiervan, en ekself begin dit verstaan.

Soos voorheen genoem, dit het nie te make met die antropomorfisering van die dier nie, maar met die erkenning van die dier as gevoelvolle wese, 'n vermoë wat deur Frans de Waal gedefinieer word as die vermoë om te ervaar, om te voel en waar te neem, en om 'n herinnering van die waarnemings oor te hou. Die renoster as gevoelvolle wese memoriseer, dra kennis oor, druk emosies uit – op 'n renostermanier – en maak dwarsdeur hulle lewe so. Indien jy die versorgers se mediaplasings met aandag lees, besef jy hulle laat die renoster toe om tot 'n begrip van húlle te kom – of dit nou Diceros bicornis of Ceratotherium simum is – en nie andersom nie.

Net voor dagbreek arriveer ek by die hoofkwartier van Bewaring en toe ek uit my kar klim, plaas 'n vrou 'n warm waslap in my hande. Ek word soos 'n baie belangrike persoon behandel. Ek word rondgelei deur die vyfsterhotel, getemperde luuksheid in rivierklip, hout afgewerk of natuurlik en onvernis gelaat, en golwende dekgrasafdakke geskep deur meesterhande. Die hotel is bosveld-wabi-sabi tot en met die geur van papajaskil agtergelaat op 'n ontbytbord en die olifantmis net daar onder die houtstoep. By terugkeer sal ontbyt vir my bedien word op die stoep met 'n uitsig op die Biyamiti-rivier, wat dié tyd van die jaar droog loop.

Estefan Wyngaardt is my gids vir die dag. Fiks, met 'n bosgroen veldwagtersuniform en kakiepet, en sommer dadelik sê hy: Daar's iets wat ek jou wil wys, en ek voel sy persoonlike kennis van die bosveld en diere aan. Ons ry uit in 'n aangepaste Land Rover met oop kap en kom na 'n ruk by die droë rivierloop van die Biyamiti aan. Vanaf my hoë sitplek agter Estefan het ek 'n uitsig op die bosveld reg rondom ons.

Estefan hanteer die Land Rover met slegs een hand, navigeer maklik tussen en oor die dik banke riviersand. Ons stop heel eerste by 'n renostermishoop, of liewer misdorp, waar van alles en nog wat gebeur, besonderhede waarmee Estefan vertroud is.

Ek het die ou man geken, vertel hy oor die renoster waarheen ons op pad is. Hy het altyd op hierdie einste plek in die bos kom staan. Ek het gesien hy raak traer, swaarder op sy voete, en altyd alleen asof hy besig was om hom gereed te maak, dit is natuurlik hulle aard, maar ek het geweet hy sal op hierdie plek kom sterf.

Daar, hy leun agtertoe en wys na die deurtjie wat jy oopmaak deur 'n staalpen uit te trek en dan terug te glip in sy ring, maar die pen sit nie styfpas in die ring nie en klakketie-kliek elke keer as ons oor 'n wal ry. Dis iets wat ek reeds opgemerk het, seker maar hoe Estefan sy Land Rover wil hê.

Jy sien, die ou man het naderhand hierdie kliek-kliek begin eien en uitgeloop gekom om te kyk of ek dalk iets vir hom het, en toe, in die laaste paar weke g'n teken meer van hom nie. Hy praat sonder om om te kyk, hou die sanderige bedding voor hom dop. Weet jy, hulle kan 'n mens tot 60 meter ver ruik, sê hy nou. Daar staan hy dan, neus opgelig in my rigting, terwyl ek uitklim en aangeloop kom. Hy het my leer ken. Daar's min wat renosters nie weet nie.

Agter teen sy nek kruip en krul hare, geen barbier om sy haarlyn netjies te maak nie. Het hy 'n familie of liefling daar buite? Ek gaan nie uitvis nie. Estefan se antwoorde wyk nooit af van die omgewing om ons nie, en hy deel graag dinge wat nie hier vanaf die Land Rover sigbaar is nie. Sy fokus is gerig: die bewaring van die bosveld met al die diere, voëls en insekte. Hy is 'n ware veldwagter.

Ek wil graag hê jy moet dit sien, sê Estefan. 'n Renosterkarkas is 'n gebeurtenis hier by Bewaring.

Hy parkeer in die middel van die rivierbedding. Die wye loop van die rivier is die ene kalkgewaste rivierklip, verknotte boom ontwortel deur stormwater en lae steenkool-en-beenwit sand. Op regterkant is die bosveld en net so effens links steek 'n kameelperdnek uit, knibbelend aan hemelblaartjies.

Estefan tel sy jaggeweer op en ons vat koers na die verre, linkerkantste rivierwal om vandaar die bos in te gaan. Dis 'n knap steilte en hier voor my is Estefan se kuitspiere in kortbroek, bruin en welgebult. Toe ons op die spoor van die paadjie kom, waai die vingers van sy regterhand agtertoe: Bly reg agter en hou naby my, fluister hy.

Die paadjie is smal en allerlieflik, rondom sug en kraak die bos, dis droë seisoen. Ek is regtig bang vir niks, maar hoop tog dat dit nie nodig is vir Estefan om sy geweer te gebruik nie. Ons kom by die plek waar die bos oopmaak. Dis waar die renosterkarkas lê, dis wat hy vir my kom wys het. Hier het die ou renosterbul kom sterf, witrenoster was hy, en Estefan benadruk: Hy het op 'n natuurlike manier gesterf.

Selfs al ken jy nie die bosveld nie, is dit duidelik dat iets hier gebeur het. 'n Ronde, oop kring in die sand, rondgeskop en vertrap, miere oral, holtes en spore net waar jy kyk, drolletjies – hier was die liggaam van 'n dier. Nou is daar niks meer oor nie.

Estefan is verstom. Hoe hy gewoonlik sy emosies uitdruk, weet ek nie, maar hy is sprakeloos oor dit wat daar voor ons is, of liewer die afwesigheid daarvan. Sy oë en mond oop, attent op die niks, die skok daaroor, dis iets wat hy glad nie verwag het nie.

Slegs die onderste deel van die kakebeen het oorgebly van die karkas. Kiestande. Ek tel ses op linker-, vyf op regterkant. Die punt van die kakebeen is afgekou en klaar besig om te vergaan, vesel wat een sal word met stoppelgras en sand en voosblaar.

Hoe lank het dit gevat? vra ek.

'n Week en 'n half, twee weke. Estefan leun op die loop van sy geweer. Ek was twee weke gelede hier. Jy kan sien die omtrek waar die karkas gelê het, begin reeds vervaag, nog 'n dag of twee en daar's g'n teken oor van wat hier gebeur het nie.

Die horing? Maar Estefan wil nie daarop antwoord nie. Ek vra ook nie weer nie. Hy staar na die sterfplek. Dis iets, dit was iets, nou is dit niks nie.

Maar dit is tog nog iets. Ek kan dit sien. Ek stap tot binne die omtrek waar die renoster sy liggaam kom neerlê het. Met my Leica neem ek nabyfoto's van die sand bespikkel met takkies, 'n dooie veer, gekoude bas of iets, miskien oorskiet van 'n laaste maaltyd. Hier dan, die vaalbruin aarde wat hy gekies het vir sy laaste ure. Hier is sy karkas opgevreet, sy beendere verbrysel, afgekou en weggesluk, en het sy oorskot teruggekeer na dié deel van die bosveld.

Estefan en ek stap terug na sy Land Rover in die middel van die droë rivierbedding. Nie 'n woord verder van hom op ons terugrit nie. Ek hou 'n oor op die kliek van die staalpen by die deurtjie terwyl ons die sandwalle in die rivierbedding aanvat, 'n wal uitry en weer op die pad terugkom.

By die bosveldhotel word my ontbyt bedien met gestyfde lapservet en silwermessegoed. Vrugte, eiers na jou smaak, croissante, pinkie-boerewors gerooster, spek gebraai – oordadig vir 'n enkele persoon. Van hier af kyk die belangrike gaste reg op die Biyamiti-rivier en die soom bosveld oorkant. Kameelperde, koedoes, leeus, vlakvarke met hulle penregop sterte, almal wat dors is, sal hulle laaste sluk uit die rivierbedding kom haal, en as die rivier afkom, sal daar ook seekoeie wees. Die uitsig is dekadent: 'n vertoning van wild op die stoep van 'n boshotel teen R 5 000 per nag per persoon.

Lank na die uittog in die Land Rover bly ek wonder waarom Estefan so stil en peinsend geword het toe ons by die oop plek in die veld gekom het, die renosterkarkas skoonveld. Hiënas, kransaasvoëls, miskien selfs die rooibek-bosluisvoëls het kom eet. Hoekom het die toneel hom so ontroer terwyl hy daar op die loop van sy geweer staan en kyk het na die omgewoelde sand met g'n splinter been meer oor nie? Slegs die halwe kakebeen op sy kant getiep, aan't verweer, allerlaaste oorblyfsel van 'n renoster wat gelukkig genoeg was om 'n natuurlike dood te sterf.

Estefan se hart moes seer gewees het. Niks oor van sy ou maat, die een wat naderhand die kliekketie-kliek van sy Land Rover kon uitmaak nie. Die bos ween, selfs die trop, selfs hulle staan iewers hangkop en hou op kou vir 'n rukkie, hulle ou teelvader daarmee heen. Deur die lens, op die aarde gerig vir my laaste foto. Daar lê die kakebeen losgeruk van die renoster, elf kiestande nog steeds gewortel in die been. Die kakebeen reeds verbleik tot monochrome bruine wat meng met sand, met los takkies, 'n tossel dierehaar en skaduwees van pootspore. As ek na die komposisie van hierdie dinge op die foto kyk, is daar 'n skoonheid van harmonie, vergelykbaar met die aardse collagewerke van Antoni Tàpies wat ek eenslag in die Casa Colgadas in Cuenca gesien het, maar meer as dit durf ek nie toeëien nie. Slegs 'n veldwagter soos Estefan bly al lank genoeg daar om op intimiteit met bos en dier aanspraak te maak, 'n intimiteit of naastegevoel wat, aldus J.M. Coetzee, die persoon in staat stel om die ervaring van die ander wese te deel; en as die dood dan wel die dier nader, sidder die liggaam.

*

Om en by 1986 word die eerste swartrenoster na die Groot Visrivier-park in die Oos-Kaap ingevoer. Later is daar 'n heen-en-weer skuiwery van renosterspesies totdat net die droogtebestande Diceros bicornis in die park rondloop – die suidwestelike swartrenoster wat in die oertyd op hierdie aarde gewei het met sy gemengde flora van savanna, euphorbia-stanings, spek- en doringboom.

Al die subspesies toon ooreenkomste met die vroegste gedokumenteerde renoster tot in die Middeleeue, toe swartrenosters dwarsoor Suidelike Afrika van die wes- na die ooskus geloop het, en verder noord in Sentraal-Afrika, die deel wat nou bekend staan as Kenia, en nog verder tot in Wes-Afrika. Die Vallard-atlas van die Dieppe-skool van Kartografie, gedateer

1547, lewer bewys van die Wes-Afrikaanse renoster se bestaan. Die tekening in dié atlas toon 'n renoster op 'n heuwelknobbel, digby die kuslyn van Wes-Afrika. Die perspektief is egter naïef, want die renoster lê plat op sy sy, vier voete in die lug wat ooswaarts wys – 'n voorbode van die renoster se lot.

Die veldwagter in die Groot Visrivier-park is Ziyanda Nelson. Sy bestuur die suidelike deel van die park. Daar is presies vier dae oor tot die veertiende September, tot volmaannag.

Die dae voor volmaan is net stres, my siel gaan dood, sê Ziyanda en krap haar kuit wat uitsteek by haar veldwagterwolsokkie.

Sy staar na die bewerige swart-en-wit beelde op die nagkamera, afgeneem teen 05.15.23, 'n uur of wat voor dagbreek. Daar is Decima, die ou moederkoei. Sy lê op haar linkersy en slaap haar oor 'n mik. Kyk hierso: Die kussings op haar voete is donker en klam, sy het seker rondgedwaal, was seker by die watergat voordat sy kom rus het. Voetkussings bly nat van die douveld. Ziyanda is só erg oor hierdie skepsel.

Decima se regteroor is gekeep; met die kenmerkende V het hulle haar as kalfie in die Nasionale Krugerwildtuin gekry. Klein Decima is gedurende haar eerste vyf jaar grootgemaak op 'n plaas vir renosterwesies met baie sekuriteit. Sy het perdemelkformule versterk met laktose uit daardie ekstragroot tietiebottels gedrink. Die bewaarplaas hou egter meestal witrenosters aan en Decima sou nie altyd daar kon bly nie. Toe sy eindelik gereed was vir die wildernis, is sy per trok aangery na die park. Kort daarna is twee jonger koeie bygevoeg, en sommer gou het hulle begin saamloop en -speel, en so aan. 'n Minderjarige bulletjie het ook later gekom, alhoewel die park toe al reeds 'n ouer, dominante bul gehad het, 'n meestal eensame ou dwaler.

Ziyanda weet nie altyd presies waar die ouer bul rondwei nie. Die meeste van die tyd weet sy egter waar die ou moederkoei hou. En nou is daar ook 'n kleintjie op pad by die ander klomp.

Sy krap weer die vel op haar kuit. Sy het 'n nota geskryf

vir haar span, die nagpatrollie wat oor die park sal waghou gedurende die volgende week tot en met die veertiende. Die nota lees soos volg: Ek hou duim vas, manne. Behou julle integriteit, dit gaan hier oor die bewaring van die renoster, vir ons, vir ons kinders, en ter wille van die renoster self. Daar is baie op die spel, ek hoef dit nie vir julle te sê nie.

Sy skryf soos haar pa in haar notaboek, letters leun na regs. Wys my jou handskrif, en ek sê jou watter soort mens jy is, het hy altyd gesê. Kyk, só, het hy haar geleer: Druk saggies na bo en hard ondertoe, en maak seker jou letters lê almal op hulle regtersy.

Baie op die spel. Ziyanda stel dit nie prontuit nie, maar sy verwys natuurlik na die versoeking waartoe die enorme prys van die horing kan lei. Sy lees weer haar nota en begin twyfel. Vee die meeste van die boodskap uit. Hulle is nie oningelig nie, hulle weet wat die markwaarde van renosterhoring is. Sy het geen keuse nie: Sy moet eenvoudig haar patrolliemanne vertrou.

Sy aanvaar 'n vriendskapsversoek op Facebook, 'n man van Uitenhage, sommer daar naby. Sy moet weet hoe klop die hart van die gemeenskap hier om die park. Kort ná haar aanvaarding van die versoek, merk sy haar nuwe vriend het die volgende op Facebook geplaas: Ek stap nou aan 40 toe, ek het nie 'n huis nie, vier kinders om kos te gee. Ek het nie 'n job nie. Weet julle dat 1.6 miljoen kinders onder vyf jaar nie mooi uitgroei nie? Weet julle hoe dit voel?

Hierdie soort – sy's ingelig, make no mistake. Een misstap en sy ontvriend hom. Hulle weet maar te goed dat sy hoofveldwagter is en lê op die loer. Wag dat sy per ongeluk die loopplek van 'n renoster verklap.

Op die ou einde sny sy haar nota: Wees veral op julle hoede. Daar is baie op die spel. Ek wens julle net die beste toe. Die manne moet self beslis, hulself bemagtig voel. Nes sy. As sy laat uitglip dat sy hulle wantrou, is dit verby. En verby met haar ook.

Ziyanda maak nie deel uit van die nagpatrollie nie, nee vader, as sy moet uitgaan op patrollie en enigiets op twee bene gewaar, skiet sy hom morsdood. Die geringste beweging daardie tyd van die nag – vrek.

Sy stoot haar stoel terug. Onrustig. Teen die muur hang haar jaggeweer, 'n .458. Dis haar grootste probleem elke maand wanneer die volmaan naderkom: die konflik tussen die bewaring van die renosters en die geheimhouding van hulle loopplek. Moet sy die koördinate verklap? Byvoorbeeld die plek waar sy die nagkamera geïnstalleer het, tans op Decima se houplek. Sy tik op die skerm: Hierso kan jy sien, sy het effens geskuif, nou lê sy met haar voorste linkervoet ingevou onder die ken.

Maak haar skoon mal, die ding. Sy sorg vir die suidelike deel van die park en gewoonlik, byna altyd, weet sy waar die renosters loop. En waar Decima hou. Sy besef maar te goed dat sy die inligting aan haar nagpatrollie moet verskaf, anders staan hulle nie 'n kans nie. Dis 'n enorme 1 600 vierkante kilometer wat hulle moet dek. Dus, hoe kan sy haar manne die optimale kans bied om oor die renosters wag te hou as sy hulle nie sê wat sy weet nie? Maar in haar hart, nè, diep binne-in haar hart skop sy vas.

*

En nou's dit Frankie van der Merwe wat die deal vir hulle twee stropers, vir hom en Athule, moet maak.

Frankie sit by hulle telefoontafel met sy selfoon en 'n flenter papier waarop hy goed skryf. Die tafeltjie is een van daai outydses met dubbel-levels, een vir jou boude kamtig opgestop, maar liederlik en deurgesit. Frankie onthou sy pa altyd doenig by die tafeltjie, maar selfs as kind kon hy sien daar gaan niks aan nie. Hy onthou sy pa se hand – die een sonder die telefoon – wat so tussen sy knieë gehang het, so heen-en-weer, meer soos bewe. Verder het hy en sy vrou nie 'n landlyn vir die telefoonlevel van die tafeltjie nie, net twee goedkoop selfone met nikswerd kontrakte van PEP.

Frankie het Kingpin op sy sel. Ja, meneer, sê hy, ek weet waar is die Edward Hotel, meneer. Ek was nog nie by die bar nie; ek bedoel ek was lanklaas daar vir 'n drankie. Op die hoogte daar, mooi plek.

Ek is in een van die luxury suites, het jy my? Bel my as jy onder is. Jy gaan 'n suitcase kry met alles in. Jy gaan daardie suitcase afdra ondertoe. Hy gaan nie lig wees nie. Het jy 'n kar?

'n Bakkie, meneer. Toe hy die ding van die suitcase hoor wat hy moet afdra by die Edward Hotel, plaas hy homself gou in daai situasie, hy sal deur ontvangs moet loop en van die hotelgaste gaan opkyk: En wat het jy miskien in daai koffer wat so swaar is?

Nou sien hy hoe sy hand tussen sy knieë nes sy pa s'n maak. In sy kop is hy oortuig dat dit sy laaste kans is. Hoekom bang wees? Trompie hol in en lek aan sy hand en kef om te sê hy's nou reg vir iets, maar honde worry mos nie. Watter hemp gaan hy dra na Kingpin toe? Hy moet reg lyk vir dié soort deal.

Frankie verbeel hom Kingpin moet wees soos die een bo in die noorde, Mister Big. Frankie lees alles wat hy in die hande kan kry oor Mister Big as hy vir tannie Marie gaan kuier, sy's ryk en sy't wi-fi. Sy bly in 'n droomhuis in Colchester met daai spierwit duine in haar agterjaart. Tannie, kan ek maar jou internet gebruik? vra hy altyd eers voordat hy konnekteer. Dis maniere. Hy moet egter inligting oor Mister Big kry. Skatryk, en al wat mens is in Hazyview bewonder hom. En hy's in en dan weer uit die tronk, maar hy't te veel kontakte buitekant om lank daar vas te sit.

Om eerlik wees, niemand het nog eens Kingpin se regte naam aan hom gesê nie, en hulle gaan ook nie. Protokol. Hoofsaaklik probeer hy uitwerk hoe hy hom in die geselskap van Kingpin moet gedra, wat om te sê en wanneer om sy bek te hou sodat hy nie die missie bedonner voordat dit eens begin het nie. Hy's nie stupit nie.

Jy sal alles kry wat jy nodig het, sê Kingpin oor die foon. Jy kry my shopping list. En as jy die goed kom aflewer, kom die suitcase ook saam terug, met alles net so daarin. Verstaan jy?

Frankie ry weer op en af met sy been. Is dit tyd om te vra hoeveel? Om sy prys te maak vir die horing? Miskien kom hulle weg met net een. Oukei, wag.

Ek het hom, meneer. Dankie, meneer. Maar besef toe dis heeltemal te vroeg in die game om nou al vir Kingpin dankie te sê. Ek sal daar wees. Woensdagmiddag. Hy het vandag en Dinsdag oor om die klereding uit te sorteer. No way kom hy verslons daar aan.

Hier's sy nou. Hy lees in haar oë wat sy nie sê nie: Wat sit jy so en praat? As sy geniepsig wil wees, slaan sy oor na Engels, en mevroutjie draai die skroef, soos in waddefuck is all this talking going on?

Frankie se vrou het 'n klein kop, amper soos een van daardie bruin, harige kokosneute wat jy by Spar kry, maar haar hare is net swart, styf en swart rondom haar gesig. Onder haar ken raak die twee punte aan mekaar. Sy vra nooit iets, en sy verwag niks van hom nie. Sy kom nader, gaan staan reg voor hom om hom te blok, net so, kyk af – hy's 'n kortgat en nou sit hy ook nog – staar na hom met daardie ronde gitoë soos 'n ET-kat.

Jis, wat is dit? Wat wil jy hê? vra hy. Sy swyg. Hy is geblok, hy kan nie opstaan by die telefoontafeltjie en verbykom nie, dié of daai kant. Pikswart korente-ogies wat hom vaspen. Wat issit?

Hy loer na 'n teksboodskap wat deurkom. Dis Athule Bomvana. Asseblief man, iemand help my met R20 Telkom-airtime, seën my asseblief ek het fokkol oor. Ek sê dankie, almal.

*

Kort nadat Frankie die hotelkamer binnekom, 'n luukse suite, word die vensters op bevel van Kingpin oopgemaak. Dis laat agtermiddag. Sit jy daar, Frankie van der Merwe kry so 'n regop stoel, nie een van die lekker sagtes nie.

Daar word weggeval met die deal. Mors niks tyd nie, nè, dink Frankie. *Energie* is die woord wat hy hoor. En van die ou vrou op haar doodsbed in Hongkong – hy gaan weer bietjie moet kyk na daardie stad, watter soort plek Hongkong is. Die ou vrou se energie is besig om op te raak. Op. En sy het koors. Daar is min tyd oor.

Frankie sit knieë teenmekaar. *Energie*, daai woord. Kingpin dra omtrent 'n smart suit, hy moet sê. Sonder das. Geskeerde kop, glad en geolie, en 'n streepsnor of hy geteken is. Mode? As Kingpin na Frankie kyk, draai hy sy kop skeef ondertoe, die donkerbruin oog slaan hom van die kant af. Hou niks daarvan nie.

Daar mag niks kak kom nie, nie vir een oomblik nie. Kingpin se lippe herinner hom aan 'n vrou s'n en as hy soort van glimlag, ontsenu dit hom. Frankie sit en dink: Bedoel die man wat hy sê, kan sy tipe omgee vir 'n vrou wat ver oor die water op sterwe lê? Is daar nie genoeg om oor te worry om nou nog boonop te worry oor iemand wat jy nie ken nie? Speel Kingpin met hom?

Frankie het sy pers blommetjieshemp gekies. Die blommetjies steek die skif kraag weg. En jis, sy vrou het die hemp vir hom gestryk met hulle gefokte strykyster. Nie eens gevra waarvoor nie. Sy kon ten minste bietjie liefde gewys het en gevra het wanneer kom hy terug. *Energie* en *koors*, dis wat hy nou hoor.

Luister jy vir my, Frankie, sê Kingpin. Listen up. 'n Kommandant sê daai soort ding vir sy troepe as hy onverdeelde aandag wil hê – hy het dit die eerste keer in *Platoon* gehoor. Sy soort film, sy vrou haat dit. Ek wil die hele stuk horing hê, sê Kingpin. Hier is my shopping-lys. Hy haal 'n A4-papier uit sy baadjiesak. Wildehoring, reg? sê hy. Wild, vars en van 'n koei, ouer as vyf-en-dertig, lees hy. Renoster kan swart of wit wees, swart een kry die groot geld. Kingpin kyk op: Wildehoring beteken dis die wortel en bloed en vel en hare nog aan, verstaan jy?

Jis, oukei. Bly net fokken kalm. Maar natuurlik sê hy nie dit nie. In plaas daarvan sê hy: Ek verstaan.

Kingpin lees verder op sy shopping-lys. 'n Ou Chinese vrou

al die pad tot in Hongkong. Op haar doodsbed. Al wat van haar oorbly, is 'n klein bondeltjie. En haar koors loop so hoog, jy kan dit glo op haar vel sien uitslaan. Dis hoe dit daar staan. Haar seun wil die horing vir haar gee as 'n laaste geskenk. Maak nie saak hoeveel dit kos nie. Solank dit wildehoring is. Die ou Chinese vrou het niks energie oor nie.

Frankie knik, sprei sy knieë effens. Sy handpalms is die ene sweet waar hulle op sy knieë gerus het, een op elke knie. Deur die venster waai 'n lieflike seebries vanaf Algoabaai. Hy gaan 'n lekker aarbei soft serve koop op die esplanade hierna. Nee, hy gaan nie.

Dis die allerlaaste ding wat die seun sy ma kan gee. Hulle het alles probeer, chemo, alles wat Westerse medisyne bied. Die Chinese medisyneman sê hy kan help, maar hy moet wildehoring hê. Sy is op haar doodsbed.

Plotseling begryp Frankie die doel van die sending, iets waaraan hy tot nog toe nie gedink het nie; dit is die doodskiet van die renoster wat hom horries gee. Hy is 'n opregte mens, dis in sy hart opgeskrywe. Hierdie woord *energie* help om die ding te verstaan. Die dood van die renoster is nie verniet nie, dis om te help met die lyding van die ou Chinese vrou. Dis hoekom daar heeltyd so van energie gepraat word. Sodat hy kan verstaan. Hy sal al hierdie goed aan Athule Bomvana verduidelik, wat min of niks deur die doodmaak van die renoster gepla is nie.

Jy kan R25 000 verwag vir dié een. Verstaan jy my?

Frankie sit regop. Die dieper begrip van die sending het hom sonder twyfel begeester.

Hande geklamp om sy knieë, laat kom hy met R35 000. Hy sê: Ek het 35 nodig. Dit raak doodstil in die suite. Kingpin dink wat hy ook al in daai kop van hom dink. Frankie hoor sy pinkienael plienk teen sy glas. Die ding is, hy het nie gesê dis wat hy verwag nie, hy't gesê: Dis wat ek nodig het. Hy's ver van stupit.

Ek sien, sê Kingpin. Hy vat 'n slukkie van sy Coke wat na Coke lyk, maar dit is nie. Dis hoe sake staan, sê hy weer. Wel, oukei dan, bring jy vir my wat ek nodig het en ek sal sorg jy kry waarvoor jy vra.

Bring vir my die suitcase, beveel hy een van sy onderdane. Daar is drie van hulle in die luukse suite. Twee dra 'n roserige aftershave en dan is daar die vrou. Hulle is almal baie vetter as hy, wat maar skraal is. Die vrou is die enigste een wat haar aan hom voorstel: Topsy Peters.

Die koffer word in die middel van die kamer geplaas. Kyk, as Topsy daai koffer kan dra … Op daardie oomblik sien hy haar arms daar voor hom, genade, soos uiers, maar terselfdertyd dink hy hoe dit moet voel vir 'n kind om op haar skoot te sit, en hoe veilig die klein dingetjie toegedraai in daai arms gaan voel.

Op die tapyt in die middel van die vertrek, die koffer. 'n Plat soort koffer wat jy nie elke dag sien nie. Topsy wag op die bevel. Maak maar oop, sê Kingpin. Sy knip die lang koffer oop, vier knippies altesame, en lig die deksel.

Jis, mense. Dis dood net waar jy kyk. Daar lê hulle op 'n ry: Nommer een, twee en drie, die jaggeweer, die byl en die saag. Frankie word aangesê om na die koffer te gaan en hy gaan kniel langs al die hardeware, hande geklem, hy wil nie wys hy bewe nie. Wel, nie so kwaai nie. Die saag het súlke tande. En daar is 'n nommer vier, dis die draadknipper, hy weet presies waarvoor dit is.

Lyk my jy's maar pap? sê Kingping, weer met daai onderlangse kyk. Hy tik teen sy kop met sy vinger: Onthou, die dier wat daar staan, kan nie praat nie, dit beteken hy kan ook nie dink nie, jy is die een wat die dinkwerk doen. Waarvoor is jy bang?

Probeer hierdie man miskien snaaks wees of wat? Watse kak praat hy hier as hy weet die renoster is die dodelikste dier op aarde?

Frankie staan op en loop 'n draai om Kingpin met sy sjokolade skoene, nie te naby nie, en gaan sit op sy regop stoel. Ek sal die ding doen, sê hy. Waar is die geweer om ons te beskerm? sê hy, weer begeester.

Uit die artikels wat hy al by sy ryk tannie gelees het, weet hy die manne wat ingaan, die manne op vlak een, het 'n jaggeweer by hulle om die dier te skiet en, én, 'n AK-47 om hulle te beskerm teen die wildwagters, wat almal met eersteklaswapens gewapen is, en hulle sal nie weifel nie. In Botswana is die beleid doodgewoon: Skiet vrek. Of so was dit altans, dinge verander heeltyd, hang af wie's nou in beheer van die wild. Hy's nie aan die slaap nie. Hy wil hê Kingpin moet dit weet, moet weet waar hy vandaan kom.

Luister, sê Kingpin, jy's rou in die game. Moenie hierso vir jou kom cheeky hou nie. Beskerm jou fokken wit gat met enigiets wat jy kan kry.

Frankie lig sy hande: Wag 'n bietjie, hang aan. Sonder twyfel het Kingpin niks daarvan gehou dat hy vir 'n swaarder wapen gevra het nie. Dis waarvoor hy bang was; dat die missie voor sy oë sal verdwyn nog voor hy daarmee begin het. Dis geld dié wat hy nie maklik weer sal maak nie, indien ooit.

Ons sal oukei wees, ons sal dit maak, sê hy so kalm as wat hy kan, binnekant is hy 'n wrak.

Dis Suid-Afrika dié, en hulle sal die park binnegaan nes Athule dit al gedoen het, dis veiliger, miskien net so 'n raps, as Botswana of Zimbabwe, dis wat hy bly glo. Om eerlik te wees, hy is maar bly daar is nie 'n AK-47 in daai koffer nie. Hy weet wie gaan die geweer hanteer, en dis nie hy nie. No way gaan hy die skietwerk doen. Maar dan bly hy oor om die horing af te saag. 'n Horde gedagtes marsjeer deur sy kop soos miere wat de moer in is oor hulle nes oopgekrap is, en die nes in dié geval is die ordelike plan wat hy en Athule uitgewerk het, of probeer uitwerk het, stap vir stap. Dwaasheid, hierdie ding wat hulle wil aanvang. 'n Walm styg vanaf sy borskas op tot by sy wange; almal gaan die pienk op hom sien uitslaan, want hy's mos wit. Hy hoes skor en droog, hy gaan opgooi hier in die luukse suite.

Luister, Frankie, kry jy maar die goed in die hande, dan praat ons weer, verstaan jy my? Hier is julle SIM-kaarte en julle selfone. Daar is 'n nommer op, in kontakte.

Dink hierdie man hy is fokken onnosel?

Sodra jy die horing het, sê Kingpin, bel jy daardie nommer. Dis Topsy s'n. Sy gaan vir jou sê waarnatoe jy die horing moet bring. Kan jou nie nou sê nie, want die plek kan verander. Verstaan jy?

Oukei, hy verstaan. Hy is vlak een en Topsy is vlak twee. Kingpin wil om die dood nie hê die horing moet aan hom gelewer word nie, want hy is te kakbang iets loop op daardie stadium verkeerd. Kingpins is vlak drie. Natuurlik fokken verstaan hy.

Moenie jou eie SIM of sel gebruik nie. Die aflewerplek sal deur Topsy aan jou geteks word. Jy sorg dat jy op daardie plek is met die horing en die suitcase, presies net soos jy die suitcase hier sien. Jy oorhandig alles, en die selfone. Trap in jou spoor. Niks moet op daardie stadium verkeerd loop nie. Absoluut niks. Verstaan jy my? Jy kry jou geld. Ek kry die horing en die suitcase terug, al die goed binne-in nes nou. Topsy sal check. Sy het 'n weegskaal by haar. Sy sal die horing weeg. Ek betaal nie vir mickey mouse-kak nie. Jy kry jou geld en maak dat jy padgee, dadelik. Verstaan jy hoe die ding gaan loop?

Ja, meneer. Sit ek die horing in my rugsak? Waarin lewer ek dit af?

Rugsak is reg.

R35 000 per horing vir 'n volwasse horing, dis die minimum vir die risiko om daar in te gaan, sê Frankie weer, reg in daai skewe blik van Kingpin.

Waar val jy miskien uit met die goed? Verbeel jou. Ons betaal per kilo.

Wel, ek weet vir 'n feit dat in 2012 'n topprys van $65 000 per kilo betaal is, nou bietjie minder. Dis wat ek weet. Jy kan dit maar self in rand uitwerk. Het jy 'n calculator? Frankie sien hoe Kingpin se lippe pers. Pynlik, die goed. Hy moet besef hy't nie 'n koolkop hier voor hom nie. Frankie waag baie. Ek beplan om volwasse horing te bring, sê hy.

En hoeveel nogal?

Dis nou iets waaroor hy nie vooraf 'n antwoord uitgewerk het nie. Hy gaan iets moet opmaak. Hy het wel in die donkerte in die bed daaraan lê en dink met sy vrou se pinkie in sy hand, net so 'n bietjie, maar heerlik, en toe trek sy weer weg. Hoeveel horings? Fokkit. Sy mond maak oortollige spoeg. Die situasie oorweldig hom en hy begin regmaak asof hy gaan loop, want as hy nie nou opstaan nie, gaan hy 'n kant van hom wys wat hyself nie graag sien nie. Hy het vars lug nodig. Daar is so 'n lieflike stuk grasperk hier buite voor die Edward, en omdat dit so hoog lê, sal daar 'n koel bries waai. Maar loop loop hy nie uit nie.

Wat is jou antwoord, grootmeneer? sê Kingpin op daai vieslike manier van hom. Ghwel ook nog eenkant toe.

Ek sê nou een, sê hy. But we may strike it lucky, sê hy sommer op Engels, en weet dit kan iets anders ook beteken. Op dié stadium sal ek sê een, sê hy.

Op dié stadium, koggel Kingpin hom. Toe leun hy terug in sy stoel wat hy heeltemal volsit, nie plek vir 'n muis nie. Nie dat 'n muis daar wil indonner nie.

Wel, dan is daar niks meer te sê nie. Topsy, en hy maak 'n gebaar na haar kant toe om te doen wat sy moet doen.

Frankie ontvang die koffer. Kan nie sê dis nie swaar nie, maar die triek is om hom só te dra dat dit nie lyk of hy swaar is nie, dit het hy van die begin af uitgewerk. Hy moet deur ontvangs op grondvlak kom met die koffer asof hy met vakansie is. Vakansie by die see as kind. Aai tog. Iets wat hy nou skielik onthou, is hoe sy ma die taai spookasem van sy mond afgevee het met 'n bietjie spoeg op 'n sakdoek. Vakansie darem, ag, hy't deesdae nie eens genoeg geld om by die huis te bly nie.

Goeiemiddag, meneer, tot u diens, sê hy soos hy beplan het. Goeie maniere is sy redding. Al wat hy van Kingpin kry, is 'n knik. Slegs Topsy groet soos dit 'n beskaafde mens betaam, en toe hy verbyloop, kneukels wit om die kofferhandvatsel, sê sy nogal: Good luck. Teen die tyd dat hy in die hysbak kom en sy gesig in die spieëls sien – lekker mal, 'n uitdrukking wat hy nie herken nie – twyfel hy of hy Topsy reg gehoor het.

Die hysbak ry hom tot op grondvlak; hy probeer sy bes om nie weer na homself in die spieël te kyk nie, die vel op sy gesig is asvaal en slaan kolle uit. Sy battery is besig om pap te raak, dis vir seker. Hy loop deur ontvangs waar dit niemand eens skeel om op te kyk nie en maak dit tot by sy bakkie in 'n systraat, langs die kerk in Sentraal. Dit wemel daar van los skorries, maar wat kan hom nou nog bang maak? Hy sluit sy bakkie oop – opperste skelm, hy wat so vinnig op en af in die straat loer – en slaag daarin om die plat koffer agter die sitplek in te stop. Hy start die bakkie en besef toe eers hoe kwaai die koffer die sitplek vorentoe forseer, sodat hy vooroor geboë gaan moet sit en ry.

Heelpad op die N2 uit Port Elizabeth onder daardie geelsug-gloed van die snelweglampe met die yslike donkerblou see van Algoabaai op regterkant, hou die oë van sy vrou hom dop, twee giftige rissiepitte, reg voor hom daar in die pad. Hy ry verby die Swartkops-rioolwerke op linkerkant, 'n massiewe kompleks donkerder as die nag met spreiligte en goor gasse wat uitblaas. Sy venster draai mos nie heeltemal toe nie en die kakwalms van duisende en duisende mense sypel binne. Die twee swart oë van sy vrou en die dik stank verskrik hom. In sy gedagtesoog sien hy die foto van 'n dooie renoster wat daar lê, die horing afgesaag tot op die groeiplaat, tot die sinusholtes van die dier wys. En die poel bloed al om die renoster se kop. Ses of sewe nagte van nou af staan sy skoene in daai einste poel, beter hom daarop voorberei. En hy onthou nóg 'n ding. Hy het iets raakgesien wat nie in woorde onder die foto gestaan het nie, maar hy het geweet om daarvoor op te let: 'n Kruisie gekerf in die oog van die dier. Dan kan die dier nie uitmaak wie hom doodgemaak het nie.

*

Roslyn Lung spreek af om Leigh-Ann by die Darwin-kafee op die kampus te ontmoet. Hulle artikel oor die gebruik van renosterhoring deur praktisyns van Tradisionele Chinese

Medisyne is in sy finale stadium en Roslyn is nie tevrede daarmee nie. Sy haal haar donkerbril af en skreefoog na die Brisbane-hemel, morsig van die swaar weer.

Toe Leigh-Ann aankom, kan Roslyn nie anders as om die gloed op haar vel te sien nie, dis die bedompigheid. Haar enorme, nagemaakte LV-handsak staan skielik die hele tafel vol.

Leigh-Ann, kyk, ek moet sommer uit die staanspoor sê ek is nie tevrede met die artikel nie. Dis heeltemal te getemper. Dit gee nie my gevoelens oor die praktyk weer nie, nee wat. Wat sy nie noem nie, is dat sy sedert haar terugkoms van Hongkong omgekrap was.

Hierop pluk Leigh-Ann 'n hardekopie van die artikel uit haar handsak: Dis perfek, sê sy. Ek is gereed om dit voor te lê. Ons het genoeg werk hieraan spandeer. Sy laat haar hand op Roslyn s'n rus: Dis goed, ek kan jou nou sê. Wat's volgende, Ros?

Moet my asseblief nie Ros noem nie.

Leigh-Ann haal vinnig haar hand af van Roslyn s'n en staan op. Sal ek die gewone bestel?

Terwyl Leigh-Ann weg is, hou Roslyn 'n baldadige miner-voël dop op die tafel langsaan. Sy geel bek pik en skep oorskietstroop uit die bord op. Daardie oë. Sy slaap deesdae sleg. Wat's fout, wat het dan verkeerd geloop?

Leigh-Ann keer terug en plaas die bestelnommer op hulle tafel, dit is nommer 24. Is dit opsetlik? In Kantonnees klink nommer 24 soos "kap maklik om". Sy sou tog nooit so iets kon raai nie.

Na 'n ruk kom hulle piesangbrood en koffie, en die nommer word van die tafel verwyder. Roslyn kalmeer ietwat.

Ek wil hê die artikel moet harder slaan. Dis al. 'n Sin soos: Die TCM-praktisyns is sleutelfigure in die renosterhandel, hulle voorskrif van renosterhoring om balans te herstel in 'n reeds oorverhitte liggaam, ensovoorts – wel, dis eenvoudig net nie kragtig genoeg nie. Die tradisionele Chinese medisynewinkels is die eindbestemming van die horing. *Materia Medica,* maak nie saak hoeveel gesag die boek mag dra nie, skeld hulle nie vry nie: Hulle is indirek verantwoordelik vir die slagting, nee, die moord op renosters, ons praat hier van lewende, gevoelvolle skepsels. Dis die soort bewoording waarna ek soek.

'n Vurk met piesangbrood swewe naby Leigh-Ann se lippe, sy plaas dit terug op die bord. Sê my bietjie, Roslyn, uit belangstelling, hoekom is jy kamtig so begaan oor die spesifieke spesie? Het jy al ooit 'n regte renoster gesien, ek bedoel in die wildernis? Het jy al ooit tyd saam met een deurgebring?

Roslyn swyg opsetlik, peuter met die gedrukte kopie van die artikel. Weet jy wat maak my waansinnig? Die domonnoselheid van hierdie mense, mense wat glo dat 'n stukkie horing 'n oorverhitte liggaam kan regmaak. *Rhino-kerōs*, uit die Grieks. Dit beteken letterlik "neus-horing". Ons woord *keratien* is afgelei van *kerōs*. Die naam van die dier skakel reeds alle genesende krag uit, dis maar net nael, keratien, om hemelsnaam. Dis nutteloos as medisyne. Nou gebruik hulle dit al reeds vir ander siektes ook: renosterhoring vir kanker, babelaas. Dit het 'n luukse artikel geword. Waar kom hierdie oortuiging vandaan? Hoe is dit moontlik dat hierdie Chinese praktisyns die welsyn van hulle kliënte baseer op 'n valse middel, op absoluut niks nie? Miskien is dit 'n volgende artikel. Dis die gevolge van hulle oortuiging, en die praktyk wat daarop volg. Dis wat ek wil blootstel, die volslae irrasionaliteit wat hulle, die eindgebruikers, tot renostermoordenaars maak. Die uitwissing van 'n spesie.

Jy klink te kwaad vir my. Leigh-Ann vat haar handsak – 'n logge ou ding – en staan op. Stuur vir my jou weergawe van die opsomming. Laat ons kyk waarmee jy vorendag kan kom. Ek wil aangaan, klaarmaak. Om eerlik te wees, die ding maak my net siek. Cheers, Roslyn.

*

Ses vermeende renosterstropers is op die voorblad van *Die Laevelder*. Die stropers lê platgesig teen die vloer van die polisiesel. Sou daar iets uitsteek van hulle oë, het die *Laevelder*-

redaksie dit deurgehaal met 'n dik, swart streep. Die neuse en monde en kaalgeskeerde koppe van al ses is egter duidelik sigbaar. Die volgende is in hulle besit gekry: 'n .375-kaliber-jaggeweer, ammunisie, 'n byl en 'n ystersaag, en ook die bebloede doeke wat om hulle skoene gebind was om spore uit te wis. In hulle rugsakke: drie renosterhorings, die kleintjie is geïdentifiseer as 'n sekondêre horing. Al drie was wildehoring.

Die foto is vernederend, met die gesteriliseerde vloer van die Skukuza-polisiestasie onder hulle neusgate: Wat gaan in hulle koppe aan? Toe die saak uiteindelik in die spesiale hof in Skukuza voorkom, ook bekend as die Stropershof, het een van die stropers aangevoer dat hy die park binnegegaan het om heuning uit 'n byekorf te gaan haal. Mens kan hierdie storie maklik weglag – hy kon presies sê in watter boom die byekorf was – en tog moes hy hieroor gedink het, oor hoe die heuningstorie dalk sy lewe kon red.

Die Laevelder laat lesers toe om kommentaar te lewer op die artikels, en 'n leser met die naam Marie Byleveld-Smet skryf as volg: Kan julle nie sê hoe bly ek is nie. Ek hoop hierdie wreedaardige, gewetenlose stropers kry lewenslank. Hulle is monsters, hulle verdien dit. Langs die kommentaar is 'n paneel advertensies: toiletpapier R44.99, OMO-wasgoedpoeier R49.99 en Pro-balance-hondekos, R149.99.

Ek lees *Die Laevelder* op my selfoon terwyl ek in my ma se sitkamer sit. Sy is reeds in haar pienk satynpajamas, wydsbeen op die sofa. Langs haar is die afstandbeheerder, die TV-gids, 'n raffiaboksie met die roman wat sy tans lees, melksjokolade, tandestokkies en ander goedjies wat sy benodig om hierdie laaste deel van haar lewe gerieflik te maak. Sy's die meeste van die tyd alleen en kan haar behoeftes en stories, dikwels op 'n kortaf manier, slegs met ander afgetredenes in Paradys-aftreeoord deel. En tog is dit ook maklik om haar lief te hê oor al die verhale uit haar verlede, 'n ganse leeftyd van sorg en ontferming oor haar kinders en haar man en selfs mense buite haar vriendekring, soos ou Mrs Slater, die bibliotekaresse. Elke week is daar vir Mrs Slater 'n mandjie plaasgroente ingebring, in die winter 'n reep biltong. As kind moes ek die mandjie in haar voorportaal gaan neersit, die ene kathare en opgekookte kool in my neusgate.

Toe ek vir my ma die foto van die stropers wys, plat teen die vloer, het ek 'n beroep gedoen op begrip, selfs bietjie meelewing. Maar sy stoot my selfoon met haar hand weg.

Afskuwelik, is al wat sy sê. En tog is haar belangstelling geprikkel, terwyl ek haar die storie verder vertel en sy die laaste van die sopie whiskey wegslaan wat sy haar saans gun. Om nog 'n bietjie reaksie uit te lok, lees ek vir haar die kommentaar van die *Laevelder*-leser, Marie Byleveld-Smet.

Nou sit sy regop. Ek het die limiete van haar meelewing bereik, en niks daarvan gaan na die stropers op daardie kaal sementvloer nie. Kyk, ek het hier te make met 'n vrou wat 'n leeftyd winters in hulle karavaan Krugerwildtuin toe gery het, sy met die gawe om heel eerste iets grysbruin te sien roer tussen die grys, bruin en groen van die bosveld, en my pa wat intjip met die naam van nog 'n voëlsoort, albei van hulle versot op die bosveld en die diere. Al het hulle darem nie die rykdom van diere as eie besit beskou nie, het hulle tog daarop aanspraak gemaak om die diere in hulle natuurlike habitat te besigtig en, so lank hulle lewe durf niemand hulle dié reg ontneem nie.

O, ek stem saam met daardie Marie-vrou. Hulle moet hulle tottermannetjies afsny, die hele klomp, een vir een.

My ma het nie die vermoë om die verskillende spelers in die renoster-game te begryp nie; haar liefde vir die renoster, of dit nou swart of wit is, is al wat saak maak. En verder verafsku sy geblikte leeujag en beskryf sy alle trofeejagters as lafaards, die hele spul uit Amerika, lafaards wat nie 'n kat se kans staan om alleen in die bosveld te oorleef nie.

*

Decima sal nooit vergeet nie. Dis nou maar eenmaal hoe sy is.

Die verloop van tyd vanaf daardie aanval op die liggaam, haar moeder s'n, tot vandag toe met haar agterstewe in die skadu van spekboom, daardie tyd ken Decima nie in weke, maande of selfs jare nie, maar as 'n gedagtenis in haar vlees gekerf. Al in die rondte hol sy om haar ma wat so snaaks daar lê, al om en om en haastig in die bos sodat die doringbome haar kan beskerm teen die vrees, sy kan dit ruik, en hop-hop maar weer terug na haar moeder, al veiligheid wat sy ken. O, my moeder, sy hys haarself met twee voorpote op die homp, neergevel, so lelik, vier bene in die lug, dis mos nie hoe sy moet lê nie. Haar enigste ma. En hoekom? En nou, suipkalf wat sy is, weet sy nie wat om te verwag, of wat om nie te verwag nie. Vrees snuif sy op, die mans wat weghol, mensewesens wat ruik na haar ma se bloed, gemors op die grond, gemeng met stof, kosbare bloed wat klaar kors maak. Sy hys haarself weer op, haar voete op haar ma se lyf wat sommer so daar lê. Haar tongpunt kom uit, lek die vel waarvoor sy so lief is, dis al wat sy ken. Af klim sy, weg van haar ma se liggaam, so roerloos, drink aan die tietie, probeer maar nog, pomp en trek, harder. Maar die tieties is besig om op te droog, hét reeds opgedroog, slegs waterige niks. Dorstig suig sy maar, 'n poging om haar siel tot ruste te bring.

Skielik, rats en geslepe, die giggellag van 'n hiëna. Die laaghangende kakebeen by haar, teen haar oor, dis optelprooi dié. Sy kweel toe die tande vlees uit haar oor skeur, ruk momenteel los met daardie liggaam van haar, klaar swaar en nie te onderskat nie, draf weg, maar kom dan tog weer terug, waarnatoe anders as die dooie liggaam van haar moeder?

Als verniet, haar moeder, hare nie meer nie – sy het niks meer om aan haar te gee nie. Hier's hulle weer. Sy skop die bebloede hiëna met haar agtervoet, verskrik skoon hierdie wreedste van skepsels. Rooi drup uit die skulp van haar oor, uit haar oog 'n spoor trane. Haar klein groot liggaam bewe.

Teen die middaguur begin 'n jong olifantbul haar jaag. Stadig is sy nie. Na 'n paar draaie deur die bos is sy terug. Op daardie oomblik besef sy haar lewe is nog hare en draf om haar ma, dié en daardie kant toe, die laaste keer. Haar ma se waterige tieties – sy weet dis als verby.

Onbekende geluide. Hoekom sal sy hulle nie ook vrees nie? Uit die nêrens het hulle gekom met 'n swaar geraas, die draaiende lemme van 'n ystervoël, hulle klouter uit, met hulle stemme, hulle mensehande. Raak gou besig met haar. Toe, 'n pyltjie in haar flank. Toe wat? Vrees vir die hande, al kielie hulle ook hoe, vrees vir alles, hande en nogmaals hande draai haar oë toe met lap, verstop haar ore, ook húlle word toegedraai. Die lap is sag, dis sag net so. Stilte draai haar toe. Sy sak weg, dieper. Sy kan niks meer onthou nie.

*

Simpatieke verbeelding en jag is twee teenoorgestelde maniere om 'n dier te benader. Die stroper of trofeejagter rig sy geweer op die renoster en, sou hy op daardie oomblik in die oog van die dier kyk – daar is meestal g'n tyd of lig vir so iets nie – mag daar geen simpatie wees nie. Die renoster is 'n middel tot 'n doel. Die stroper lewer die renosterhoring aan sy kingpin en ontvang sy loon; die jagter beleef die ekstase van die slagting en as bonus word sy trofee huis toe gevlieg, die vel of horing of selfs 'n renostervoet, wat later 'n koffietafeltjie word.

Dan is daar die veldwagter. Hulle besoek en herbesoek die renoster in die bos. Mens en dier ruik mekaar, bekyk mekaar, vlugtig, skalks, en uiteindelik 'n kieliekrap agter die oor. Mettertyd word dit moontlik om die lewe en geskiedenis van die dier te verbeel, die afstand tussen die liggaam van mens en dier krimp, al is dit net vir 'n wyle, en die mens kan met die dier identifiseer.

My moeder, 'n intuïtiewe denker, reken om die pieletjies van die stroper en die trofeejagter af te sny is verdiende loon vir hulle misdade. Ek het haar nog nie gevra watter vergelding daar moet wees vir die vroulike trofeejagter nie; laasgenoemde is dikwels blond, Amerikaans en altyd skaamteloos. Tussen die stroper, die kingpin en die trofeejagter, die drie tipes wat hulle ten doel stel om die renoster uit te skiet, staan die trofeejagter uit. Die trofeejagter kan manlik of vroulik wees, terwyl die kingpin en stroper sonder uitsondering manlik is. Die trofeejagter sal enige som geld blaas, dis g'n kwessie nie, vir die stroper en kingpin gaan dit slegs om geld.

In 'n onlangse artikel oor bewaring verwys Jane Goodall na 'n trofeejagter van Texas wat tot $350 000 betaal het vir 'n permit, of ticket, om 'n ou swartrenosterbul in Namibië te skiet. Die betaalstelsel kommodifiseer die soogdier en reduseer daardie dier tot 'n tjap op 'n stukkie papier, 'n praktyk wat my herinner aan koning Leopold II van België toe hy septer geswaai het oor die Kongo as sy privaat koninkryk, en bloot na olifante as ivoor verwys het. Die Ministerie van Omgewing en Toerisme in Namibië, of die MET, verkoop wel permitte aan trofeejagters, en 'n jaar of wat gelede voor die slagting van die swartrenoster, het hulle 'n soortgelyke permit verkoop, dié keer vir die doodskiet van 'n ou olifantbul.

Waansinnige, ongereguleerde jagtery, meestal deur wit Afrikaners en veral deur die kabinetsministers uit die apartheidsjare, is kortgeknip ná die oorlog om onafhanklikheid beëindig is en toe die Republiek van Namibië bewaringsgebiede gevestig het. Hierdie uitgestrekte vlaktes lê gekol met windverwaaide klip, op die horison styg en daal berge soos sluimerende diererûe. Die voorkoms van plante is byna verrassend, die vlaktes skaamgekleur met bleik- en aspersiegroen, brandbruin en skroeiblou, en die name van die bewaringsgebiede en buiteposte roep die dorsland op: Otjimboyo en Sorris Sorris, Tsiseb en Ohungu.

En so het die ou olifantbul sy familie van 28 stuks terug woestyn toe gebring en hulle in al die watersoekmetodes touwys gemaak, die grou van gorras en trekstap op soek na yl plantegroei van mopanie, kameeldoring en mirrestruik. Met hulle groter voete en langer bene kan hierdie woestynolifante tot 70 km per dag stap en tot drie dae sonder water bly. Die ou bul en ander bulle elders op daardie wye vlaktes, miskien nie veel meer as 22 nie, en weinig onder hulle nog teelbulle, tel onder die laaste van die woestynolifante wat nog weet hoe om op dié stuk aarde te lewe.

Die 30 jaar oue olifantbul is deur 'n trofeejagter geskiet in die streek van Omatjete in Noordwes-Namibië. Hy was maar altyd 'n gesogte teiken onder trofeejagters. Jare lank is die jaglisensie by die MET uitgekoop om sodoende die lewe van die olifant te bewaar. Donateure, meestal ver van hierdie woestynwêreld iewers oorsee, het saamgespan om die ticket te koop, soos dit nou maar eenmaal onder die MET en privaat trofeejagterye bekend staan. Helaas het die permit verval, en dis toe dat die MET die ticket aan 'n trofeejagter verkoop het vir N$120 000, of omtrent $8 500. Die identiteit van die trofeejagter is nooit bekendgemaak nie.

Kort ná die uitskietery volg daar reaksies van drie verskillende groepe, en die taalgebruik van die verklarings dui op die onderskeie gesindhede teenoor die ou olifantbul.

Die brief vanaf die bewaringsgebiede het as kruks die verhouding van die ou olifant en sy trop met die mense van die noordwestelike vlaktes. Ons mense aanvaar die olifante – so lui die brief van die onderdirekteur van die Noordwes-streek Outjo – en ons het geleer hoe om met die olifante saam te leef. Die brief maak dit duidelik dat die mense die ou bul as 'n mak en kalm dier beleef het. En dan die innige versoek: Ons moet seker maak dat ons olifante kalm en ontspanne is as hulle ons klein dorpies binnekom. Ons glo vas dat die skiet van olifante, as iemand skielik skree, of die verskrikking en jaag van olifante met gelaaide gewere, net een ding beteken – ons het nou te make met 'n aggressiewe olifant, en dit kan nie geduld word nie. Die boodskap is duidelik, die toonaard opreg.

Die tweede respons is dié van Duitse toeriste wat die ou bul geken het, en wat jaar na jaar geld geskenk het om die lisensie te koop en sodoende die bul veilig te hou. 'n Vlaag briewe is direk aan die MET gestuur waarin woorde soos *skande, vergryp* en *gierigheid* gebruik is. Hulle noem die ou bul Voortrekker, 'n naam wat vir my as wit Afrikaner byna mitiese konnotasies inhou. My pa het seker gemaak ek ken die storie van die Voortrekkers wat kaalvoet oor die Drakensberge getrek het, en hoe hulle met ossewa en al net om vadersnaam wou wegkom van die Britse kroon. Die Oxford-woordeboek definieer *Voortrekker* as Boerepionier, veral een wat deel was van die Groot Trek uit die Kaapkolonie, rondom 1835. Die ou bul was inderdaad 'n ware pionier – ou Voortrekker wat soveel maal afgeneem is deur toeriste, vir ewig bewaar in hulle digitale lêers en fotoalbums.

Veel belangriker as die visuele getuienis van Voortrekker is egter die verhouding van die mense van Otjimboyo, Sorris Sorris en Tsiseb met die olifant, want hulle het hom so goed soos 'n bokram of skaapram uit eie kraal geken. Die brief van Outjo was niks minder nie as 'n pleidooi: Ons mense wil graag hê die olifante moet aanbly in ons streek.

Toe die MET kennis neem van die plaaslike en internasionale bohaai oor die olifant, voel hulle verplig om die amptelike motief vir die doodskiet van die olifant bekend te maak, en 'n verslag is aan die media uitgereik. In die verslag word daar na die bulolifant verwys met die onpersoonlike voornaamwoord *dit,* en die verteenwoordiger van die MET het dit duidelik gestel dat hulle hulle nie daaraan skuldig maak – we do not entertain ourselves – om name aan wilde diere te gee nie. Hy beklemtoon: Dis juis een van die eienskappe wat wilde diere van mak plaasdiere onderskei. Om wilde diere name te gaan staan en gee, het verknogtheid aan 'n spesifieke dier tot gevolg en dit beduiwel rasioneel gedrewe oordeel met betrekking tot wildbewaring. As daar nog enige twyfel bestaan oor die toon van die verslag, speel die laaste sin daarmee klaar: It should be noted further that the MET is not here for a popularity contest.

Lesers het met woede gereageer op die mediaverslag. Ek haal slegs 'n paar aan. 'n Duitse toeris by name Gunther R. Schmidt skryf as volg: Ek sal nooit weer my voet in julle land sit nie. Julle behoort julle te skaam. Hierop het 'n Namibiese leser, Nzehengwa Tsowaseb, geantwoord: Goed so. Niemand het jou uitgenooi nie, meneer. Jy is 'n wit Europeër wat dink die wild behoort aan julle. MET, veels geluk met uitstekende werk. Moenie julle van koers laat bring deur omgewingshoere nie.

Die ou bulolifant is dood. As trofeeolifant het hy dit beswaarlik gemaak, aangesien een van sy groot tande jare gelede al gebreek het. Die grootste verlies is egter sy kennis van wateropspoor en weidingsoek, verwerf oor dertig jaar van pionierstrekkery deur daardie barre land, en sy vermoë om altyd maar die kennis oor te dra aan die klein trop aan sy sy.

Laastens is 'n regverdiging vir die doodskiet van Voortrekker uitgeskryf. Hy is daarvan beskuldig dat hy die dorpie van Omatjete binnegegaan het op soek na water, en waterpype met sy slurp en voete verwoes het. Al daardie kennis wat hy met sy trop kon deel, het minder as die enkele misstap getel. Sy kennis van die aarde was nie genoeg om hom 'n lewe te gun, die kans om op sy eie te sterf nie.

Die swartrenosterbul se ticket is verkoop teen $350 000. Met hom was dit 'n ander saak, hy het niks op aarde verkeerd gedoen nie.

My jong doktersvriend, Karl-Heinz Mödler, vertel hoe hy drie agtereenvolgende kere gedurende universiteitsvakansies probeer het om die swartrenosterbul in 'n bewaringsgebied in Namibië op te spoor. Hy het altyd geweet die byna onsigbare dier is maar daar iewers. Toe, gedurende die wintervakansie van sy derde studiejaar, gewaar hy uiteindelik die swartrenoster, so ver vanwaar hy na hom probeer kyk het, eers deur sy verkyker en toe met sy kamera, dat die verbleikte grafietmassa van die bul as 'n miniatuur voorgekom het, stoksielalleen in die veld. Slegs toe die kop effe lig, miskien om 'n paar mopanieblare te pluk, is die beweginglose voorwerp as 'n lewende wese bevestig. Karl-Heinz was oorstelp dat sy sending uiteindelik voltooi is en stuur dadelik 'n beeld per WhatsApp aan my. Ek kon die beeld tot 9×7 cm vergroot sonder om fokus te verloor. Daar staan die swartrenoster, volslae alleen op 'n aarde bespikkel met spoelklip, polle stekeleuphorbia, die mopanie en anablaar op linkerhand, en dieper agtertoe, die sluimerende gelyfte van 'n berg wat die horison vul.

Ek het die ou renosterbul met die ticket van $350 000 om sy nek gelykgestel aan dié beeld. Al weiende het hy ver weg van sy tuiste bygedra tot die tem van grofgras, en somtyds, soos dit nou maar eenmaal die aard is van 'n ouer renosterbul, sou hy 'n trop binnedraf en die jonger bulle kakskrikmaak, voorste horing laag en befoeterd, en, ervare en kragtig op sy ouderdom, maklik die oorhand kry, net om weer pad te gee na daardie magtige vlakte met die verbleikte groen, vaalblou, aandpers en brandbruin vlekke, so roerend vasgevang in die video van Karl-Heinz.

Die MET het sy diskresie gevolg met betrekking tot die swartrenosterbul, sonder om te aarsel en op die trant van: Ons sal moet werk maak van die ou bul. Of, indien hulle enigsins nog sou huiwer oor die verkoop van 'n ticket, kon hulle vlug verwys na 'n artikel in die *Journal of international wildlife law and policy*, waar daar beweer word dat die voortbestaan van 'n trop daarvan afhang dat van die renosters as trofeë gejag moet word. Die dier word nou gekommodifiseer tot 'n dobbelkaartjie wat uitgereik word, en teen dié tyd regresseer die skrywers van die artikel deur *swartrenoster* te laat vaar en gewoon te verwys na *offtake*: 'n *dit* wat uitgehaal moet word. Sodoende, deur die verkoop van permitte vir trofeejag te regverdig as middel tot wildbewaring, handhaaf hulle 'n standpunt kontra-natuur, teen die natuurlike gewoontes wat onder die troplede voorkom. Die trofeejagter en sy dollar triomfeer, die ou swartrenosterbul word gereduseer tot 'n offtake: Voorkeur moet verleen word aan die jag van ou of postvrugbare bulle. Alhoewel bulle onder sewe jaar ook gejag mag word, veral as hulle veglustig is, geneig is om weg te breek en die bestaande orde van die trop omver te gooi, of as hulle teelsaad 'n klein trop begin domineer.

Sny af hulle tottermannetjies, gil my ma sommer daardie aand in haar huis in Paradys-aftreeoord. Hoe moet ek haar oor die saak verstaan? Beteken die horing van die renoster viriliteit en gevolglik, as die horing eers afgesaag is, moet dieselfde lot die stroper of jagter toekom: hulle tottermannetjies moet afgesny word?

Wat my selfs nog meer verbyster, is die drang van die trofeejagter om die dier dood te wil skiet. Stel hulle viriliteit gelyk aan die adrenalien wat deur hulle golf terwyl hulle die dier bekruip en doodskiet, en aan die bevrediging om die vel en horing, die trofee, huis toe te laat verskeep?

En hoe verstaan ek die trofeejagter van Texas wat die permit van $350 000 gekoop het sodat hy die swartrenosterbul kon skiet? 'n Foto van dié jagter loop wyd op sosiale media: Daar sit hy gehurk langs een van sy ander teikens, dié slag die dooie liggaam van 'n duiker, een van die kleinste boksoorte. Die duiker is trouens só klein dat hy op 'n miershoop staangemaak moet word, die fyn, gepunte vorm van sy hofie opgehou deur die hand van die Texas-jagter, sy vinger dikker as die punt van die duiker se neus. Die doodskiet van een van die megaherbivore op aarde – die swartrenoster weeg byna 1 300 kg – sou miskien nog die viriliteit van die jagter kon bevestig, maar wat die duiker as trofee vir hom moet doen, slaan my dronk.

My ma sê toe nog iets, ook met betrekking tot die Texas-jagter. Sy stel dit uitdruklik en gooi haar hand eenkant toe soos mens 'n vlieg sou wegklap: Daai trofeejagter is te veel van 'n lafaard om 'n renoster of olifant op sy eie te jag. Inderdaad, dit ís so. Die Texas-jagter is vergesel van 'n professionele jagter, sowel as plaaslike swart spoorsnyers wie se name eenvoudig weggelaat is in die *Washington Post*-artikel. Die jagtog duur drie dae, en die Texas-jagter skiet die ou bul met 'n .500-Nitro Express op 'n afstand van 90 m. Oor die trofee wat hy huis toe laat verskeep – nie alle lugrederye laat dit meer toe nie – het hy die volgende te sê: Dis moeilik om te sê waarom die jagter die opbrengste van 'n jagtog so hoog op prys stel – respek, 'n aandenking om saam te neem om die tyd wat jy saam met die dier deurgebring het, te onthou, ek glo dis al hierdie dinge tesame: 'n Jagter se verhouding met 'n wilde dier is intiem.

Die intimiteit tussen jagter en dier wat hier tot uitdrukking kom, 'n variasie op nekrofilie waar die deelnemers die mens en die dier is, vertroebel eerder as verhelder die trofeejagter se moordenaarsdrang net verder.

Daar is natuurlik 'n beroemde man wat 'n olifant doodgeskiet het, of, soos hy dit self gestel het: Hy was verplig om die dier te skiet, en dit was George Orwell. Ek is so lief vir Orwell se skryfwerk dat ek huiwer om enigiets onaardigs oor hom kwyt te raak. En tog, om en by 1936 in Moulmein, Birma, het Orwell sy geweer gelig, 'n pragtige Duitse maaksel komplek met kruishaar op sy lens, en 'n olifant doodgeskiet. Dit het die olifant egter so lank gevat om te sterf, selfs ná opeenvolgende skote, dié slag met sy eie .44-Winchester, dat Orwell van die sterwende dier moes wegloop.

In gestroopte styl, duidelik en met suiwer bedoeling, skryf Orwell agterna 'n essay oor die skiet van die olifant. Hy was toe afdelingsoffisier, en al het hy die vuilwerk van die Britse Ryk verpes, moes hy sy verpligtinge nakom: Die olifant het 'n man in die dorp vertrap. Op 'n bedompige oggend, geweer op die skouer, vat Orwell pad na die plek waar die olifant rustig besig was om te wei, met 'n skare van by die 2 000 in aantog om te kyk wat die sahib gaan aanvang. Op daardie oomblik is daar een ding wat Orwell wou hê die leser moes goed verstaan: Sy hele lewe lank, trouens, die lewe van elke wit man in die Ryk, was 'n nimmereindigende stryd om nie uitgelag te word nie.

Orwell sluit die essay af met 'n belydenis: Ná die tyd was hy verheug dat die koelie (sy woord) doodgetrap is; dit het hom die reg en 'n dekmantel verskaf om die olifant dood te skiet. Maar toe skryf hy as volg, fataal vir sy reputasie: Agterna het ek dikwels gewonder of enigeen besef het dat ek dit deur en deur gedoen het net om te verhoed dat ek nie soos 'n volslae gek lyk nie. Selfs al dryf Orwell die spot met die handhawing van die ego en manlikheid – sy witmanslewe in die Ooste – sluit hy, of hy nou wil of nie, aan by die wit grootwildjagterslui, ten spyte van sy eie of enige ander omstandighede.

'n Laaste woord oor die olifante, die ou renosterbul en die klein duiker – dit was altyd tickets met die hele spul.

*

Ná my besoek aan die noorde keer ek terug na die Groot-Karoo en sien uit om weer al my geliefde bossies te sien, die platbos en yl struike op die vlaktes, die dwergboompies op die koppies en al die klip, geboetseer, gevlek en gekraak, in oorvloed soos die bossies nooit kan wees nie. En die name wat elke betrokke bossie in die aarde wortel: bababoudjies en lammerlat, boesmankers en vêrpis, kwaaiman en ghaap en dawidjiewortel, name wat enige vertaling teëstaan, wat ontstaan het op die kreoolse tong in 'n poging om plant-met-naam te verewig, só en nooit anders nie. En nou, terwyl ek Uniondale binnekom, wat eintlik die kant van die Swartberg is en dus nie ware Groot-Karoo nie, dink ek weer aan al die name sonder om om te gee of enigiemand my hoor of selfs met my akkoord gaan: Die Afrikaans van my moeder kan nooit uitgeban of vernietig of nimmereindigend sleggemaak word nie, net soos al die bossies met soveel moeite benoem is, en tog ook so vry maklik om daardie verbintenis met die aarde vas te maak, om te lewe en te sterwe en weer uit te groei met presies dieselfde naam, beeskloutjie en brakslaai en spinnekopbolletjie en haasballetjies, onsegbaar in enige ander taal, name verewig in hulle wortels, hulle lattakke en saaddoppe.

Ek ry deur Uniondale en by die stopstraat, net toe ek regs wil draai in Voortrekkerstraat, gewaar ek een van daardie groot

4×4-trokke op fris Firestones voor my, gelaai met goed wat ek aanvanklik nie kan uitmaak nie.

Skreefoog: O, dis diere, bokkarkasse om presies te wees, so hoog opgestapel dat hoewe en horings by die relings van die 4×4 uitsteek en bengel. Te veel om almal in die bak te pas. Sonder twyfel springbokke, die binnewaartse kurwe van die horings en die donker sjokolade bokant die wit maag maak hulle maklik herkenbaar. Aangesleep en opgestapel op sy trok, sy teen sy. Morsig. Die een se kop stamp teen daai een se hoewe, 'n neus vasgedruk in 'n ander se geslagsdele, sommige van die liggame reeds opgeblaas, morsdood.

Die bestuurder se mou steek by sy venster uit, en vir 'n oomblik sien ek ook die blonde kop, John Deere-keps agterstevoor, reguit hare tot op die kraag van sy pofbaadjie. Die jong, dik nek draai en kyk na die kar agter hom, na my.

Daar moes tog meer mense gewees het vir so 'n slagting, eers om al die bokke te skiet en dan die karkasse, dooie lood, aan te sleep en op die trok te laai. Dis hy, dink ek, Suid-Afrika se eie Julianus die Heilige, daardie twaalfde-eeuse seun in Gustave Flaubert se legende. 'n Traan bloed en die lewelose oorskot van 'n dooie muis was genoeg om Julianus se lus vir doodslag aan te wakker. Daarop volg 'n allemagtige en immer erger wordende slagting: dasse, poue, vosse, ystervarke, muishonde en swartoorkatte. En die trofeë: 'n hele trop takbokke.

Maar 'n reusetakbok sit poot dwars neer en spreek 'n vloek oor die seun uit: Hy sal nooit uit daardie vallei van die dood ontsnap tensy hy albei sy ouers doodmaak nie. Die vloek word vervul en Julianus word uitgeban; nou is hy aangewese op homself. Toe hy eenslag deur 'n melaatse genader word, het hy slegs drie eenvoudige dinge om aan te bied: kos, water, en byna dierlik, die hitte van sy eie liggaam.

Die pad is skoon en ons swaai albei in die hoofstraat van Uniondale in. Daar's sy nommerplaat: OLLINOLLI. Toe ry ek stadiger sodat hy vooruit kan kom, weg van my, sy trok uitgesak van al daardie bokke. In die swaar skemer – dis nou goed na ses – maak die bruin-en-wit velle van al die bokke saam 'n eenvormige hoop. En soos hy verder en verder trek, lyk dit na 'n klein bergie, selfs mooi om na te kyk.

Ek is skoon opgewonde. Miskien kry ek nou die kans om die mens te verstaan wat in staat is tot 'n massaslagting van diere, soos Julianus wat op sy eie 'n hele trop takbokke met pyl en boog doodgeskiet het. Ek trek af by Klein-Karoo Kafee & Deli vir 'n koeldrank en 'n pis.

Daardie aand op my bed in my gastehuis is die jongman so waar as wragtig op Facebook: Ollie Olwagen, distrik Uniondale. Daar is slegs een foto van hom en sy meisie met 'n turkoois kaalskouerdansrok van satyn, die res is van Ollie met een of ander vrek dier. Gehurk in sy rugbybroek langs 'n koedoe, hou hy die horings van die dier op, dan een in die Karooveld met nog 'n dooie koedoe in die agtergrond – moet mal oor hulle wees – een met 'n dooie sebra en een met twee steenbokke, die knapies met die halfmaanvormige, swartomlynde oë en oordadige traanvore, lig genoeg sodat Ollie Olwagen een in elke hand aan 'n enkelhoring kan ophou.

Ek blaai deur sy Facebook-foto's en kry een van Ollie as seuntjie, voordat die skiet-en-slag-drang hom gepak het. Daar sit Ollietjie by die kombuistafel, 'n dubbellaag-verjaarsdagkoek tussen sy blonde seunsarms, sy oë vonkel, en agter hom staan sy ma met haar hand op die welgeskape kop van haar kind.

*

In die droë rivierloop van die Biyamiti word ek bekendgestel aan my eerste misdorp. Lae heuwels en valleie van renostermis, vars, oud en witoud, herkenbaar selfs vir die oningewyde oog. 'n Plat dorpie in die sand, lank van vorm soos die agtervoete van die renosterbul herhaaldelik kom skop-skop, verduidelik Estefan. Hier word alle boodskappe gelaat en ontvang. Ek klim af van die hoë sitplek in die Land Rover en stap nader aan die misdorp.

Moenie inloop nie, waarsku Estefan, jy gaan die mis net omkrap. Maar ek weet mos.

Binnekort sal die bul verbykom, sê hy. Hy sal inloop en sy eerste vars bol laat, en nog een en so aan. Lekker stomerig. Die lewe self. Aan die kant kan jy sien hoe die misdorp plat word, dis waarskynlik die werk van sy agtervoete. Die koue sand waarop jy nou loop, word later warm en lewendig. Hy was hier, lees sy boodskap. Hy is die meneer.

Negeuur-oggendson. Estefan gaan haal 'n termos koffie uit. Ons hurk op die rand van die misdorp.

Die misdorp ruik na aarde, na blaar en voosgekoude takkies, na muskus. Muf is dit ook nie, want die Septemberson sit nou hoog, warm en laag op die misdorp, brand die dampe weg wat opstyg. Die misdorp ruik puur, en al wat oorbly, is my eie reuk toe ek my gimbaadjie oopprits, en miskien 'n snuf van Estefan se yl oggendsweet hier agter my. Ek tuur na die kontoere van die misdorp, altyd ontvanklik en gereed om die maniere van die soogdier beter te verstaan.

Ten laaste ruik die misdorp vir my na niks. Die boodskap kan nie deur mense vertolk word nie, die misdorp kan nooit ons s'n wees nie. Dis vir die renosters, die renoster en die misdorp is een en dieselfde ding.

*

Decima is erg oor agtermiddagson. Daardie lou veeg in die skulp van haar oor, op en af oor haar neus, spekboomblaar wat afgee in die hitte. Sy sal koers hou noord-noordwes waar dit steiler word, sy weet die koppies daar is gestippel met noorsdoring. Lig haar neus na die storm toe, hulle het al reeds vertrek vir hulle vroegaandse knabbel en weiery. Die heerlike noorse met hulle vingers hoog in die lug, op, op, sy hoop daar is nuwe vars lote. Dis lente. En dit beteken vingers dik van taaimelk, kan selfs al blommetjies begin uitstoot. Noors – daar is maar net dié een ding vir Decima.

Decima stap aan.

Sag met safstamp voetval verlaat sy haar skuiling wat so mild son of skadu gee, hang net af hoe sy haar agterstewe skuif. By die misdorp gaan sy staan en snuif laag. Hier is die storm se mees onlangse doen en late: bolle geskroei, bolle stomend, wellustig as jy wil, as jy byvoorbeeld 'n jagse bul soos Buks is. O, daai een darem, sou nie twee maal dink om haar aan hom te presenteer as sy nog proper en pril was nie.

Swewe haar neus hier en daar oor die misdorp, o, dit moet Tandeka wees, nog swaar aromaties na sy gekalwe het. O, en die outjies, haar lippe rol op van plesier, mooi in die milde laatson: dis die miskruiers. Met gespoorde beentjies rol en tol hulle hul vonds, so bedrywig selfs wanneer die son al water trek. Sy ken hulle, selfs gedurende maanlignagte, hulle skarabee-breintjies kan mos aan niks anders dink nie. Arme goed kan nie eens vlieg nie.

Sy talm, lig weer haar hoof. Sy's lief vir die besies wat so bedrywig is in die dorp. 'n Lewende misdorp is 'n lewe vir almal. Nooit 'n mistrap op hulle nie, net sy weet hoe. Die klein Coleopteras. Daai vaardigheid darem om 'n dinges mis in so 'n volmaakte bol te rol laat haar snak van bewondering.

Decima skop-skraap haar agterbene een, twee, drie maal aan die noordekant van die misdorp, niks grootdoenerig nie, net om die ander te laat weet sy was hier. 'n Jaarts weg van die dorp laat plof sy haar eie bol, 'n draaisel van blaar, stokkies en doppruimpit. Decima verkies om hier op die rand te los wat sy moet los, skop die goeters so effe rond, maar niks om van te praat nie. Daar is g'n enkele rede vir Buks of enigiemand anders om opgewonde te raak oor 'n ou miesies se bolle nie.

En voort, noord, noordwes en so aan, neusgate gesper lig en sak sy haar hoof. Talm toe sy nuwe spekblare raakloop, haar eerste koutjie vanaand.

Die donkerte sak toe en al kouend loop sy in die ivoorlig, pêrelwit oor alles, die laaste lig van die eerstekwartiermaan. Sy is maar te bewus van die dreiging van die nag en veral van dies wat kom, almal van hulle behoort eintlik te wees, maar hoe kan jy as jy nog jonk is, as jy moeder moet wees vir die jongkalf, en Buks, net maar getraak met die spelerige rondsmyt van sy kop, dié en daardie kant toe, om die ander hansbulletjies weg te hou van sy harem.

En Tandeka, daar loop sy nou met die kleintjie, eenkant en weg van die ander, soos dit hoort.

Die ou matriarg wat sy is, weet sy dis die derde nag op weg na volmaan, en dan kom die tweede nag, helder, en dan die grillerige stilte van die nag net daarvóór, nog helderder, die maan oor 'n ieder en 'n elk van hulle, hulle rûe soos bergtoppe, hulle drietoonspore hier, daar en hier, die kurwe van hulle horings in die skynsel, die amperse volgloed van die volmaan. O, haar geliefde storm.

Weer talm sy vir 'n plukkie aan 'n doringboom, die blare kraakvars dié tyd van die nag, heerlik, rêrig, en stap aan. Daar voor, waarskynlik teen die klipkoppies waarheen sy ook op pad is, 'n beweging of wat. Sy stop, staan net so in die grasveld. Stil, doodstil hou sy haar, lig haar kop op, maar na wat? Die keepoor draai, gevolg deur die linkeroor, fyn gerig op die rondskuiwery en aanganery daar voor. Kan net die storm wees. Hulle is ook op die uitkyk vir die sappige noors. Reg rondom haar registreer haar ore die lewende veld, diep in haar binneoor resoneer ou, ou gewaarwordings. Sy lewe. Hier.

Watwou? Die kwispel van 'n stert sommer naby. O, dis jakkals, vleiserig om die snoet, moes vroegaand al sy geluk getref het, seker maar vlakhaas. Lekker vir jou, meneer Jack, maar eerder jy as ek. Om nou te gaan kwyl oor daai puntore, deurskynend teen die laaste lig en vol pienk are, nooit as te nimmer nie; laat skoonheid skoonheid bly. Sy hou haar maar by die spekkerige blaar en harige stele van bergghwarrie, doppruim vir poeding, miskien 'n grasserigheid hier en daar as sy aanstap soos nou, en sommer gommerige doringboomtak ook by.

Daar is hulle nou. Dikvel vir seker, te voet en dapper gehoring, een vir een en altesame tog hulle reuke na haar neusgate aan. Tandeka het selfs verder weg na regs geskuif, sy verkies zero inmenging terwyl sy die kleintjie voed, haar tieties vet en sopperig van melk.

Hulle het aangekom by die noors, Decima ook. Sy reik na bo en kies 'n noorsvinger. Kiestande maal die sappigheid. Die trop is vrolik; die nag gebaai in melkerigheid, als behoort net aan hulle. Proesend, die spul, die jong vroue pouseer slegs vir 'n luidrugtige maagkrap teen 'n miershoop. O, sy moet hulle tog waarsku teen sulke raasbekkigheid, die swernote.

*

Gedurende die dae in Hazyview, Mpumalanga, neem Welcome Mashele my om die villa van Mister Big te besigtig. Hy dra nie sy nagwaguniform nie, maar netpas-Levi's en 'n blou geriffelde polonek met wit Converse All Stars. Ons is al weer gerook. Mans is nie sy ding nie, merk ek terwyl hy een van die jong kokke in die kamp dophou, sy oë volg haar glystap aan die anderkant van die ry tente, sy het self 'n tweede vel van wit slacks aangeglip, haar reeds geboetseerde flanke nogmaals beklemtoon. Elk geval, om wellustigheid waar te neem is op sigself wellustig, en dis heerlik om die rigting te volg wat sy slanke manshande aangee, naels vierkantig geknip om die vorm van sy vingers af te wys: hier regs, daar links daar, en weer regs. Langs dié straat verlig met straatlamp, die enigste wyk in Hazyview met lanings bome. En: Hoe sexy is dit om Welcome sy r'e te hoor rol.

Die goed dra niks by tot my storie van ons besoek aan die villa van die rykste en mees bewonderde kingpin in die land nie. En tog, dis ook deel van my gedagtewêreld terwyl ons in sy kar is: Welcome Mashele, jou sexy naai.

Ek ry stadiger om te parkeer.

Nee, sê hy.

Nee wat?

Jy vra nog nie die regte vraag vir my nie, hy glimlag. Jy kan hier parkeer, dié kant. Nie langs sy huis nie. Ons kan nie lank bly nie, voor jy weet, is hier iemand.

Die villa volg die Mpumalanga-boustyl, maar die huis is massief. Bonkige pilare met Ioniese kroon dra 'n boog oor die ingangshal. 'n Ry van dieselfde pilare wissel die muur rondom die huis af. Mister Big se villa is meer brag as enigiets wat ek tot nog toe hier gesien het, 'n dubbelverdieping met drie afsonderlike kwartiere. Links steek 'n netjiese dekgrasafdak uit, seker 'n lapa vir vleisbraai. Die ringmuur rondom die kompleks is 'n veilige ses voet hoog met afstandbeheerde staalhek vir die ou wat gelukkig genoeg is om binnegelaat te word. Lemmetjiesdraad is op die muur uitgerol; en by die hek, die oog van 'n sekuriteitskamera en drie dik palmbome met pragtige waaiertakke. Dis seweuur in die aand en die villa staan in stikdonkerte.

Daar is nie 'n mens hier nie, sê Welcome. Mister Big is in Korrektiewe Dienste, in Mbombela. Niemand hierso nie. Maar hy gaan gou uitkom, jy hoef daaroor nie te worry nie. Hy gee kos vir baie monde. Gaan praat bietjie by Laeveld Mall met die karwagte, almal is op Mister Big se payroll. Buitekant die hof dra die girls T-hemde wat sê: No Food at Home without Baas Joe.

Noem hulle hom baas?

Nog 'n glimlag terwyl Welcome 'n sigaret rol.

Is baas nie 'n wit baas wat sy swart werkers hel gee nie?

Werk anders hier, sê Welcome. Daar was ook die jongetjies wat langs die girls gedans het, gryp hulleself hier voor vas, afshow, in Uzzi-hemde en driekwartbroeke, alles net vir Mister Big. Hulle wil hom uit hê.

Ek kyk na die hoë ringmuur eerder as na Welcome, dis dieselfde staalblou as die villa, sonder twyfel uitgekies deur Mister Big.

Een aand was hier 'n groot party en ek het amper ingekom, maar ek het toe nie, weet jy hoekom? Lig glip oor sy welgevormde, geskeerde kop. Jy moet eers die regte vraag vra, sê hy weer.

Dit word donker. Straatlig gooi op die muur en die villa daar agter; ek het die kleur al iewers raakgesien, of miskien wil ek bloot hê dit moet so dreigend wees soos dit nou voorkom.

Die mense sê daar was 'n ATM sommer binnekant in die huis en Mister Big het vir almal 'n R50-noot gegee. In elke slaapkamer, selfs in die badkamers, is daar 'n plasma-TV. En 'n vrieskas propvol wildvleis en oral waar jy kyk duur meubels en goed. Sien jy daardie dubbelgarage? Hy is diep genoeg vir vier karre. As Eskom opfok, het hy sy generators. Alles.

Tot vandag toe praat mense oor daardie party, met champagne en borde vol KFC en koeldranke, alles wat jy wil hê, en die girls dans tot by Mister Big se stoel en die main girl maak die knope vas op Mister Big se cardigan en dan met haar vingernaels maak sy die knope weer los totdat hy haar wegklap, nes hy lus het. Heelnag gaan die musiek aan, daar is no way dat die polisie daardie man sal kom steur.

Gedurende daardie party het die storie van Dan Donne glo begin rondloop. Dan Donne is die hoof van die manne wat die stropers in Skukuza beveg. Dan is die man wat sewe van Mister Big se manne vasgetrek het, met die AK-47's en die jaggewere en al hulle ammunisie en goed. Een van die stropers het gedink hy gaan wegkom, maar die horing was glo so groot, hy het aan die draad vasgehaak.

Welcome vertel sappig, soos dit gebeur het, maar ook soos hy hom die party verbeel, byvoorbeeld die slow-grind van die meisies – dis wanneer jou pelvis teen jou dansmaat se boude skuur – partymaal om af te show reg voor Mister Big, vertel hy, en partymaal, as hy hulle wegwaai met sy hand, slow-grind hulle sommer net op hulle eie. So hou Welcome maar aan vertel en heeltyd hou ek Mister Big se villa dop, hoop op 'n teken van lewe, selfs 'n weggooihond, maar g'n niks roer daar nie, en die villa steeds meer en meer gedemp in daardie donkerwordende tint.

Welcome rol nog 'n sigaret, maak die Windhoek staan tussen sy bene; ons het 'n sespak saamgebring. Ek besef hoe belangrik dit is om goed na Welcome te luister, maar ook hoe hy die storie vertel en wat hy weglaat, naamlik die belangrike rol wat Mister Big in die gemeenskap speel, en die bydrae wat hy maak deur werk vir mense te verskaf, en hoekom op dees aarde, as daar niks anders beskikbaar is nie, sal jy die integriteit van so 'n man staan en bevraagteken, of nog dommer, die wyse waarop hy geld maak.

Die pastoor en sy agt kinders is ook uitgenooi na Mister Big se party van die jaar, vertel Welcome. En dit was die einste pastoor wat vir Mister Big gesê het dat elke renoster in die Krugerwildtuin aan Dan Donne behoort. Ja, dis syne, almal van hulle. Maar dis nie reg nie, die renosters kan mos nie almal aan 'n wit man behoort nie. En verder maak dit nie saak wat Mister Big doen, watter soort shopping list hy vir sy manne gee nie, hy doen die regte ding. En dis sy reg om dit te doen. Dis die soort goed wat gepraat is.

By die party het Mister Big op sy plek bly sit, in sy uitskopstoel, baie duur, en langs hom sy twee krukke wat hy enige tyd kon vra, maar hy het nie. Mister Big vlieg baie oorsee en hy het homself seergemaak op een van die trips, op 'n sypaadjie, sypaadjies is rof daar. En toe op die party loop die pastoor na Mister Big se stoel en fluister iets in sy oor. Dit het lank gevat, sê die mense. Uiteindelik gee Mister Big die teken dat hulle weer die volume kan opdraai, net wat hy wil hê. En van toe af, in die toekoms en vir altyd, is Mister Big onder die beskerming van Jesaja 54 vers 17. Weet jy wat daarin staan?

Ek weet nie.

Die vers sê: Maar elke wapen wat teen jou gesmee word, sal magteloos wees. En toe, na daardie party en selfs nou in Korrektiewe Dienste, weet almal in die dorp Mister Big is veilig, hy gaan loskom. Selfs al klim die borggeld tot by R250 000, en dit het met 'n ander man gebeur, hy kan betaal. Nou loop die storie in Hazyview dat Dan Donne klaar iemand uitgesoek het om Mister Big te vergiftig, daar in Korrektiewe Dienste. Maar hy het mos Jesaja 54 vers 17, niemand hoef te worry nie.

Ken jy mense wat na die party toe is?

Ek ken twee van die girls.

Maar jy het nie gegaan nie?

Ek wou nie na daardie party toe gaan nie. Hy byt die nael van sy middelvinger, net om dit verder vierkantig af te end.

Jy het nie gegaan nie, want jy is lief vir renosters?

Oukei, jy het die regte vraag gevra.

Ek is bly, haha. Die regte vraag. Uiteindelik.

Ja, sê hy toe. Ek wil graag hê my kinders moet renosters in die bos sien. Ek het jou al gesê en ek sê dit nou weer: Ek wil hê my kinders moet hierdie magtige diere sien daar waar hulle nog altyd geloop het, in die wildernis.

Welcome vrywe oor sy kop: Ons kan uitklim, dis donker genoeg.

Toe ons die muur nader, kan ek ten einde laaste die kleur eien – dit was die kleur wat in my droom gekom het, flikkerend, gedurende daardie paar uur voordat ek opgestaan en na Motherwell toe is om die sangoma te gaan spreek, of liewer, die igqirha.

Daardie kleur, PMS 296 op die Pantone-kaart, het van toe af op alles gedui wat sinister is. Ek tree effe terug sodat die dak van die villa bokant die muur met sy rolle lemmetjiesdraad verskyn. Die lig is sleg, en die foto's op my iPhone is dof en onskerp, die een soos die ander.

Kom ons ry, sê ek vir Welcome. En, toe ons eers in die kar is, vertel ek hom dat ek 'n koerantknipsel van Mister Big in my notaboek hou, die een waar hy in die hof verskyn het. Maar op die ou einde kon ek nie meer die uitdrukking in daai man se oë verdra nie. Ek kon net nie. Daai grynslag en die gepunte bokbaardjie. Toe haal ek die foto uit en bêre dit in die agtersakkie van my notaboek waar ek nie na hom hoef te kyk as ek deurblaai nie.

Maar gaan dit nou nog steeds oor renosters? vra Welcome.

Ek weet nie hoe om hom te antwoord nie. Ek moet weer dink waarom ek die foto van Mister Big weggesteek het. Een ding staan vas, watter truuk ook al uitgehaal moet word om geld te maak, dis daar, in Mister Big se stipstarende oë. Vanselfsprekend is hy nie die man wat die park sal binnegaan vir die vuilwerk nie. Mister Big is vlak drie.

*

Op pad terug staan ek oor in België om na 'n spesifieke renoster te gaan kyk. Dis sonnig, so seldsaam in hierdie land, en my boesemvriendin, Rosie Vangroenweghe, vat my na die Koninklike Museum van Sentraal-Afrika in Tervuren.

Dit gaan om my missie, altyd, en hoe ek hierdie storie wil vertel: Dit gaan oor die groot soogdiere wat nooit gereduseer mag word tot skepsels wat net rondloop en vreet nie. Hierdie slag is die dier op die voorgrond, trouens, die woord vir dier moet self ontruk word aan konvensionele begrip.

Ons nader die museum langs Leuvensesteegweg met sy perdekastaiingbome. Steeds dink ek aan die dier, *animal* in die Latyn, a-nie-mal, 'n wese met lewegewende asem. Dis 'n belaaide woord. Soms verwys dit na die mens met hulle *sagāx*, hulle verskerpte sintuie en akute persepsie, soms na die universum as 'n lewende, warmbloedige ding. En somtyds gebruik Cicero *animal* om na die dierlikheid, die walglikheid van die mens te verwys: "funestum illud animal", daardie wrede, veragtelike wese wat alles wil verwoes. Behalwe vir die wyse waarop Cicero die woord gebruik, is al die betekenisse van toepassing op die dier wat ek voorop stel: die massa van 1 300 kg van die renoster, 'n wese met fynbesnaarde sintuie intak. Dis wat ek kom besigtig het, maar nie in lewende lywe nie, nie die *Geschöpf*, die geskape wese soos die Duitsers daarvan praat nie, nie die "lebende Wesen mit ausgebildeten Körper", die wese met volgroeide, sintuiglike liggaam nie. Dis slegs 'n opgestopte renoster wat dateer uit die laat 1900's toe koning Leopold II homself as opperheerser oor die Vrystaat van die Kongo verklaar het.

In Rosie se kar, lig geparfumeer deur haar Issey Miyake, vertel ek hoe ek kleintyd die eerste keer die dood van 'n dier beleef het. Dit was op ons plaas Die Vlei in die Oos-Kaap. Een maal per maand het Arnols, sy witmensnaam, skaap geslag, een vir die wit gesin en 'n tweede wat verdeel is onder al die swart gesinne op die plaas. Hy lê sy hand, asvaal van ouderdom, op die saal van die skaap om te toets vir mooivet, en dan word twee afgepaar van die trop met 'n wafferse geblêr en stofskoppery. Arnols het intussen sy knipmes geslyp op die slypsteen, syglad en besprinkel, en tiep die skaap op haar sy om haar keel met een flink haal af te sny. Die ooiskaap word opgehang aan 'n tak van die Amerikaanse asboom en haar maag oopgegirts, bloed en binnegoed net waar jy kyk, en daar op die grond, die bloubeaarde maag. 'n Bedwelmende kooksel van halfgevrete gras bars voor sy skoene uit, voor my seuntjieoë. Kaptein en Wollies kom lek aan die purperrooi poel – niks kos vir hulle vanaand nie. Die vleis word netjies verdeel en gevries, net die wit gesin het die fasiliteit, totdat dit als opgeëet is. Die vel word gesout en gebrei en verkoop aan die Rooistoor-boerekoöperasie.

Net een ding bly oor van die geslagte skaap, vertel ek terwyl Rosie haar sigaret in die sigaretkoker druk, en dis die skaapblaas. Ons het hom afgespoel en ek en my broers het hom met ons eie lippe opgeblaas en begin rondskop op die wintergrasperk. Rosie het skaars geparkeer of sy steek weer aan.

Nou is ons in die grandiose halle van die paleis met lig wat afgooi uit die hoë vensters, 'n hemelse lig soos gevisualiseer deur die koning se argitek, Charles-Louis Girault.

Dis nie lank nie of ek gewaar die ivoorborsbeeld van koning Leopold II, met meegaande teks. 'n Poging is inderdaad aangewend om die brutale heerskappy van die koning met nuwe uitstallings en tekste binne konteks te plaas. Maar die stank bly hang. Ek deel nie die gedagtes met Rosie nie, ek reken sy voel dit aan. België kan immers so minlik wees, al daardie verruklik gekruide biere gebrou deur hulle monnike, en boonop is ek erg oor my Belgiese beste vriendin.

Ek is op soek na die renoster wat deel was van die 1910-uitstalling in die Hal van Soogdiere in die Koninklike Kongo-museum, soos dit toe bekend gestaan het. Die renoster is saam met ander oerwouddiere uitgestal: 'n kameelperd, 'n okapi en twee reusagtige olifantskedels met die ivoortande nog ingewortel in die kake. Langs die skedels is 'n klein, opgestopte olifantkalfie geplaas, die kinderslurp opgehef en die mond wawyd oop, asof sy vrekgemaak is terwyl sy nog aan haar moeder gesuig het; die skedels, wie weet, kon aan die vader of moeder van die kalfie behoort het.

Ons stap aan. Daar is g'n niks van die renoster te siene nie.

Verby 'n opgestopte kameelperd, toe 'n enorme seekoei. Hier pouseer ek om 'n foto te neem, die massiewe agterstewe vul die lens terwyl Rosie 'n minuskule figuur slaan, doer agter in die hal.

Rosie, Rosie, roep ek na die figuurtjie tussen al die dooie diere. Toe ons weer bymekaarkom, sê sy: Ek lees graag poësie, ek hou van prosa, tans lees ek Stefan Zweig, eerlikwaar, ek weet nie eens wat ek hier kom maak het nie.

Steeds geen renoster nie. Slegs 'n foto van 'n diorama wat deel was van die ouer museum: 'n Witrenoster verskyn tussen savannagras en takke met ronde, dooie blare. Beide horings is afgesaag met slegs twee siekwit kolle wat op die neus oorbly. Selfs in hierdie roemryke museum is die horings te kosbaar, te riskant geag om aan te los.

Rosie plaas haar hand op my arm: Dit is hier, sê sy. Hulle berg dit onder in 'n kelder. Eenslag was ek deel van 'n spesiale toergroep wat deur die kurator van die museum begelei is; sy sê: Koninklijk Museum. Die kurator was gretig om ons die vertrekke te toon waartoe niemand toegang het nie. Dit was asof hy iets geheim met ons wou deel. Miskien was dit te oorweldigend vir hom alleen. Ek het my verbeel ek ruik iets aan hom, sy bedek haar gesig, die sigaretkoker nog in haar hand. Sy vingernaels was aangepak, alhoewel ek nie kan sê waarmee nie. Ons word na onder begelei, dis onbeskryflik. Rye en rye items, duisende maskers en houtbeelde en tekstiele en spiese en septers wat waarskynlik aan hoofmanne behoort het, honderde van hulle, en kosbare krale en goed, alles ingestop, en toe kom ons by die olifanttande, stapels en stapels, dit was te veel vir my. Ek het nog nooit so iets gesien nie. Ek sê vir my vriendin, kan ons asseblief hier uitkom? Ek het gevoel dis nie my saak om al hierdie goed te aanskou nie, ek kan nie sê hoe ek gevoel het nie. Ek wou opgooi.

Jissis, asseblief, ek skud my kop.

Rosie en ek stap die handelsaal binne en kyk na voorbeelde van al die grondstowwe wat in die Kongo geplunder is. Maak nie saak hoe graag ek die renoster wil sien, en hoeveel ons reeds ingeneem het nie, dit word nou duidelik dat die hoofitem van die museum 'n kleinerige swart-en-wit foto is, gedateer 1904. Die foto staan as dié simbool van die bewind van koning Leopold II. Op die foto is 'n man by name Nsala van die Wala-distrik. Nsala sit op 'n bamboesplatform, agtertoe 'n pot met 'n aalwyn, en verder regs hou twee van sy vriende hom dop. Almal kyk na dit wat voor Nsala se linkervoet lê: die afgekapte hand en voet van sy vyfjarige dogter. Elke persoon op die foto sou 'n rubberslaaf gewees het. Indien so 'n slaaf nie die daaglikse rubberkwota aan die Anglo-Belgies en Indiese Rubberkompanjie gelewer het nie, is hulle hande of dié van hulle kinders afgekap.

Weer plaas Rosie haar hand op my arm: Ons moet aanstap. Miskien eerder hier wegkom.

Aangesien ek nie die renoster te siene gekry het nie, wil ek 'n laaste keer na 'n item gaan kyk wat volgens my die beliggaming is van die Koninklike Museum, en van die man wat opdrag gegee het om die paleis te laat bou; dié item eerder as die foto van die vader en die afgekapte ledemate van sy kind. Dit is die borsbeeld van Sy Koninklike Majesteit Leopold II, Koning van België en Opperheerser oor die Vrystaat van die Kongo, 'n beeld wat uitsluitlik van olifanttande gemaak is. Hier tree die dier, of liewer verskeie dele van 'n aantal diere, gestileer en gepoleer, na vore soos nêrens anders in die museum nie.

Jy kan nie aan die borsbeeld van koning Leopold II raak nie, dis in 'n glaskabinet. Ek is bly daaroor. Al daardie reusetande wat dit gekos het om die beeld te maak, sê ek aan Rosie. Ek sou gril om aan so iets te raak. Jissis, asseblief.

Wat beteken hierdie, jissis, asseblief? sê sy. Moet dit asseblief nie weer sê nie. Meer as dit raak Rosie nie kwyt nie, die onaangesteekte sigaret in die koker hang uit haar mond. Ons twee wit gesigte weerkaats in die glaskabinet. Ons is talle male verwyder van koning Leopold II: deur die tyd, deur die glaskabinet met sy vier bronsnate, en deur die beeld self. En tog is dit asof die ver-*beeld*-ing, selfs al is dit net 'n gelykenis van die koning, ons beskuldigend aankyk.

Dooie grafte het oopgegaan, sê ek aan Rosie Vangroenweghe, en die lyke lê oop en bloot. Toe moet ek lag oor wat ek gesê het.

Ons kan dit nie begrawe nie, sê sy, dit is ons geskiedenis. Sy is ontstel, haar wange hoogrooi. Sy is vies.

So is dit nou maar eenmaal, Rosie is Belg in murg en bloed. Sy sal haar land so liefhê soos sy maar kan. Die museum het 'n poging aangewend om die stories te herskryf en die items te herrangskik, of sommer net die meeste daarvan weggesteek, soos die reuse-ivoortande wat eens 'n boog gevorm het vir besoekers om deur te wandel, maar nou buite sig in die kelder is. En tog, die brutaliteit duur voort as 'n permanente aanklag. In hierdie grandiose halle is daar werklik niks vleiend oor die land nie, laat mens eerlik wees. Als wat België goed kan maak, word hier verpletter, en Rosie is ongemaklik in my teenwoordigheid. Asof ek, 'n wit Afrikaner, toebedeel met 'n allemintige wegspringkans, my enigsins kan aanmatig om iets daaroor kwyt te raak. En tog, hier is ons twee langs mekaar in die museum, en dis asof iets beskamend tussen ons ingewig is.

Koning Leopold II gee Thomas Vinçotte opdrag om die borsbeeld te maak, 'n beeldhouer so tuis in die geledere van die koning dat die titel van baron aan hom gegee is. Op die hawe van Antwerpen word geskikte tande uitgekies terwyl hulle afgelaai word van 'n stoomskip, pas terug van die Kongo. Dit was omtrent 'n jaar voor die Exposition Coloniale van 1897, waarvoor die borsbeeld klaar moes wees.

Die tande word na Vinçotte se huis in Schaarbeek geneem en afgelaai in sy binnehof; die beeldhouer skuld dié slag niks nie, die tande is 'n geskenk van die koning. Vinçotte stam uit 'n welgestelde Borgerhout-familie, en hy is as uitermate geskik geag vir die maak van die borsbeeld omdat hy opgelei was aan sowel die Académie Royale des Beaux-Arts in Brussel as die Académie des Beaux-Arts in Parys. En tog moes die maak van 'n beeld uit roustof soos ivoor skrikwekkend gewees het.

Die afsonderlike segmente van die beeld, ek tel 20 of wat, is plat of met 'n effense kurwe, en behalwe vir die fyn lyntjies tussen hulle is die beeld glad van voorkoms. Dis klaarblyklik dat die tande enorm moes gewees het, van die oudste olifante met tande wat tot op die grond sleep, anders kon die segmente onmoontlik so plat uitgekom het.

Vinçotte die meester. Sy beeldhouwerk word verteenwoordig deur dié beeld van koning Leopold II, met sy vierkantig gevormde baard, sy druipmond en oë wat my laat dink aan dié van Mister Big, aan die foto van die kingpin van Hazyview wat ek gerieflikheidshalwe wegbêre in die agtersakkie van my notaboek. Koning Leopold se oë het so 'n omgekrapte uitdrukking terwyl hulle na links staar, of, as jy dan wil, suidwaarts na die Vrystaat van die Kongo, die reusagtige privaat domein wat hy uiteindelik aan België bemaak het.

Die verslae van ivoorinvoer na die hawe van Antwerpen gedurende die heerskappy van die koning wissel van 580 tot 3 740 ton. Ek gaan werk met die hoogste tonnemaat, naamlik 3 740. Gedurende Leopold se bewind, maar verder suid in wat vandag bekend staan as Wes-Zimbabwe, was daar 'n olifantjagter by name Karl Mauch. Hy het die gemiddelde tonnemaat ivoor per olifant op 44 pond bereken. As jy nou die Britse stelsel gebruik waarvolgens een ton gelyk is aan 2 240 pond, kom 3 740 ton te staan op 8 377 600 pond ivoor, en dit verteenwoordig 190 400 olifante. Dit is min of meer die getal olifante wat doodgemaak is gedurende koning Leopold II se bewind in die Kongo.

Jissis, asseblief, dit kan mos nie. 190 400 reusesoogdiere doodgemaak vir koning Leopold se shopping-lys: soveel biljartballe en klavierklawers, soveel briewemesse in die art nouveau-styl, honderde perfekte tande, skaakmannetjies en deurknoppe, en natuurlik die borsbeeld van die koning.

Die slagting was lankal nie meer jag nie; dit was die begin van die uitwissing van die spesie. Op 'n oop plek in die bos, omring deur mahonie- en ebbehoutbome, staan 'n mens, 'n spikkel van 'n figuurtjie honderd jaart of wat weg van 'n trop reuseolifante. Maar die figuurtjie beskik oor die mag, hy dra 'n Martini-Henry-geweer oor sy skouer: Die massaslagting van soogdiere is nou moontlik.

Daar is 'n teks langs die borsbeeld van koning Leopold II met 'n berekening van die aantal olifante wat gedurende sy bewind uitgeskiet is. Snaaks genoeg kom dit op 'n veel laer getal te staan: Van 1889 tot 1908 is daar 4 700 ton ivoor uitgevoer na die hawe van Antwerpen, en dit verteenwoordig 94 000 olifante.

Hoe op dees aarde het die navorser op dié getal gekom? Tensy hulle die maksimum gewig van tand per olifant op 100 pond beraam het; in dié geval praat jy dan slegs van reusagtig getande olifante.

Hoe ook al, dis skokkend. Daardie ou moeders en vaders het, soos alle reusesoogdiere, kennis gedra van kos en water, en bowenal van veiligheid, en kon die trop leer om ver van waspore en die wit vestings van so vroeg as 1880 te wei.

Teen 1890 is daar na olifante verwys met die verminderende term *ivoor*. Ek wil baie graag hê dat jy alle ivoor aankoop wat in die Kongo te kry is, sê koning Leopold II vir sy makker, Henry Morton Stanley. En in 'n latere brief aan die eerste minister van België: Die Kongo is vir seker nie 'n besigheid nie. As ons ivoor bymekaarmaak uit sekere streke, is dit slegs om ons tekort aan te vul. In Joseph Conrad se *Heart of darkness* praat die karakter

Marlow ook nie meer van die dier nie, maar slegs oor wat die dier aan te bied het: Die woord *ivoor* hang in die lug, word gefluister, word 'n versugting. Jy sou dink mense bid tot ivoor.

Renosterhoring het nie toe die prys gehaal soos dit hedendaags die geval is nie, alhoewel dit in die *Materia Medica* gelys is as 'n middel teen oorverhitting en reeds na die Ooste uitgevoer is. Dis onmoontlik om te bepaal hoeveel renosters gedurende die bewind van koning Leopold II doodgemaak is. Die jagter en handelaar, F.C. Selous, maak wel in sy *African nature notes* melding van groot hope renosterhoring wat deur 'n medejagter geberg is, en van minstens 1 000 renosters wat tussen 1881 en 1886 uitgeskiet is op die plato wat van Matabeleland tot by die Zambezi-rivier strek.

Teen dié tyd is Rosie angstig dat ons moet loop, haar hand op my arm soos tevore. Ons moet wegkom uit hierdie museum, sê sy. Dis te erg vir my.

Toe ons eers in haar kar is met sitplekgordels vasgegespe, sê sy hoeveel ligter haar gees nou voel en steek sommer 'n sigaret binnekant aan, sy gee nie meer om nie. Sy trek in: Daar is nog iets wat ek wil vertel. My vriendin, Amélie van Thilo, nou nie 'n boesemvriendin nie, kom soms in my winkel in en dan gaan drink ons koffie. Wel, eendag vertel sy hoe haar familie deur die media aangeval word. Die Van Thilos en 23 ander Belgiese families word daarvan beskuldig dat hulle hulle rykdom te danke het aan hulle verbintenis met koning Leopold, indien dan nie alles daarvan nie, ten minste 'n deel. Maar wat staan haar te doen? vra Amélie my. Jy kies mos nie jou familie nie. Sy is nie 'n slegte mens nie. Sy probeer 'n eerbare lewe lei. En probeer haar bes om nie geraak te wees deur hierdie aantygings nie, maar elke keer as sy iets lees oor haar familie en die rubberhandel en die slawe en die ivoor en alles, voel sy of 'n dolk deur haar hart steek.

Rosie het nog steeds nie die kar aangeskakel nie. Ons bly so sit in 'n atmosfeer vertroebel deur alles wat ons aanskou het; en nou boonop dié storie.

Nie een van ons kom skotvry daarvan af nie, sê ek toe. Ons dra swaar aan ons verlede.

Terwyl sy haar sigaret uitdruk, haal sy 'n gedig aan:

> In mijn leven ...
> ontstaan soms plotseling enkele plekken
> Van een stilte zoo onaangedaan,
> Dat ik geloof in slaap te zijn gekomen
> Bij de diepten waar geen onderstroomen
> Meer door't eeuwig stilstaand water gaan.

Belgiese digter? vra ek.

Helaas nie. Dis Slauerhoff, 'n Nederlandse digter uit dieselfde tydperk as koning Leopold. Verstaan jy dit?

Natuurlik, hoekom sou ek nie? sê ek, miskien te snydend. 'n Stilte so diep en kalm en oraloor dat niks dit kan versteur nie.

Ek wil net probeer sê dat daar gedurende daardie vreeslike tydperk ook dié digters was, daar is altyd sulke digters, wat skone poësie geskryf het. En toe: Daar is altyd ook goeie dinge wat in dieselfde tyd gebeur.

Maar wat van die Belgiese digters?

Ek weet werklik nie. Hulle was óf te na aan koning Leopold, óf was nie bewus van wat daar in die Kongo aangegaan het nie. Of, soos Maeterlinck, ons Nobelpryswenner, wel, hy het gesê hy wil sy poësie verhef en dit universeel maak. Hy wou bo sy tyd uitstyg, hy wou hom vrystel van die toevallighede van die beskawing.

En op dié punt is ek en Rosie Vangroenweghe toe uitmekaar. Die volgende dag sou ek uit Brussel via Singapoer terugvlieg na Brisbane. Rosie bly my arm vashou nadat ons mekaar vaarwel gekus het, een, twee, drie maal.

Ons besef al twee daar kort nog iets, 'n slotwoord oor ons besoek aan die Koninklike Museum van Sentraal-Afrika, of, indien dit nie moontlik is nie, 'n laaste troosword tussen ons twee. Rosie is sonder twyfel verlig om die museum agter haar te laat en nooit terug te keer nie, waarom sou sy? In daardie museum word die geskiedenis van haar land aan die lewe gehou deur skimme sonder hande, deur diere wat ween oor hulle geroofde moeders. Die skimme het kom huis opsit in die geskiedenis van haar land, wegkom kan sy nie, nes ek ook nie aan myne kan ontsnap nie. Dis waarom sy my wou vertel van haar vriendin Amélie van Thilo. En as 'n laaste poging om vrede te bring, die roerende gedig. En tog weet ek nie wat om aan Rosie te sê nie. Soos ek reeds gesê het, dis asof die museum tussen ons kom staan het, ons vriendskap beduiwel het.

Die Koninklike Museum is vir seker nie net 'n abominasie nie – het ek maar dít aan Rosie gesê. Daar is ook items om te bewonder, byvoorbeeld die Augosoma centaurus of centaurus-gogga. Die larwe en die volwasse gogga is albei gemonteer op Belgiese linnepapier in 'n glaskabinet nes dié van die koning, met die een wat plat lê. Die twee-in-een-gogga sit daar tot in alle ewigheid, blinkbruin asof dit gister gevang is, met spelde ingesteek aan die regterkant van die larwe en die volwasse gogga om die gewelfde eksoskelet van laasgenoemde op te hou. Veral die centaurus-gogga bekoor met sy twee parmantige draaihorinkies, en sy naam: renostergogga. Sy blyplek is tropiese Afrika, in die Kongo, en sy lengte 40 tot 90 mm.

Ek weet nie of die lot van die renostergogga dieselfde is as dié van die miskruier wat hulle bolle op die rand van die misdorp aanrol nie. Maar die miskruier of Circellium bacchus, nes die renoster se keratienhoring of Cornu Rhinocerotis, kom albei in die *Materia Medica* voor. 'n Treurige lot is ook vir die miskruier bestem, want dit word as kuur vir tot tien kwale genoem.

Dan is daar die slag toe ek 'n ander museum besoek het, die huis van Pieter Paul Rubens in sentraal-Antwerpen. Die einde van daardie besoek bied 'n meer opgeruimde slotwoord tot die Koninklike Museum. En die skrywer van die slotwoord is my boyfriend, 'n Ierse ou wat altyd maar sy grootwordjare gedurende die Troubles ooppraat, en, nes sy vader, kan hy iets opbeurend met een meesterlike, siniese klap tot niet maak.

Hoe ook al, daar stap ons vier deur die lieflike middelsewentiende-eeuse huis van Pieter Paul Rubens, die geprese Vlaamse Barokkunstenaar wat aan hartversaking, veroorsaak deur kwaai jig, oorlede is. Weer eens word ek vergesel deur Rosie Vangroenweghe, en dié slag ook deur haar suster vir wie ek, bygesê, later geen ooghare meer gehad het nie, want sy wou my Ierse boyfriend afvry. Ons stap deur die vertrekke van die huis, bewus van die bedompigheid van die dag, en boonop die sfeer geskep deur die somber ebbehoutmeubels en gebosseleerde muurpanele behang met kunswerk ná kunswerk.

My Ierse boyfriend en ek het pas teruggekeer van New York en ons het oes gevoel, om die minste te sê. Desnieteenstaande was die skoonheid van die interieur nie sommer af te make nie. Toe, in die hoofslaapkamer, die bleek, kalkblou mure 'n oplugting, kom my boyfriend plotseling te staan voor die hemelbed. Nou, of Rubens in die bed geslaap het of nie is nie heeltemal seker nie, maar daar staan dit met die weelderige, bloedrooi ferweelgordyne wat opsy geskuif sou moes word as die kunstenaar wou op- en inklim. Net die gedagte om in daardie kooi te klim en die fluweelgordyne agter jou toe te trek en op jou eentjie daar te lê, of styf langs die rysende en dalende boesem van jou lieflike ou lover, twee liggame ingestop in daardie hoogkooi, onrustig aan't rolle en snakkend na asem, was genoeg om my boyfriend in swete te laat uitbars soos ek nog nooit tevore aanskou het nie.

Met die onbekende deodorant aan wat ons in 'n drugstore in Chelsea, New York, aangeskaf het, maak sy sweet nou skuimborrels wat deur die katoen/poliëster van sy Le Coq Sportif pers. Verbaas lig hy sy arms op, ons was almal stomverbaas, almal staar na die skuim wat maar net nie ophou nie, borrels wat wit langs sy sye afsmelt, wat aanhou kom en swel en bars, iets verskrikliks. Rosie en haar suster haal dadelik papiersakdoeke uit hulle handsakke, maar die skuime was nie meer op te dep nie. Ons hol uit die huis van Pieter Paul Rubens, ons het g'n keuse meer nie, en skater tot wie weet waar in die straat daar buite.

*

Die jongman kom aan op 'n klipplaat en parkeer sy 4×4. Dit is hy, die plaaslike Julianus die Heilige.

Van daar het hy 'n onbelemmerde uitsig oor die vlakte. Dis hulle, prewel hy. Wat 'n vonds, hulle het trop gemaak om teen skemer te gaan wei.

Binnekort is dit donker, en die koue gaan opstyg uit die vallei. Dan gaan hulle saamdrom, mekaar warm blaas met hulle lou asems, skryf Gustave Flaubert in sy storie oor Julianus.

In die oë van die skrywer is Ollie Flaubert se prille jagter. So 'n gesig soos dié, 'n hele trop bokke, maak hom opgewonde. Stomme teikens, lam van die koue en die hongerte in hulle mae.

Hy trek sy pofbaadjie uit, vou dit op en plaas dit op 'n klip naby die trok. Dan merk hy die linkermou steek spasties uit, gaan hurk en vou die baadjie weer op, dié keer na sy smaak. Terwyl hy die klipkoppie afklim, probeer hy los klippe vermy; hy dra ingevoerde stewels met vastrapspore. Daar is die teiken, reg voor hom, sy jongmanshart jaag tot 112 slae per minuut: Hy is rasend, hy yl van geluk. En tog, soos hy homself geleer het gedurende masturbasie, bemeester hy die ekstase en hou terug om sonder 'n enkele los klip verder af te klim.

Sluip nader tot hy naby genoeg is – getrain deur sy pa toe hy nog maar 'n pikkie van vyf jaar was: Jirre, Ollie, hou jou fokken asem in as jy mik – en begin hulle afmaai met sarsie na sarsie van snel, akkurate skote. Hy's ge-prime met slegs eie adrenalien.

Eers maal die bokke rond, verbaas oor die vreemde wending van die laatmiddag. Hulle probeer wegspring, maar waarnatoe op hierdie oop vlakte, en waarvandaan kom die skote nou eintlik, die lug swaar met skemerte en so droog dat die skote waansinnig rondom opslaan. Horingkoppe lig, hulle snork, skuim borrel om hulle bekke, vrees gryp elkeen aan die keel. Hulle vlug na die brandoranje in die weste, maar die skote kom, hulle vlie om en vlug oos, reg op die vyand af, rou vrees verblind hulle, dan die, dan daardie kant toe spring hulle, vervaard, altyd maar 'n groterwordende kring, net om weer om te swaai en teen mekaar vas te stamp, daar is geen uitweg meer nie. Dodelik akkurate skote van die .375, sy magasyn propvol patrone, die karkasse los hy eers net so. Die diere struikel en val, klouter bo-op mekaar, dooie bokke val op halfdooies, rem hulle af, skuim by die bekke, mae oopgeskeur met ingewande wat uitpeul; en oral die reuk van vreesbloed. En steeds volg staccato skote oor die vlakte: tot die laaste, tot die allerlaaste een toe.

Dié wat nog leef, lig hulle koppe, hulle oë flits goud soos die skyf son agter die rûens wegsak: Hulle kyk reeds terug op lewens wat was.

Einde ten laaste laat sak die jagter sy geweer. Hy leef, sy jong hart sing.

Maar dan kyk hy tog af na sy hande, en weer op na die slagting, en probeer nie weer afkyk nie. Sy hande, man, sy fokken hande bewe. Hy't geen keuse nie, hy moet nou die wriemelende, bebloede hoop gaan inspekteer, en opnuut keer die moordlus terug. Selfs in hierdie skemerwêreld sou enigiemand wat die jong jagter ken, hom maklik eien waar hy daar aanstap. Die effe vooroorgeboë manier van loop, blonde hare wat by sy agterstevoor keps uitsteek, goudwit hare oor sy ore en oë wat hy eers moes wegstoot voordat hy gemik het.

Hy kom by die hoop aan, bloed net waar hy kyk, onverteerde maagwerk peul uit die buike. Die nag sak. Hoekom, wil sy jong siel nou weet, hoekom voel dit dan of iets sy liggaam betrek het, en hoekom lê die hoop diere daar so donker?

Hy gaan haal sy 4×4 en jaag op 'n spoor wat nie bestaan nie, spat klip, vertrap kruipaalwyne en bossies en goeters, waddefok. Hy parkeer. Sleep en hys die bokke een vir een met 'n leerkontrepsie op sy trok. Sy oë bloei sweet, sy spiere brand. Toe hy by die laaste klomp kom, moet hy bo-op die hoop karkasse klim om die volgende bok te laai, elkeen nou swaarder as die een tevore: sleep aan, trek op en smyt neer.

Uiteindelik die allerlaaste bok, swaarste van almal. Hy gaan haal sy pofbaadjie wat steeds net so opgevou lê en trek dit aan, die voering van die moue kil teen sy vel. Durf hy? Hoekom nie? Hy klouter tot heel bo-op die hoop karkasse en kry sy staan. Toe kyk hy op en skrik, die lug is swaar van die stank van dooie dier.

*

John Alexander Hunter, 'n Skotse grootwildjagter, het 'n inventaris opgestel van al die diere wat hy van 1944 tot 1947 in Kenia doodgeskiet het. Een van sy jaggewere was 'n .505, soos aangeteken op 'n kwitansie uitgereik deur die Kolonie en Protektoraat van Kenia. Die geweer het 'n besonder groot patroonkamer; in 'n onlangse blog van die National Rifle Association word die .505, wat nog steeds vervaardig word, beskryf as 'n gespierde, klassieke snelgeweer wat 'n aura van krag en die lekker ou dae van die Afrika-avontuur uitstraal.

Hier volg Hunter se inventaris van trofeë, versend vanaf Makindu en Emali, Kenia.

> 28 Augustus 1944 tot 31 Oktober 1946:
> 165 renosters
> 15 olifante
> 3 buffels
> 29 Junie tot 31 Desember 1945:
> 221 renosters
> 40 olifante
> 2 buffels
> 1 Januarie tot 31 Oktober 1946:
> 610 renosters
> 26 olifante
> 24 buffels
> Nie ingesluit in groottotaal nie:
> 35 renosterhorings in voorraad, 2 November, 1946
> 4 olifanttande in voorraad, 12 November, 1946
> <u>Groottotaal</u>:
> 996 renosters

81 olifante
29 buffels en 5 beskadigde karkasse
2 Desember, 1946
8 olifanttande
5 buffelvelle
1 bondel van 6 klein renosterhorings
2 Desember, 1946
8 olifanttande
3 buffelvelle versend per trein
17 Desember, 1946
36 renosterhorings (Waarborg van die Regering 162393)
23 Desember, 1946
14 renosterhorings (Waarborg van die Regering, 162394, 24.12.'46)
10 April
50 renosterhorings vanaf Makindu
1 Mei
Een sak met 10 renosterhorings
15 bemorste velle
18 Junie
Een sak met 18 renosterhorings
<u>Totaal</u>:
96 renosterhorings
55 pakke renostervel
15 rieme van renostervel
(tot 19 Junie, 1947)
1947 – 1984:
10 renosters
4 olifante
5 leeumannetjies
3 leeuwyfies
5 luiperds (2 kwyt weens speletjies)

*

Ziyanda Nelson sit hande gevou op haar skoot. Sy het pragtige hande, dis vir seker. Die proporsie van haar lang vingers tot haar duim en die agterkant van haar hand is foutloos. Sy sou haar naels langer dra as sy maar kon, trouens, haar ma sê altyd sy moet 'n naelmodel word. Valstrikke in die veld, op die uitkyk vir en regmaak van gate in die heining om die park, of 'n beseerde dier soos 'n steenbokkie terugdra kamp toe – lang naels gaan nie werk nie.

Sy vlieg huis toe, 'n medeveldwagter gaan haar by Port Elizabeth-lughawe oplaai en terugvat kamp toe. Op hierdie vlugte praat sy met niemand, in stede daarvan dink sy aan wat sy haar pa se teorie noem. Die teorie gaan oor die val van die mens, die verwering van kulturele diversiteit, die vernietiging van diere en bowenal die versuim van die mensdom om na hulself om te sien, die versuim om na mekaar om te sien.

Toe sy laas by die huis was, het haar pa weer die teorie uitgelê. Nie so nuut as wat jy mag dink nie, het hy bygevoeg. Hy was besig om lewersnysels met uie te braai, 'n skeut Worcestershire-sous om dit mee af te rond. Nou, op die vliegtuig, kies sy egter die vegetariese opsie en Ceres-appelsap.

Sy merk 'n oudminister twee rye voor haar, 'n man wat die meeste Suid-Afrikaners dadelik herken. Dit verbaas haar dat soveel mense 'n selfie met hom wil hê. Die val van die mens, daar is dit oop en bloot. Dis 'n manier om oor hierdie tydperk te besin, en dit geval haar. Sy is egter gretig om terug te wees by die park, sy bekommer haar as sy nie daar is nie.

Wat die Renoster-DNS-indeksisteem betref, sy begryp dit ten volle. RhoDIS is g'n big deal. Ziyanda is uitgenooi na die Veeartslaboratorium by Onderstepoort, Pretoria. Met so 'n Afrikaanse naam, en so laat staan ná 1994, het sy verwag die plek gaan oorwegend vol wit mans wees, die gebou al klaar so grand met sy wit gewels; wel, sy was verras dat soveel vroue daar werk, almal slim en snaaks. Sy't veral van Cindy gehou en haar storie oor die renosterkalfie waarop hulle geopereer het nadat dit deur 'n leeu aangeval is.

Oukei, dis wat jy moet begryp van RHODIS: 'n Skerf renosterhoring arriveer in 'n Jiffy-sakkie by die lab. Dit mag 'n mikrofragment wees wat op die hemp van 'n stroper gevind is, of selfs in die vou van 'n stroper se hand of in die slymerigheid van vars mis. Die genetiese struktuur van die skerf word bepaal en gekatalogiseer, soos die geval is met 20 000 ander unieke monsters. As dit eers afgehandel is, kan die skerf herlei word na 'n spesifieke renoster en as getuienis in die spesiale renosterhof in Skukuza gebruik word.

Sy begryp al die goed. Die RHODIS- forensiese app is nou op haar foon. Sou sy of enigeen van die ander veldwagters op 'n skerf horing op die stropingstoneel afkom, die plek van dood, om meer akkuraat te wees, glip hulle hulle handskoene aan en plaas die skerf in 'n Jiffy-sakkie, saam met die volgende inligting:

1: Datum gekry
2: GPS-koördinaat
3: Foto van die sakkie
4: Persoon wat die monster hanteer het, met bevestiging van naam en handtekening.

Dit was die einste Cindy wat haar ook vertel het dat die SAPD nie weer die kontrak met RHODIS gaan hernu nie. Geen nuwe monsters word aanvaar nie, en dié wat hulle reeds het, moet nog verwerk word. Die polisie het ook opgehou om hulle toerusting en die RHODIS-app te gebruik.

As daar 'n opregte persoon op aarde is, is dit Cindy. Vir sover dit haar betref, Ziyanda steur haar min aan die polisie wat RHODIS nie meer gebruik nie, en sy het dit ook vir Cindy laat weet. Wat jy moet verstaan, Cindy, het sy gesê, is dat die RHODIS-identifikasie reg aan die einde kom, die renoster lê reeds dood.

Oukei, die DNS-monster mag miskien help om met die spesifieke renoster verbind te word, sy verstaan dit. Maar die renoster is dood, uitgemoor, kos vir hiënas en aasvoëls. En wat van die babakalfie? Daar's gewoonlik een, hulle teikens is die ma's met die kalfies, want hulle beweeg stadiger. Sagte teikens. Sy het vir Cindy gesê wat sy moeilik begryp, is dat Onderstepoort so begaan is oor die DNS van 'n skerfie horing, maar nie, so lyk dit, oor al die goed wat voorafgaan nie, voordat die renoster sterf, voordat die monster geneem word nie.

Cindy het haar hare agtertoe gevee, mooi sexy hare, alhoewel sy nie jaloers daarop is nie: Ek weet nie, sê Cindy, ek is 'n labwetenskaplike, my werk kom aan die einde van die game.

Die game, herhaal Ziyanda, en laat die woord daar. Daardie bepaalde greep op die lewe en dood van 'n renoster. Sy't nie kwaad geword vir Cindy nie, nee.

Sy is tuis in haar eie huis in die park, dit ruik daar na verniste dennehout. Die vraag bly: Hoe reformeer jy daardie stroper sodat hy nie meer wil uitgaan en 'n renoster doodskiet nie? Glas Valsbaai-pinotage vir haarself geskink, in Pretoria gekoop. Die strategie hier in die park maak nie saak nie, en dit maak ook nie saak in hoe 'n mate hulle voorbereid is op volmaan drie nagte van nou af nie, hulle kom trompop te staan teen een ding: die stroper daar buite, sonder uitsondering manlik. En as daardie stroper eers die park binnegedring het, is hy ge-prime asof hy tik gevat het, dis dikwels die geval, en hy vrees nie meer die dood nie.

Die pinotage is volrond vrugtig, nie te soet nie, die etiket sê bessies, en dis suiwel- en diereprodukvry. Sy het haar bederf en sy is glad nie spyt daaroor nie, al het sy nie 'n sent oorskietgeld nie.

Daar is die knelpunt: Hoe beskerm jy jou renoster teen 'n man wat nie bang is vir die dood nie?

Die val van die mens, daar is dit weer. In hoe 'n mate laat die gemeenskap hierdie man, die stroper, in die steek, sodat hy so laag daal om nie eens meer om te gee oor sy eie lewe nie, wat nog te sê dié van die renostermoeder. Ziyanda se pa probeer sin maak van die tye deur te verwys na die antropoloog Claude Lévi-Strauss, wat op sy beurt aansluit by die tiende-eeuse geskrifte van

Lucretius: "nec minus ergo ante haec quam tu cecidere, cadentque."
En so gebeur dit dat geslagte tot niet gaan en verdwyn, nes ons tot
niet gaan, en so gaan dit altyd wees.

Maar wat van die diere, Tata, wat word nou van hulle? opper
sy dan altyd. Maar hy's meer begaan oor die mens en probeer nie
'n antwoord gee nie.

Sy het onlangs 'n paar skole besoek in die dorpies wat aan die
Groot Visrivier-park grens: Addo, Sunland, Jansenville en so aan. Sy
onderrig die kinders oor die swartrenoster, wat hulle graag eet, hoe
vinnig hulle kan hardloop en so aan. Sy wil graag hê hulle moet lief
word vir die dier. Aan die einde vra sy altyd: Wil julle graag een in
die werklike lewe sien, in die veld? En dan skree hulle uit een mond:
Ja! Sy moet egter terugkeer, met skoolskoene. Daar is kinders by St.
Ignatius en Addo Elim wat met flenterskoene loop, die sole vodde.
Die Park moet onderhandel met Bata, dis haar taak.

Maar as sy daar in die klein klaskamer staan, soms met tot
drie kinders wat een skoolbank deel, sien sy die moontlikheid dat
die kinders grootword in 'n gemeenskap wat hulle in die steek
laat. En selfs net om so daaraan te dink, maak dat sy besig is om
te val, om te faal, en hierdie kinders, soos Lucretius aanvoer, sal
uiteindelik ook faal, en val.

Sy kruip vroeg in, laat die leeslamp nog 'n ruk aan. Dis nou
genoeg van haar teorie, hare is dit nie en dit behoort ook nie aan
haar nie, nes sy geen aanspraak kan maak op die diere of die park
nie. En tog hou sy daarvan om die sake te deurdink, iets wat sy
by haar pa geleer het. Sy sal die teorie nog 'n kans gee as sy nie so
uitgeput is nie en as haar gemoed effe ligter voel. Want dié manier
van dink is aaklig, jy's vas.

In haar hand, op die laken, haar selfoon. Sy skakel af. Haar
lamp ook. Smôrens is dit die tarentale net buite haar huis – hulle
gesketter laat haar gees styg. Nou is dit die ystervark wat buite
om die groen vullisdrom rondsnuffel. Sy't aspris 'n slaaiblaar of
twee daar laat val, nie gesonde praktyk nie, maar tog.

Toe skakel sy weer die lamp aan en stoot die laken af. Die

uitslag op haar bene, eers was dit net haar linkerkuit, word niks beter nie. Kortisoonsalf help niks. Dit is volmaan drie dae van nou af, daar het jy dit.

Weer skakel sy af. Sy sal haar probeer afsluit, geen gedagtes laat uitgaan, niks laat binnekom nie. Dit gaan nóg 'n nag word.

*

Ek ontvang 'n WhatsApp van Nolala van Magogoshestraat, Motherwell. Die igqirha stel haarself eers bekend, maar hoe kan 'n man wat plat op 'n grasmat voor haar gesit het, ooit die ervaring vergeet?

Nolala het die boodskap ná middernag gestuur. Sy moes aan my gedink het, met erns, al is ek nie een van haar gereelde kliënte nie. Ek is gevlei.

Jy was in my gedagtes, sê sy. Ek wil nie hê jy moet my verkeerd verstaan nie. Die volmaan is naby, en dis die tyd wanneer die mans gereed maak om die park binne te gaan. Ek wil hê jy moet weet dat ek hulle afraai, hulle moenie ingaan nie. Dit is moontlik om in te gaan en te kry wat hulle soek en weer veilig uit te kom, dis wel so. Maar ek raai hulle nie aan om dit te doen nie. Hulle lewens is meer werd as daardie horing. Ek hoor dit haal 'n hoë prys, jy kan dit per gram verkoop. Maar hulle lewens is meer werd. Hulle speel 'n belangrike rol in hulle families en in die gemeenskap. Hulle het ook 'n verantwoordelikheid teenoor hulself, hulle moet hulle eie lewens respekteer. Daarom sê ek eerder nee.

Ek lees die boodskap 'n paar maal. Ten slotte besluit ek dat Nolala hier optree en praat soos 'n oudste, 'n moeder, eerder as 'n gids met die mag en insig om iemand op 'n gevaarlike sending te adviseer – altans, so verstaan ek die werk van 'n igqirha.

Dankie, Nolala. En beste wense aan jou en met jou werk.

*

Dis nag op die plaas – nie syne nie, orraait – en Frankie van der Merwe loop uit vir 'n sigaret. Niks snaaks daaraan nie, want hy mag nie binne rook nie; instant hoofpyn, sê sy. Maar hy weet die manier waarop hy dit sê, ek kort net 'n luggie, laat haar iets vermoed. Van wanneer af het hy net 'n bietjie vars lug nodig? Sy vrou skud die ys in haar brandy & Coke, maar dis 'n plastiekglas sonder klink. En nie 'n woord uit haar nie.

Hy vat die gefokte flits, kom, Trompie, en maak die deur agter hom en die hond toe. Haar wantrouige geaardheid gaan hom wragtig nie binne hou nie. Hy doen wat hy moet doen. Sy gaan hom nie dié slag pootjie nie, hy sien klaar sy pad tot in die park.

Maar hoe voel hy nou eintlik om die park binne te gaan? Afgestomp. Hy't verander, dis hoe dit is. Nadat hy met Athule gesels het, het hy besef al sy dapperheid beteken net mooi niks totdat hulle lewendig anderkant uitkom nie. Moenie opgewonde raak nie, moet ook nie in jou broek kak nie. Hy sal gaan, hy moet, dis hoe die ding staan.

Die maan hang bleek en bang daar bo en eers toe hy in die buitekamer kom, skakel hy die flits aan. Nee, Trompie se sak hondebeskuitjies moet ook hier gehou word. Wat van die rotte? Sies man, dit stink in my kombuis.

Bo-op twee balke het hy 'n plank gelê vir die koffer met al die hardeware en goed. Hy sleep 'n krat nader om die plastieksakke en koerante te kan oplig: Daar's hy. Nes hy hom gelos het. Wat's al daai goed werd? dink hy. Koffer binnekant tot met pers lap gevoer. Waar kry mens dié soort kak? Hy gee die koffer 'n stootjie om die gewig te check en maak seker die slot is toe. Jis. Maar sy hart weeg swaar. Hy haat dit dat hierdie koffer met al die goed hier is, in sy huis, al is dit in 'n buitekamer, soos 'n vreemde ding wat hom op sy beurt ook haat, goed wat kan doodmaak, goed wat hóm kan doodmaak.

Hy bedek die lang koffer weer mooi en skep selfs 'n bietjie gruis en houtskaafsels van die vloer af op daarvoor, kak wat jare lank al hier lê, smerig van gearbox-olie wat hy altyd hier gestoor het, hande vol strooi hy oor die koffer om dit weg te steek vir nuuskierige oë. Nie dat sy sommer hier sal inkom nie, te liederlik.

Hy skop die krat tot agter in die buitekamer. Fok Kingpin. As hulle sending misluk, gaan hierdie koffer vol goed opmaak vir hulle verlies. Vir die risiko wat hulle bereid was om te vat. Verkoop alles. Kingpin het g'n fokken clue waar hy bly nie. Wat weet hy nou eintlik van Frankie van der Merwe?

Kom, Trompie. Hulle vat die paadjie terug huis toe.

Jis, sy hart dra swaar. Hy het begin dink aan daai renoster. Dis mos nie 'n Jersey-koei nie, daar's oorgenoeg van hulle. En daar's nog op pad, kyk al die dragtige koeie op die plaas. Maar die renoster, man, hulle ruik jou sommer honderde meter ver weg en omdat hulle sig so swak is, storm hulle die fok uit jou uit. Nee, man.

Teen die tyd dat hy en Trompie weer op die rusbank sit, het hy al die gedagtes uit sy kop gestoot. Hy gee niks om nie en gaan ook nie verder daaroor dink nie. Miskien. Maar hy's nie stupit nie. Jy kan nie die park ingaan as jy jammer is vir renosters nie.

Frankie, sê sy. Nog 'n brandy vir jou? Fokkit, wat skeel haar? Daai klein swart korente wat hom beloer. Gee hom die horries.

Ja wat, sê hy, kielie die brakkie agter sy oor.

*

Swaar is die hitte, oralste, moet middag wees. Decima stap terug na haar plek toe, skep asem in die groen koelte. Staan vir 'n ruk so. Haar vroegoggendse wei altyd smaaklik, sagnat van dou. Snaaks, nè, hoe hulle almal geleer het om gras by te sit by hulle spekboom, hulle doringboomblaartjies, die doppruim – dis te sê as jy gelukkig is. Daai olifante darem, kyk, daar's doodeenvoudig te veel van hulle deesdae. En hulle sorg dat hulle net mooi oral is, sagtrap bygesê, nes hulle kan. Skaars tyd om jou horingkop vorentoe te stoot, jou mond oop te maak en los te trek met 'n snork, en daar staan hulle, so te sê bo-op jou. Die oormag van getalle, en natuurlik speel hulle eerste klaar met die varsste, die heel jongste blare. O, en daai babakalfies met hulle flapore en babaslurpe, kyk, sy sien hoe ondeund hulle is, amper asof hulle kalfies van haar storm is, die galoppery al in die rondte op daai stompiebene, vrolike goedjies, die hele spul. Jy's net 'n snuffie kort van dink daai olifantkinders is jou eie spruite. Heuningagtig, hulle reuk, maar nee, hare is dit nie. Laat Tandeka se kalfie maar enige tyd kom, en daai koejawelsoet drup van haar net voor sy reg is vir Buks, ja wat.

So baie mae om vol te maak, maar hulle het natuurlik die voordeel van daai bleddie slurpe wat hemelhoog kan reik om lenteblare af te draai. Om eerlik te wees, maters is hulle nou regtig nie.

Sy sak neer op klip-en-sand, aarde bestrooi met blare, en die voue van haar keel kom te ruste op ingevoude been. Soel hang die lug om haar, doodstil behalwe vir 'n verdwaalde by op soek na spekboomblom, bietjie vroeg daarvoor. Binnekort kom die fyn klossieblom, so heerlik kruiderig, en pienk. Ore teruggetrek, een oog toe. Decima sluimer.

En tog nie. Haar ore vorentoe gepunt, oorhaartjies orent. Ruik hom lank voordat sy hom sien. 'n Vlaag vrot vleis aan die punt van sy snawel. Sieklik, sulke vleiserigheid, en verklap hom altyd voordat hy kan neerstryk.

O, dis jy. Decima lig haar hoof so effe, ore wikkel heen-en-weer en ontspan.

Ek, ja. En wat daarvan? groet Skalpie.

Wat maak jy hierso, kranse is mos doer anderkant? Al daardie kloue, Decima asem 'n borsvol uit. So parmantig, dié een.

Wel, dis juis die ding, dan nie? Die kransaasvoël tiep-tap links, regs, en nader, draai die syagtige kop sywaarts om 'n oog op Decima te rig; die loodswart, gekurfde snawel flits.

Wat bedoel jy, watse ding?

Eerlikwaar, mevrou Noster, ek kan mos vanaf enige plek lig en styg, na hartelus. Daar was so 'n gunstige warm stroom, wel, hoekom nie, dag ek, en laat my wegvoer heelpad tot in jou kontrei. Hier, daar en hier en daar, en ook nie veel meer vir julle klomp loodpote nie. Maar ék, kyk ek kan hierdie ganse grasland fynkam vir 'n stukkie hasieoor, halfgevreet, kort nog net 'n laaste skoonpik. En so't ek gemaak ook. Effe stil, dag ek, laat ek gaan loer waarmee ou mevrou Noster besig is.

O, jy's te gaaf, maar spaar my die smerige ditte en datte. En terloops, daar's niks op jou spyskaart hier by ons nie. Nie 'n enkele dooie ding so ver ek kan ruik nie.

Gê, gê. Maar nie so ver soos ek kan sien nie. Skalpie lig 'n kloupoot, verkoel homself deur sy magtige vlerke op te lig. Darem maar warm, is dit nie?

Decima skreefoog, bring die Gyps coprotheres in fokus. Aantreklike verekraag, g'n twyfel daaraan nie. En die vereromp op vlerk en stert so funksioneel: sprei, styg en swewe. Hoe ver? Behoort weer te vra. O, hulle het voor in die ry gestaan met al daardie seëninge. Geniepsig, egter, eien hulself die laaste ding toe. As dit nou nie vir daardie nek was nie, kaalgeskraap soos 'n oop wond, nee wat, sy wil niemand kwaadgesind wees nie. Op haar ouderdom kom liefde eerste. Jaar in en jaar uit, weivreet, rus en modderrol, en al drie op herhaal. Net so en nie anders nie. Sy lig haar ken, in die nabye verte voel sy die storm aan, verspreid loop hulle vandag, almal so besig; sy snuif die reuk van twee meisiekalfies op, besig om hulle moddervelle af te droog na 'n rol.

Dagdrome, mevrou Noster? kras Skalpie.

Durf nie met jou in die omgewing nie. Decima draai die skulpe van haar ore drie maal, 'n vlugge teken van waaksaamheid.

En waar is die rooibekke miskien vandag?

O, hulle? Hulle hou net van my as ek vol in die son loop.

Jy weet natuurlik – ek hoop van harte so – dat hulle ook maar net bloed soek, mevrou Noster? Daardie smerige lemskerp bekkies sorg dat hulle die wonde oop hou. Bloed aan hulle hande, sou hulle enigsins hande gehad het.

O, jy kan praat, snork Decima.

Wel, dis hoekom ek hier is. Ons wis almal die volmaan is op pad na hierdie stuk aarde. As jy of een van jou familie – hy draai sy rou nek en kyk ver agtertoe na die renosters, mmm, daar's 'n kleintjie ook – in die stof byt, nou ja, dan's dit 'n fees van vleis vir ons. Aan die ander kant weet jy ek is erg oor jou, mevrou Noster.

Snork en nogmaals snork, Decima wikkel een oor, dan die ander een.

Maar ek wis nou, en dit geld vir my familie ook wat ek nie eintlik veel sien nie, behalwe by feesmaaltye, dat iets aakligs in die karkas agtergelaat word deur die moordenaarshande van mense, wat, om eerlik te wees, ek nie kan verdra nie. Aggg tog, die wetters, hulle wil die ligging van die karkas geheim hou en nou vergiftig hulle die dooie dier nog dooier. En hoekom miskien? Dis nie gewens om die gebroedsel daar bo te sien swewe nie, want deur op te kyk weet jy presies waar die karkas lê. Geen swewery, geen dier nie. Wel, ons sal almal binnekort vrek wees van vergiftigde vleis. Die geslepenheid! En dan, terwyl hulle happe vleis uit jou familie skeur, net so, bene in die lug – hier kyk hy weg om die oë van mevrou Noster te vermy, want wat hy pas geuiter het, is wreed verby. Ons besef nou dat die dood in daardie sappige hompe skuil. Mercia, jong Skruffie, Witvlerk, ek het nie genoeg kloue om al die dooies af te tel nie. My familie is besig om te verdwyn, weg te kwyn, skoon weg. Hier laat sak hy sy kop, en twee syerige lede glip oor elke oog.

As ek wil, sê Decima, kan ek daai klomp stormloop en hulle in die lug insmyt, teen die lig van die maan, maar wie onder ons, as daardie oomblik kom, voel die vyand eerste aan? Gif in hulle sakke, gif in hulle harte, o, laat ons hulle tog net betyds ruik. Maar sê bietjie vir my, Skalpie, wat wil jy nou eintlik vir my kom sê? Dra jy ook kwaad aan? Waaroor gaan dit eintlik vir jou?

Jy sou dit die aasvoël-tameletjie kon noem. 'n Fees is waarop ons almal hoop, maar daardie einste fees van vlees – slegs een enkele pik is genoeg – kan ons einde beteken. Ding is, ons het g'n idee of daardie ellendige karkas-skepsel wat daar lê, bene in die lug, gevergiftig is nie, en met wat. Almal swewe, rasend van hongerte. Kan enigeen tog net toetspik? Sal een van die ou tantes wat tog nooit weer 'n enkele eier gaan lê nie, miskien tog net eerste afduik en toets of die dood in daardie vleis skuil? Nee, hoor.

Ek begryp, sê Decima. Genoeg is genoeg. Op die ou einde is Skalpie, kamtig gaaf en alles, nie een van hulle nie. Doodeenvoudig, hy is g'n renoster nie. Vat nou byvoorbeeld Tandeka se kleintjie, oulikste ding op aarde. Sou enigiets, 'n hiëna of 'n leeu, enige ding, daai kalfie van agter af beetkry, wie sak eerste neer? Skalpie en sy gebroedsel. Nee, rêrig. En verder: Sy moet aandring by Tandeka dat sy die kalfie voor haar moet laat loop en nie agter haar soos dit gewoonte is nie, veral dié tyd van die jaar.

Nou ja, dan's ek nou eers op pad. Wat ek wil sê, mag ek eintlik nie sê nie: Sorg mooi vir jouself. Hy skep homself op en sprei sy indrukwekkende vlerke in 'n vereskou van room en glansbruin. Dit spyt my, mevrou Noster. En weg, ver weg is hy, binne sekondes opgeswiep deur 'n warm stroom.

*

Lank nadat ek en Rosie Vangroenweghe die Koninklike Museum van Sentraal-Afrika besoek het, het ek 'n gepaste slotwoord vir die museum en sy uitstallings gevind. Dit is geskryf deur Debora L. Silverman, 'n kenner van fin de siècle art nouveau. Op 'n bepaalde plek in haar artikel oor die Exposition Coloniale 1897 stel sy die dier eerder as die mens voorop. Die dier met sy sagax, sy skerp sintuie en verhoogde persepsie. Debora Silverman sonder nie die renoster uit nie, maar daardie ander mega-herbivoor, die een waarna koning Leopold II uiteindelik net as ivoor sou verwys.

In die artikel keer Silverman terug na die ivoortande wat afgelaai word in die binnehof van Thomas Vinçotte, met vergunning van koning Leopold II. Die reusetande word die ateljee van die kunstenaar binnegedra; dis moontlik dat daar nog gras en grond van die Kongo-oerwoud aan elk kon vassit, en waar die tand in die vlesige holte met sy senupunte pas, kon daar nog van die delikate aarnetwerk sigbaar gewees het. Silverman vra haarself af: Het Thomas Vinçotte die ivoor met respek behandel?

Betrag die borsbeeld van koning Leopold II in sy glaskabinet, en, soos ek voorheen genoem het, jy merk hoe glad die onderskeie dele van die ivoor afgewerk, hoe bedrewe hulle aanmekaargelas is. Op die linkerbors en net onderkant die epoulet met sy drie sterre het Vinçotte sy naam gegraveer. 'n Mens kan dit maklik miskyk; inderdaad, die handtekening van die beeldhouer maak nie inbreuk op die geheel nie. Tot hiertoe, 'n mate van respek.

Die vraag oor respek bly, en Silverman probeer om dit te beantwoord deur 'n ander voorwerp, spesiaal gemaak vir die Exposition Coloniale, te ondersoek. Dié voorwerp, gemaak van 'n stuk olifanttand van by die 25 cm lank, 'n lengte wat uit die middel van die oorspronklike tand gesaag is, het mettertyd beroemd geword. Klein, lelieagtige blomme is in die tand gekerf deur Philippe Wolters, die kunstenaar wat as die Lalique van België bekend gestaan het. Ter voltooiing van die voorwerp smee Wolters nou 'n skrikwekkende silwer draak en 'n swaan, beide met magtig gespreide vlerke. Die draak simboliseer barbarisme, dit wil sê, die swart mense van die Kongo en hulle kultuur, terwyl die swaan wat verbete terugbaklei, die wit mense van België en Europese kultuur verteenwoordig. Die twee wesens baklei met mekaar terwyl hulle die tand uit Afrika omklem, die betekenis en oorsprong van die ivoor vergete in die stryd.

Maar die navorser van fin de siècle art nouveau delf dieper, en dis waarom ek van Silverman hou. Sy ontleed die holte van daardie stuk tand wat Wolters vir sy miniatuurkunswerk, *Beskawing en barbarisme,* gebruik het, en haar vermoede word bevestig: kepe, wonde en klampe om die lasplekke te verberg, alles blyke van kru hantering. Maande en maande voor die Exposition Coloniale – wie sou tog later daaroor omgee? – is die tande uit die kop van die soogdier gekap, met die sensoriese vermoë, die sagax, nog aanwesig, daardie akute sintuie waarsonder die dier nie kan leef nie, sintuie wat as lewende gids dien om die olifant en haar trop in die oerwoud te help oorleef. Daar lê hulle neergesmyt, 'n stawel lewelose tande in Vinçotte se ateljee: Godverdomme, wat het ons hier, wat doen 'n mens met die goed, en dan boonop in 'n spesifieke styl soos gedikteer deur die koning? En wat op dees aarde weet ek tog van die eienskappe van dié stof? Wel, ek gaan daarmee maak nes ek wil.

Silverman kom tot 'n gevolgtrekking oor die werk van Wolters, die draak in ewige stryd met die swaan, elk besig om die gekerfde olifanttand te omklem, en dié gevolgtrekking is ook van toepassing op die ivoorborsbeeld van koning Leopold II.

So skryf sy in die slotwoord oor die gruwel van die Koninklike Museum van Sentraal-Afrika. Nadat sy die holte van die kunswerk noukeurig ondersoek het, merk sy hoe die ivoor gekeep, geklamp en vasgeskroef is om te hou. Dis voor die hand liggend dat die stof geensins met respek hanteer is nie, maar eerder met 'n mate van geweld. Die gewelddadige hantering van die kunstenaarstof kom ooreen met die tema van stryd wat in die miniatuurkunswerk uitgebeeld word, en die brutaliteit van die oorsprong van daardie stof word nogeens ontlok.

In 2005 word die Wolters-kunswerk weer uitgestal, waarskynlik die laaste keer, by *La mémoire du Congo: Le temps colonial*, en wel by die Koninklike Museum. Silverman voer aan, en hoop, dat die doodsgeskiedenis van die land uiteindelik duidelik gaan word: Dat die Belge, brengers van beskawing en geroepe om die barbare uit te wis, besig was om self barbare te word.

Ek dink ek het gekry waarna ek soek, teks ek vir Rosie Vangroenweghe op WhatsApp. Ek het 'n artikel opgespoor wat 'n greep bied op die Koninklike Museum. Maar Rosie is nie meer getrak oor die museum nie; sy het 'n flard tapisserie op die Vogelmarkt in Antwerpen gekoop en is besig om 'n handsak vir haar kleindogter te maak.

*

Kan ek weer die internet gebruik, tannie Marie? vra Frankie. Dis nou slegs 'n paar dae voordat hulle die park binnegaan en hy's by sy tannie se huis in Colchester. Ag, hy's nie dom nie, sy's nou ook nie so ryk nie, maar dis die dikte van die tapyt onder sy kaal voete – hy trek sy sokkies en tekkies uit voordat hy ingaan – en die witwyn wat sy so in 'n glas aandra wat die verskil maak. Haha, hy hou nie eens van wyn nie.

Wat's fout, Frankie, jy lyk omgekrap? Sy kyk na sy been wat op en af skud. Wat is dit dan, my kind?

Hy staan op en loop in haar omhelsing in. My kind, sê sy vir hom, en hy is nie eens nie. Binne-in haar sawwe tannie-arms huil hy tot diep in sy hart, nie hardop nie, dis moeilik om presies te sê hoe.

Terug by die computer kry hy waarvoor hy gesoek het: die gevolge van tik op jou sisteem. 'n Persoonlike verslag van Candice Louw van Uitenhage: Die goed word ook metamfetamien genoem. En dan sê sy: Jy trek dit in deur 'n glaspyp, en oombliklik kry jy daai high in jou kop. Ek kan eerlik sê dat ek nog nooit so hoog gevoel het nie. Na 'n ruk rek jou oë groter en groter en jy voel soort van sexy, maar jy sit maar so daar op jou stoel, jy wil net jouself hê, as jy weet wat ek bedoel. Koekies, chips, Coke, niks. Jy's niks lus vir jou favourites nie. Na so 'n uur of so vat jy nog 'n trek, selle ding. Jy's wawyd wakker vir twee dae of so. En dan val jy, boetie, jy val so diep soos kak. Jy word 'n regte teef en skop jou kleinboetie. Jy't niks geduld met jouself nie. Ek sal dit nie aanbeveel nie, maar ek sal dit weer doen.

Frankie vee sy soekgeskiedenis uit. Waar hy staan, kry hy 'n bewerasie dwarsdeur sy lyf. Al die pad. Jis.

Drink jy nie jou wyn op nie? vra tannie Marie.

Ag, tannie Marie, ek … ekke. Dis so suur, die smaak bedoel ek, dit spyt my.

Sy kyk op waar sy sit en tydskrif lees en trek haar mond lelik, en lees dan verder. Hy weet wat daai mond beteken: haar simpatie met hom is op.

*

Toe Ziyanda Decima nader, vlieg die renostervoëls op met
'n sissende tsik-tsik. O, zezintaka zitya amaqhizane, dis daardie
voëls wat die luise oppik, giggel sy, so soet en salwend dat Decima
aanvoel dat sy meer is as net die wese daar voor haar, soveel
blydskap, dié een, sovéél.

Dié slag bring sy 'n noorsvinger, die stekelrige euphorbia
wat Decima bo vrugte soos appels verkies. Ruik kom eerste, die
stert piets-piets. Mettertyd het Ziyanda begryp dat die onus op
haar rus om die taal van die dier te verstaan. Bowenal moet sy
stadigaan afleer wat sý dink die dier wil hê.

Die swiep van die stert, die terugtree met die linkervoet en weer
vorentoe, op haar hoede, kop laag. Kennis van die kos en van
haar wat dit gebring het. Maar wat behels die kennis? En hoe ruik
sy vir Decima, wonder Ziyanda, terwyl haar oog vir 'n oomblik
Decima s'n vang. Sy is nie seker daaroor nie. Ten slotte is dit in
die teenwoordigheid van Decima dat sy hoop om iets oor haar
wys te word. Sy laat val die noors en vertrek, uit respek.

Decima tel die sappige vinger in sy lengte op en sny dit met
haar skerp gerifde kiestande. Krisp-krisp, daardie vreugde net
daar by die renoster se mond, 'n klank wat dra, maar slegs in
die omte van haar rusplek. Daar is haar skuiling, omring deur
'n halfmaan spekboom met hulle glansblare, daar 'n vlieg of
twee wat op die bries aansweef om naby Decima se swiepende
stert te land, en daar, op die rand van die boskaas, laat klink 'n
bokmakierie haar bok-bok-mak-kik.

Die twee ente van die noorsdoring hang alkant van haar
mond uit. Flop-flop val hulle op die sandgrond. Die noors gly
al met haar tong langs, dié en daardie kant, fyngepers deur die
magtige herbivoor se kiestande, die riwwe juis gevorm om te
maal en fyn te maak. O, daardie souterige noorsvlees met die
verleidelike melkerigheid: Decima se wimpers sluit oor haar
twee amandeloë.

Die ganse toneel, al die geluide wat Decima se bosplek vul, die
suising deur die spekboom, die gonsende vlieë, 'n voëlroep wat

inval, die renoster wat kou en fynmaal: As jy jou toevallig in die omgewing bevind, onthou om doodstil te gaan staan, hou selfs jou asem op. En lúister, of jy hoor hierdie verdwynende klanktoneel nooit weer nie.

*

My ma skuif haar hand oor die gehekelde tafeldoek en wag dat ek myne in hare plaas. Boerewors, kapokaartappels besprinkel met neusmuskaat, en 'n gestoomde groenmielie vir aandete. Dis 12 September, om en by halfsewe, en die maan het opgekom oor die baai van Jeffreysbaai.

Mamma, sê ek, bid asseblief ook vir die renosters. Die nagte wat nou kom is die gevaarlikste. Hulle het nêrens om weg te kruip nie.

Ons sluit ons oë. Die stem bewe, maar die ou, jeugdige gees is steeds aanwesig: Seën ons by die gebruik van dié gawe en gaan so verder met ons deur die nag; en hou U bewarende hand oor ons dierbare renosters, om U naams ontwil, amen.

Sy los my hand; haar trouring laat kortstondig 'n merk in my vlees. Die aandgebed weerklink nog, die Afrikaans soos sy dit in haar mond bewaar, die keelklanke saggemaak deur haar jare, die vokale effe uitgerek. Dis my moedertaal in die holte van my oor wat ek, hoop ek, sal bly hoor.

*

Decima dommel in op die heetste van die dag. Fynhaar al langs haar oor beef liggies. Diep en wyd onthou sy daar in haar spekboomplek, ou, gestoorde gedagtes kom en gaan. Goed wat haar ma haar meegedeel het oor misdorpe en boshappies, oor onervare bulletjies wat verkeerd gedek het. Haar horing so elegant, onthou sy haar ma soos sy gelê het, soos sy self nou lê, en hoe sy met kalfietong daardie horingkurwe gelek het. Nog verder word sy teruggevoer, na kennis geërf en gedeel met ander moeders uit die oerverlede. En noudat volmaannag nader, is dit 'n man wat sy gewaar, op twee bene soos hulle maak, afskuwelik die val van hul voetstap, afskuwelik die woorde wat hulle monde spu.

Daar was 'n man by name Theodore Roosevelt. Gemeen sy motief, selfde geld vir sy geweer: so deurkruis hy die Afrika-oerbos vergesel deur sy seun. Jagters, albei. Doodslag en grynslag: Dis hoe hy onthou word. Diceros bicornis, haar oerfamilie swartrenosters hoog bo in die noorde, was 'n mag om mee rekening te hou, in hulle derduisende het hulle bos en vlakte bewoon. En tog, nie magtig genoeg nie. Ek kan net nie sien, sê daardie man, dat die renoster in staat is tot oorlewing nie. Hoe so, mister Roosevelt? Wel, sê hy toe, die eienskappe van die dier verseker hulle eie uitwissing. En toe, daardie woord.

En die woord wat mister Roosevelt goeddink om Decima en haar familie mee te beskryf, is *onnosel*. Die skulp van haar ore flik-flak in ononderbroke golf, eers links, dan regs, en weer linkerkant toe. Die woord word onthou, die woord is in haar lyf geberg. Dit duur 'n ruk: Die woord word herkou, vorentoe gestoot en uiteindelik opgebring, dis moontlik, mettertyd. In- en uitadem deur haar geweldige neusgate: grond omgewoel deur vlakvarkhoef, knoppies van die spekboom, 'n papgetrapte sprinkaan – al hierdie reuke word hare. Sy weet wat sy op die spits wil dryf: Die Roosevelt-man stap verby die piepot waarin sy eerste vrou, Alice Hathaway, haar bleekgeel water afgeslaan het; glad en stil poel dit daar. En hy? Hy faal, hy kan nie die vroue-urine ínruik nie, wat nog 'n vingerlek daarvan vat. Die man is doods, hy was altyd dood. Hy het sy menslike vermoëns betrag as menigvuldig en superieur, sonder om ooit daaraan te twyfel, en die swartrenoster van Kenia het hy misken. O, hy sou skiet en doodskiet en nooit ophou skiet nie, hy en sy seun Kermit. En sy lippe, begroei met snorgehaartes, het die dood vir die res van hulle renosters aangekondig, deur die eeue, die laaste een van hulle. Met 'n enkele woord. Dáárdie woord. Maar wat die man makeer het, wat hy nie geweet en ook nooit sal weet nie, is dat hy nooit oor die renosterbul se olfaktoriese kapasiteit sou beskik om die pre-estrusreuk van sy vrou se urine raak te snuiwe nie. As jy dit maar kon, mister Roosevelt, sou jy jou lippe oor jou tandvleis opgetrek het – "flehmen grimace" noem hulle dit – en sou jy jou oor haar kondisie verheug het met die blye wete dat 'n spruit op pad is.

Decima tel haar kop op. Sy het Tandeka se kleintjie opgesnuif. Goeie ma, daardie een, sy het haar kalfie in die boskasie weggesteek totdat die kleintjie stewig op haar voete kon staan – daardie eensame, wedersydse liefde tussen ma en kalfie is meer as wat die beste kos ooit kan wees.

Hol diekant toe, ja-nee, bons op die stewige agtervoete, voorstes hoppitie-hop. Storm kamtig haar ouma, gooi die kop die- en daardie kant toe, tot vyf meter ver waag sy dit voor Decima, slaat in 'n stofwolk briek aan dat die klippers spat. Haar speletjie met Grootma. Het mister Roosevelt homself ooit kans gegee om dié klas ding raak te sien? Dis inderdaad daardie woord, sý woord, wat oor geslagte heen aandra na Decima; maak seer, nou nog, daardie enkele verpletterende woord. En nou word die grofgeskut gereed gemaak deur Roosevelt en sy span moordenaars, Kermit inkluis, en voor jy jou kom kry, het die massaslagting begin. Dis hoe dit altyd gaan, dan nie? Dan word die dooie dierlyf opgehef op ingevoude voete, nes hare nou. Want hiervan moet rekord gehou word, die slagter en sy slagting. En mister Roosevelt neem plaas soos hy reken dit 'n jagter betaam, 'n opperste wit baas, vingers gekrom om die loop van sy geweer, daardie ding wat hom soveel mag verleen, met sy koloniale topi en sy hangsnorre, silwer slierte wat sy doodse grynslag omraam – die wit, manlike tipe, hy ruik selfs ook na hulle. En so word die doodslag gedokumenteer.

Maar dit is die oog van die dier wat daar lê, opgehef, lankuit, miskien nog lyfwarm, die waswit doodsheid van die oog van daardie oermoeder van haar, die oog wat die godganse tyd staar en bly staar – hoe lank nou al? Dis die pyn, die gesmeek, die ou, ou wete – dis wat Decima wakker gemaak het.

O, jou klein kalfie, moenie verspot wees nie, jy, tot 'n meter van haar ouma hol sy, haar lip nog die ene melkskuim. Decima skuif haar linkervoet na binne en laat sak haar ken. Haar ooglede sluit, los plooie bo- en onderkant maak 'n volkring.

Decima slaap.

Sy treur lank nie meer nie, maar swewe na die stuif van doringboom, jong bas en lenteblaar, en die ronde, safkwassies van bloeisels.

*

Die boonste pêrelknopie van haar bloes is oop, sy dra nie die bosgroen uniform van die renosterwesieplaas vir die onderhoud nie. Hand teen haar bors: Dis nie maklik vir my om te praat oor daardie toneel waarop mens afkom as die stropery plaasgevind het nie. Ek hoop jy het die innerlike krag hiervoor. Maar eintlik praat sy van haarself.

Ek hou haar dop, die vrou wat opgetree het in dokumentêre films, wat by 'n fondsinsameling in New York vreesloos gestaan het voor 'n gehoor van mans met swart dasse en vroue met goue handsakkies – in daardie Engels van haar versier met hoëveld-Afrikaans – en nooit ter wille van haarself nie. Haar hande hier voor haar op die tafel vou oop, maak toe.

Dit kan seweuur in die oggend wees, en die boodskap kom deur: 'n Kalfie het dringend hulp nodig. Hittesensitiewe radar het die kalfie bespeur, arme dingetjie loop al om en om die ma, hol nie weg nie, klaar getraumatiseer, nog maar net 'n kind, dis al. En daardie kermhuil – ek het nie kinders nie, maar daardie huilery, ek sê jou, dit mergel my uit.

Later, terug by my tent in Hazyview, blaai ek na die etogram van die renoster in my notaboek. Tot tien vokalisasies is aangeteken, maar nié die een wat Theodore Roosevelt beskryf nie: skree soos die fluit van 'n stoomenjin. Lank ná sy dood het die man 'n beeld van die renoster gelaat, beide die wit- en die swartrenoster, verkleineer en verdoem – ek gaan hom nie sommer kwytskeld nie. Veral nie nadat ek langs dié vrou gesit het nie, haar hande op die tafel voor ons wat saam die storie vertel: Jy moet my glo.

Nou sit ons man by die oop deur in daardie helikopter om die loods te lei, waarnatoe, en waar om te land. Man, ek het al gesien hoe hierdie ouens werk, kopfone druk hulle wange so op, só, wys sy. Ek wil hê jy moet in daardie helikopter kom sit, want op daardie oomblik bestaan niks anders vir hulle nie. Vrou en kinders by die huis, niks maak meer saak nie. Hulle kan daardie oproep in die middel van die nag kry, hulle skakel nooit hulle selfone af nie. Tyd is nie aan hulle kant nie. Twee, drie ure laat, en die aasvoëls het klaargespeel: die karkas van die ma-renoster reeds wit van hulle mis, die kalfie skoonveld.

Hierdie kleintjie hierso, hiënas het hom in die nag beetgekry. Blyk dis 'n klein swartrenoster, baie, baie kosbaar. Daar's maar 300 of so oor in die park. Keep uit sy oor. Hiënas hou van die ore, want hulle is sag en lekker om te kou. Teen die tyd dat die veldwagter van die bewaringsgebied hom opspoor, so is vertel, is 'n olifant wragtig besig om hom te jaag. Daar geld ander wette. En dan hol hy weer terug na die ma wat daar lê, reeds opgeblaas. Ek was al uit op so 'n reddingsmissie, maar ek verkies om agter te bly en te wag. Jy kan letterlik die plek uitmaak waar die ma geval het, diep in die sand, en daar waar die panga haar lyf bygekom het, miskien om haar vinniger neer te vel. En die droë bloed, so 'n kors hier by die neus. Nee wat, ek bly eerder by die huis. Maar jy moet weet, om hier by die wesieplaas agter te bly – haar hand vou oop en toe – dis nie asof jy aan die situasie ontsnap nie. Ek wag met gemengde gevoelens: Gaan die kalfie dit maak? Het hy genoeg van sy ma se melk gehad om sy immuunstelsel sterk te hou?

Nou begin die reddingsoperasie. Sy sit regop: haar hand op die kop van haar hond, 'n Canis Africanis met spitsore en swart albasteroë. 'n Tweede Africanis rol sy jeuk uit op die mat.

Geen katte nie. Ek merk ook dat daar geen dierevelle op die leiklipvloer is nie, en g'n enkele horing gemonteer teen die wit mure nie.

Haar hand praat steeds saam, dis haar veld dié: Teen hierdie tyd het die ou van bewaring oorgegaan tot aksie, jare en jare se ervaring. Die ouens in die veld is gekontak om te kom help. Die kalfie word met 'n pyl in die rug geskiet. Klein pienk bolletjie aan die punt van die pyl. Gou maak, ouens – hier tel professionaliteit. Die twee ore word toegeprop en -gevou, hulle gebruik sagte, rooi doek wat twee maal styf om die kop gewoel word, maar so dat dit nie knel nie. Geen instruksies nodig nie. Skuif die seil onder die kalfie in en met die hulp van die span op die grond word hy tot in die helikopter opgehys. Elke minuut tel. Die kalfie is gedehidreer, sy suikervlakke het gedaal. Daar bly die ma lê, morsdood, stoksielalleen, albei die horings weg, natuurlik, en die vreeslike snye: Ek kan nie verder hieroor praat nie. Al wat ek kan sê, is dat sy dood is, maar sy is nooit nét dood nie.

Hierdie kant wag ons, agt van ons, gereed. Ek is angstig. Dis 'n lewe, en dis die moeite werd om daardie lewe te red, ek sal dit bly sê, maak nie saak hoe en wat nie. Oukei, ons reik uit na die gemeenskappe om die wesieplaas, ons besoek die skole, ons probeer die leerders bewus maak van die voordele van bewaring, ons het groot groentetuinprojekte aan die gang. Kyk, ek weet daar is aktiviste wat ons kritiseer. Dit gaan oor die geld en tyd wat spandeer word om 'n enkele kalfie te red, dit gaan oor al ons wesies, dit terwyl kinders net hier anderkant die plaas van oorskiet moet lewe, hulle word nie behoorlik groot nie. Ons doen wat ons kan, maar ek kan jou nou sê, ek is hier vir die renosters.

Ons keer teen die stof as die groen-en-geel helikopter land. Vier van ons lig die vrag uit: Jack, een van ons werkers, tel: een-twee-drie, en dan help ons hom in 'n hok in, een van ons spesiale kratte, en ons skuif die krat op 'n laaibrug tot op die bakkie. Ek klim agterop en ek sit met die kleintjie se kop op my skoot. Kom, baba, ek wil hê jy moet lewe, jong. Ek maak seker die doek is mooi sag om sy kop gevou. Dis 'n seuntjie. Hy is bitterlik swak. Kan jy jou sy trauma indink? Hy kan nie meer sy ma ruik nie, sy's vir altyd weg. Op daardie oomblik wanneer hy met die pyltjie geskiet word, ruik alles vreemd en anders vir hom. Emosionele pyn wat by sy fisieke pyn kom.

Nou word ons seuntjie na ICU gevat waar 'n lekker dik strooibed op hom wag. Hy kan glad nie staan nie, maak kweelgeluide toe hy die melk ruik. Kom, baba. Ek druk die bottel met die louwarm melk teen sy lippe. Ons voeg bietjie glukose by. Kom nou, baba, drink 'n bietjie.

Weet ons genoeg van hierdie diere? sê sy. Stilte volg op die enkele retoriese vraag aan haarself. Die honde slaap, kenne plat op die mat. Die hoë balk-en-riet-plafon, bosveldstyl, absorbeer al die klanke wat binnesypel: die pêskreeu van 'n pou, 'n trok wat iewers brom, mensestemme in die verte. Ek wag dat sy aangaan. Maar sy bly stil. 'n Oproep van 'n wesieplaas in Kenia kom deur. 'n Kalfie is ook daar pas gered. Sy luister na die beskrywing van die kalfie en gee instruksies. Gee hom vyf milligram butorfanol sodat hy makliker kan drink, sê sy. Dis die stem van 'n mens met 'n suiwer enkelfokus.

Sy sit haar selfoon neer sodat sy kan voortgaan. Die eerste 24 uur met die kalfie bepaal of hy gaan lewe of nie, maar ook hoe maklik of moeilik dit gaan wees om hom weer vry te laat in die bos. Een van ons waak dwarsdeur die nag by hom, elke drie tot vier uur probeer ons dat hy drink. Krap hom liggies agter sy ore, onder die ken. Onthou, hy sal nie vir een enkele oomblik sonder sy ma wees daar in die bos nie, nie vir 'n sekonde nie. En tog sal die ma soms haar kalfie wegsteek om te gaan water drink, dis veiliger as om die kleintjie kwesbaar te maak op pad na die watergat.

Hier is my gunsteling onder al die komberse waarmee ons die wesies toemaak, 'n mooi gebreide een, pienk en swart blokke, dit kom van een van ons donateurs, 'n vrou met die naam van Paddy, van Maryland in Amerika. Ek bly daar tot so elfuur se kant, dan kom Jack in tot so drieuur, en Mduduzi doen die skof tot die oggend toe. Binne 24 uur kry ons hom dat hy staan. Hy gaan so gou as moontlik kennis maak met twee ander wesies. Om hulle reuk te kry. En nou moet ons 'n naam kry vir die mannetjie, die klein swartrenoster. Verskoon my, ek moet loop, sê sy. Jy kan die bottel kom hou vir een van ons ander outjies, klein Yster.

Ons groet in haar kantoor en ek oorhandig my donasie vir die plaas. Ek kon dit seker in hulle bankrekening oorgeplaas het, maar ek het sommer kontant in 'n koevert gebring. Nie seker waarom nie.

Ek vat my notaboek en kamera en loop uit op die wye stoep. Links lig die pou sy lang blou nek en 'n oog loer na my. Van hier af daal die grond en maak 'n kom waar ek die bomas kan uitmaak, almal omhein met stewige boomstompe om die verskillende reddelinge te huisves: die babas, die tieners, witrenosters geskei van die swartrenosters, laasgenoemde afgekamp met 'n sebra, 'n dier wat ook wei en afpluk eerder as net gras vreet, en buierig soos die swartrenoster. 'n Grondpad swenk verby die bomas en koraalbome teen die rant op deur doringboomwêreld om die besoeker tot heel bo by die ingangshek na die wesieplaas te vat. Die swaar staalhek is beveilig met 'n rol geëlektrifiseerde lemmetjiesdraad en 'n CCTV-kamera. Daar is g'n enkele bord, g'n naam of telefoonnommer nie.

*

Op 'n middag op pad na Nando's gedurende daardie tyd in Hazyview, Mpumalanga, sien ek 'n man raak wat nes my oom Kallie lyk, my pa se jonger broer. Oom Kallie is lank voor my pa dood aan lewerkomplikasies. Hy was so 'n opgewekte loslitman met golwende, sandbruin hare en snyersbroeke met turn-ups. 'n Karverkoopsman en so gesout dat hy ná 'n uur of wat van heuning om die mond smeer 'n merinoboer sy tweede Mercedes kon laat koop: Hulle noem daardie duco finish denneboomgroen, en kyk nou bietjie die roomwit sitplekke en die okkerneutpaneel, jou vrou gaan baie, baie mooi, selfs nog mooier, op daardie sitplek langs jou lyk. Oom Kallie was vreeslik erg oor wolfhonde. In die winter het hy 'n bataljon van dun en dik biltonge al langs 'n draad op sy stoep gehang. Niemand, geen enkele verbyloper, het sy hand durf uitsteek na daardie windgedroogde biltonge nie. Dis wolfhonde, jy weet mos. Elk geval, soos ek verbyloop by hierdie man wat op 'n druppel soos my oom Kallie lyk, hoor ek hom op sy selfoon sê: Mammie moes hospitaal toe.

Dié oom Kallie is 'n skielike, welkome verligting van die renoster-game, en veral na daardie gesprek met die man-wat-'n-stroper-is. Onlangs, op Facebook, het ek na 'n ander stroper geluister. Hy het 'n balaklawa aangehad en het vorentoe geleun na die kamera toe, presies nes die man wat ontken het dat hy 'n stroper is die aand langs my tent; al twee daardie mans het vorentoe geleun om te beaam wat hulle besig was om te vertel, en, sover dit die man langs my tent aangaan, om aanspraak te maak op die diere: Dis óns s'n.

Hoeveel renosters het jy al doodgemaak? word daar aan die Facebook-stroper gevra. Nege, elf, veertien, ek tel nie meer nie, ek tel net die geld, sê hy.

Dit is 'n nuwe geslag stropers dié. Kordaat en brutaal, volkome toegerus, stroop alles wat te strope is. Of die diere nou kamtig aan hulle behoort of nie, is lankal nie meer ter sake nie, trouens, dit word nie eens genoem nie. Hulle is die mánne, hulle is die king poachers.

*

Theodore Roosevelt en sy seun Kermit en hulle portiers, 62 in totaal, kom aan by 'n spruit. By die soom van die spruit kniel 'n swart man, skynbaar sonder bevel, en Roosevelt klim bo-op hom. Ek bedoel nie abba nie, nee, die oudpresident klim bo-op die swart man se skouers – die einste man wat glo dat 'n stoere liggaam en viriele heldhaftigheid die basis vorm van 'n sterk, manlike karakter. Met sy breë heupe in driekwart-kakiebroek slaan mister Roosevelt die skaal op 95,3 kg; die frisste portier is ongetwyfeld uitgesoek vir die taak. Op die beeld, met dank aan die Smithsonian-instituut, loop die swart man kop vooroor geboë soos die lies van die oudpresident hom teen die nek druk. Die swart man se kop is vooroor gebuig sodat hy slegs die water sien waardeur hy waad, terwyl die wit man vashou aan sy eie knieë wat liggies aan weerskante van die portier se bors bons.

Watter gedagtes sou deur Roosevelt se kop vlieg? Hy hou natuurlik sy oog op die oorkant van die spruit – die water is maar net tot aan die knieë – want dis waar hy afgelaai wil word sonder dat selfs sy skoensole nat word. Vir 'n man met so 'n doelwit voor oë is dit onmoontlik om nie weer en weer agtertoe te kyk terwyl hy op die swart man se skouers ry nie, om seker te maak die portiers kom aan met die kampeergoed en die taksidermietoerusting, en, belangrikste van alles, die koker gewere: sy 30-kaliber-Springfield, sy Winchester .405, die .500/450-dubbelloop-Holland en die Fox-klas-12-haelgeweer. Sonder die geskut kan die oogmerk van sy ekspedisie in Afrika nie bereik word nie.

Nee, ek is nie ingestel op die slagting van diere nie – hiermee gooi Roosevelt die beeld uit van die jagter wat dreig om als op vier pote te domineer. Die toon van sy brief aan die Smithsonian is verontskuldigend: Soos u weet, is ek hoegenaamd nie daarop uit om wild uit te wis nie. Ek hou daarvan om af en toe te jag, maar my eintlike belangstelling is die van 'n fauna-naturalis. Die Smithsonian keur Roosevelt se versoek vir 'n ekspedisie goed, en in 1909 vaar hy en sy seun onder die vaandel van die Smithsonian uit na Brits-Oos-Afrika, vandag bekend as Kenia. Daar is gesê dat hy gedurende daardie laaste dae van sy presidensie glo ongeduldig was om die ekspedisie aan te pak, sy African game trails, soos hy dit later in sy boek met gelyknamige titel sou beskryf. Die doelwit was om talle dooie diereskepsels terug te bring, heelwat soogdiere, maar veral die witrenoster. Dié sou opgestop en uitgestal word in 'n glaskas, tot voordeel van sy kinders se kinders se kinders.

Maar wat sou Roosevelt tog dink daar waar hy oor die spruit gedra word? Op die oorkantste wal het 'n klomp van die plaaslike mense saamgedrom, ongetwyfeld besig om die spektakel dop te hou, kennis te neem van die kleur van die man se vel, sy regop manier van sit op die skouers van die portier, die koddige bossie hare om die lippe. Roosevelt bekyk die mense wanneer hy nie besig is om om te kyk en seker te maak sy portiers doen hulle werk nie.

Later daardie aand in die kamp, die tente opgeslaan en 'n reuse stars-en-stripes voor syne gehys, skryf hy in sy notaboek oor die aapagtige, naakte barbare wat in die oerbos bly en prooi maak van skepsels, skepsels wat nie veel wilder of meer ellendig as hulleself is nie. Die betrokke nota staan ook in die inleiding tot *African game trails*: In soverre dit die plaaslike mense betref, het hy niks meer by te voeg nie.

Andersins skryf Roosevelt elegies oor die meerkat, die springhaas, die sebra en die koningrooibekkie met sy glansende, donker manelpak, en 'n paar keer is sy toon selfs melancholies as hy dit oor die renoster het, 'n dier waaroor hy later sou hoonlag, weer en weer. Maar soos hy daar voor sy tent die tyd verwyl, skryf hy: En die bleekwit kopbeen van 'n lank reeds gestorwe renoster glinster wit naby die wal aan die oorkant.

Wat gaan aan tussen Roosevelt en die renoster? Om dit so te stel: Hoekom mergel die renoster hom so uit? Teen 1909, toe sy ekspedisie na Kenia begin, is die reuseherbivore van sy eie land, die bisons op die vlaktes en in die woude, so te sê uitgewis. Die aantal bisons in Noord-Amerika is geskat op 1 076, 'n fraksie van die 60 miljoen in die laat agtiende eeu. En tog, ten spyte van hierdie klein getal oorblywende bisons, is Roosevelt vasbeslote om ook een tot sy galery van reusesoogdiere by te voeg. Hoe so?

Wel, soos Darren Lunde, geleerde by die Smithsonian skryf: Die bison was dié simbool van die Wilde Weste, 'n toegangskaartjie vir lidmaatskap tot die bona fide-jagters van die Weste. Op die ou einde hét Roosevelt toe sy bison platgetrek.

Roosevelt laat kamp opslaan onder doringbome op die Kenia-wal van die Nyanza-meer. Hy is reeds ver op sy Afrika-ekspedisie, dis al byna 'n jaar sedert hy uit Amerika weg is, en van nou af, vanaf Kamp Lado, gaan hy en Kermit begin met die jag van die witrenoster. Hy hou die noukeurige aantekeninge in sy notaboek vol, sonder twyfel het hy die publikasie van 'n boek in gedagte. Sy handskrif leun oor na regs, nie heeltemal onegalig nie, die strepie swewe bokant die t, die dubbelpunt en kommapunt word dikwels gebruik: Dis duidelik dat sy aantekeninge weldeurdag is. Die indruk word bevestig omdat Roosevelt dikwels 'n woord of wat invoeg om seker te maak dat sy waarnemings akkuraat is. Sommige van hierdie insetsels gee uitdrukking aan die soort man wat hy was, byvoorbeeld in die sin *But the elephant reached round and plucked him off with his trunk,* is *elephant* met *tusker* vervang.

In dié stadium van die ekspedisie word koelbloedigheid en traak-my-nie-agtigheid deel van die jag, en Roosevelt se skryfstyl gee blyke van dié ingesteldheid. Kermit skiet 'n leeuwyfie dood, maar reken dit sou onsportief wees om ook die moeder se drie welpies vrek te skiet, en hy laat hulle staan. Oor die oorgevoeligheid van sy seun sou Roosevelt later opmerk: Leeus teister nie net wild en plaasdiere nie, maar die mens self. Dit traak hom min, die hele leeufamilie kon maar uitgewis word.

Kermit het nou al 'n hele klomp renosters doodgeskiet met sy getroue Winchester, soos sy pa sy geweer beskryf. Dit raak tyd vir foto's, en Kermit en sy jagmaat Quentin Grogan vaar die bos in om 'n witrenoster te gaan afneem. Hulle tref dit gelukkig. Teen die middaguur van die volgende dag kom hulle af op 'n indrukwekkende renoster en haar kalfie aan die slaap onder 'n boom. Daar is net genoeg tyd vir Kermit om die renosterkoei af te neem voordat sy opkom; dit kon die kliek van die kamera wees wat haar aandag getrek het. Nou trek Kermit los met 'n koeël tussen haar nek en skouer, dis veronderstel om 'n doodskoot te wees. Maar dit is toe nie.

En dis presies die ding tussen die jong Roosevelt en die renoster: Die dier gee nooit op nie. Al is die vuurwapen ook hoe gesofistikeerd – 'n pronkstuk van hoë beskawing, aldus Roosevelt – staan die renoster ná die skoot op en bly vasstaan, ten spyte van daardie skoot, en sy storm, ten spyte van haar wond. As daar een dier is wat die dominansie van die mens uitdaag, is dit die renoster. Kermit het nog vier patrone nodig om die renosterkoei met sy Winchester plat te trek. Maar nou bly die kalfie nog oor. Die kalf weier om die dood om sy ma so daar te laat lê, die kalfie gaan nie die een wat vir hulle al twee se lewe baklei het sommer so laat staan nie.

Uit al Roosevelt se passasies, al die kere wat hy die regte woord probeer inspan, die regte manier om sy sinne so in te ryg dat hy 'n akkurate beeld van die renoster aan die leser weergee, al die kere dat hy byvoeglike name bo-op die dooie renosters gestapel het – hy het in totaal nege wit- en elf swartrenosters doodgeskiet – byvoeglike naamwoorde soos *onnosel*, *veglustig*, *swaksiende*, *stompsinnig*, *wangeskape* en die frase *varkagtig en skreefoog*, uit al hierdie beskrywings is dit die een van Kermit se slagting wat die beeld van hom en sy seun as jagter-moordenaars eerder as naturaliste bevestig. Dis Roosevelt se ritmiese gebruik van die komma wat die brutaliteit verwoord, wat die brutaliteit van die laaste oomblikke van die koei en haar kalfie wórd: 'n Paar honderd jaart verder val die koei, maar staan weer op, struikelend, en weer val sy, en sterwe. Die effek word verhewig deur die daaropvolgende twee sinne: Die kalfie is oud genoeg om self aan te gaan, maar hy weier om die liggaam van sy moeder te verlaat, al bestook Kermit en Grogan hom met stokke en kluite. Einde ten laaste is dit 'n skoot in die vlees van sy boude wat hom koorsagtig laat weghol.

Mister Roosevelt word in die argiewe van die Smithsonian beskryf as 'n "verbluffende" jagter. Gedurende die slagterskarnaval in Oos-Afrika in 1909 het Teddy Roosevelt altesaam 296 diere vrekgeskiet, waaronder talle reuseherbivore; sy seun Kermit se totaal staan op 216. *Verbluffend* kan hier op 'n paar maniere verstaan word, as wonderlik, of monsteragtig en verskriklik – die leser moet maar self besluit welke betekenis deur die navorser van die Smithsonian bedoel word.

Verbluffend reik egter nie ver genoeg om die ding tussen Roosevelt en die renoster raak te vat nie. Met die gebruik van 'n salvo byvoeglike naamwoorde wou hy die reputasie van die renoster doelbewus 'n doodskoot gee: Daar sal slegs herinneringe oorbly van die renoster, uittartend en onnosel soos hy daar bly staan, helder oordag op 'n kaal vlakte. En so, hoogs ironies, voorspel die man die toekoms van die renoster.

Uitwissing wag op die dier, nie vanweë die geweer van die trofeejagter of die aanvraag na die horing nie, 'n waansin wat op sy dag onvoorstelbaar was, maar omdat uitwissing deel van die dier uitmaak, dit ís die aard van die renoster. Soos Roosevelt dit stel: Die dier se onnoselheid, sy nuuskierigheid en veglustigheid – dié kombinasie van eienskappe verseker sy vernietiging, en dit is onvermydelik.

Hierdie woorde van Roosevelt is die wanklank wat opgaan oor al die renosters wat in die bos en op die vlaktes gejaag, gejag en vermoor is, 'n geskel wat vir ewig en altyd sal opklink, woorde wat nooit uitgevee kan word nie. Elke een daarvan uit die pen van Roosevelt, die man wat op die skouers van 'n swart man oor 'n spruit gedra is.

*

'n Oproep van my ma. Binne 'n paar weke verlaat ek Suid-Afrika en keer ek terug na die ooskus van Australië waar ek woon.

My ma bel nooit op my selfoon nie – heeltemal te duur. Maar dié slag het sy iets om my te vertel.

Wat eet Ma? Ek kan haar hoor.

O, dié, sy hou op lek. Dis die lekkerste ding op aarde. 'n Sjokolade-Magnum. Ek koop sommer vier as ek supermark toe gaan.

Is hulle nie te ryk vir Mamma nie?

Luister, het ek jou al vertel van daai keer, ag, ek was seker maar nog net elf of so, ek wou nie vir Ouma in die kombuis help nie, ek kon nie eens die ertjies reg uitdop nie.

Die storie van die windbuks en die likkewaan?

Ja, maar daar is iets wat ek nog nie vir jou vertel het nie. Nou ja, ek vat my laphoed, so 'n pappe, en my windbuks en ek loop veld toe. Heerlike sonnige dag soos ek nou kan onthou. Ek loop en ek loop, niks op dees aarde waarvan ek meer hou nie, net ek en die spreeus en die ou vaal veldvoëltjies en so aan – ek dink jy aard so bietjie na my? Elk geval, agter 'n kriebos, dit ruik mos so heerlik as jy sy blare tussen jou vingers vryf, elk geval, jy kan niks deur daardie bos sien nie, en skielik kom die likkewaan van agter af, swaai daai likkewaanlyf van hom en spoeg na my met sy gevurkte tong, duiwel se kind. Onthou, ek was maar nog net 'n dogtertjie. Hy't seker gedink hy kan my platslaan, alhoewel Oupa gesê het hulle val nie gewoonlik mense aan nie. Maar dié een, jong, hy wil my slaat met daai stert van hom. Kan hom mos nie skiet met 'n windbuks nie, dis belaglik. En toe, wat dink jy doen ek toe?

Ek weet, Ma.

Ja, maar luister nou eers. Ek draai die windbuks om dat ek hom aan die loop kan vashou. Jy moet vinnig dink in sulke omstandighede. En toe lig ek daai windbuks op met 'n krag wat ek weet nie waarvandaan dit kom nie, swaai so hoog soos ek kan en kom met 'n geweld af op daai likkewaan se kop.

Dood, Ma? Maar ek ken die storie.

Nee wat, ek dink nie so nie, maar dit gee my toe kans om weg te kom, en ek hol al die pad tot by die huis, tot op die stoep in die skaduwee. O, daardie ou wye, diep stoep op Kareefontein. Ek grens sommer. En die stroom fonteinwater in die klipvoor reg voor die huis, en ons ou moerbeiboom. Elk geval, die kolf van die windbuks het middeldeur gebreek van die slag, kan jy dit glo? Likkewaan skarrel weg met sy stert wat so die en daardie kant toe swaai. Dink nie dit het hom eens kwaai skrikgemaak nie. Maar hy moes weet daai dogtertjie, klein soos sy is, is sy baas. Oupa het my windbuks reggemaak met koperdraad, hy het die draad so om en om gedraai totdat die twee dele van die geweer weer soos een geword het, en net so stewig soos altyd. Hy't daai windbuks op sy skoot gesit en hom reggemaak met sy eie twee hande, o, ek was lief vir my pa.

Ek wil nie vra of jy kom kuier voordat jy vortgaan nie, ek weet jy sal. Wat ek wil weet, is of jy besig is met 'n nuwe boek. Is jy? vra sy met 'n dringendheid.

Natuurlik is ek, Mamma.

Dis dan al wat ek wil weet. Ek is so lief vir jou, my seun.

Toe ons gesprek klaar is, maak ek nie my oë toe nie: Ek kan sien hoe Decima gereed maak nes sy dit altyd doen, linkervoet ingevou, sluimerslaap, ten volle bewus van die tyd en van al die bloedige tye in die verlede, soos altyd. As ek weer my ma sien, wil ek vir haar sê: Dié slag skryf ek nie net ter wille van skrywe nie, maar ter wille van 'n spesifieke dier, 'n poging, niks meer nie, om Decima as sensoriese wese na vore te laat tree, om die gevoelvolheid van haar te verstaan soos Valerius Catullus, die digter van die eerste eeu, dit uitgedruk het: "Fieri sentio et excrucior": Ek voel dit aan, en ek is gefolter daardeur.

*

Daardie dag besluit Athule Bomvana om heelpad tot by Magogoshestraat in NU 6B te loop. Toe hy eers verby die Multipurpose-saal in Sisulustraat is, reken hy 'n uur en vyftien minute en dan's hy daar, dis niks vir hom nie. Hy's fiks in sy bene, dis een ding wat hy kan sê. Elke nou en dan trek hy sy Adidas-baadjie uit sodat hy sonder kreukels daar kan aankom; dis 'n ou baadjie, maar silwerskoon gewas.

Magogoshestraat is 'n netjiese straat. Daar is mure wat in verskillende kleure geverf is, en staalhekke, party nie eens gesluit nie. Hier kom twee dogtertjies met mooi skoene en sokkies en al. Hulle kyk net so bietjie na hom as hy op die rand van die sypaadjie gaan sit; hy wil sangoma Nolala se huis in die oog hou, wie ingaan en wie uitkom. Hy trek weer sy Adidas-baadjie aan en hoop sy sal hom dalk raaksien, hom vra of sy kan help. As hy iets moet sê oor die motors wat aangekom het, twee sover, en die vroue wat uitklim met hulle skoene en handsakke, een trek haar panty onder haar rok op terwyl sy uitklim, sal hy sê hy staan nie 'n kat se kans nie. Dis 'n diens wat gelewer word en jy moet betaal. Dis R200 en daar's nie so iets soos afslag nie. Hy drink van sy water, teen dié tyd al louwarm in die plastiekbottel. Hy het ixhanti-pale opgemerk agter sommige van die mure. Dis iets wat hy goed ken, die pale staan daar vir die voorvaders. Die hond agter die muur hier langs hom blaf, hou op en blaf dan weer, hy ruik die vreemdeling in Magogoshestraat. Hy kan die horings uitmaak op die ixhanti in sangoma Nolala se jaart, 'n voëltjie gaan land bo-op een van die horings.

Tyd stap aan en die son sit hoog. Die dogtertjies loop terug na hulle huis toe, hulle lyk gelukkig, daar word gesorg vir hulle. Vir 'n man soos hy is daar g'n genade nie, die sangoma gaan nie uitkom en gratis raad aan hom verskaf nie, hy lyk ook nie soos een van haar kliënte nie. Toe sy water op is, begin hy terugloop. Hy dink nie oor sy lewe nie. Dis nie die moeite werd nie. Sý lewe? Nee, wat.

Twee dae later, na stukwerk by die BP in Stamfordweg, vat hy 'n taxi heelpad Cradock toe. Die rit kos net 'n bietjie minder as 'n afspraak met die sangoma, maar daar is 'n ander rede. Hy gaan sy vrou en kinders te sien kry, en Makhulu, sy ouma. Van al die mense is hy die liefste vir sy Makhulu. As die park-ding die einde gaan beteken, sal hulle dit waardeer dat hy kom totsiens sê het. En hý, hy gaan nie eens omgee nie, want hy's dood. Athule het egter 'n plan, niks groots nie – wie weet?

Die taxi draai in by Cookhouse en hy koop 'n Fanta en 'n witbrood, en 'n klein pakkie cherry flavour Fizz Pops vir die meisies. Hy spandeer te veel. Toe hy by sy ouma se huis aankom, is hy bly hy het die Fizz Pops gekoop, 'n verjaarsdagpartytjie is beplan vir die dag. Hy maak of hy onthou het dat dit sy dogter se verjaarsdag is, hulle spring op en af, so bly is hulle, swaai sommer aan sy arms.

Dis nie lank nie of die tafel word gedek met 'n sjokoladekoek wat drup van icing, en onder haar bed grawe sy ouma 'n boks met 'n nuwe paar sneakers uit vir die verjaarsdagmeisie. Athule is verbaas oor die warm gevoel, die liefde, wat hy tussen sy familie ervaar, almal so bymekaar, en wonder hoe dikwels hulle so gelukkig is soos nou. Sy vrou sê: God, onse God, maak die storms stil en in die see van frustrasie baan hy 'n weg. Hy vra nie uit oor die betekenis van die woorde nie, maar hy vermoed dis 'n syklap na hom omdat hy nie 'n bydrae tot die meisies se skoolopvoeding maak nie. In stede daarvan raak hy lekker los, vertel van grappige goeters wat hy by die garage raakgesien het – hulle dink hy't 'n permanente job daar. Hy lag selfs 'n paar maal.

En hoe gaan dit met my broer? vra hy vir Makhulu, het hy nog sy tavern, kom hy ooit by die huis kuier?

Ja wat, hy het nog sy tavern in Oos-Londen, maar hy het laat weet hy kom nog nie kuier nie, daardie broer van jou.

Athule dink weer na oor sy plan met die ixhanti-paal in sy ouma se jaart. Sy broer gaan nie sommer maklik weer hiernatoe kom nie, so hoe maak mens nou met die reëls wat jy moet gehoorsaam, al die dinge wat tot die ritueel behoort?

Daardie middag lank gelede het hy mos die krat Black Label van die bakkie afgelaai om dit na sy broer se tavern aan te dra en dit was heeltemal te swaar vir hom – hy was nog op skool daardie tyd – en halfpad na die deur laat val hy die fokken ding. Toe, sommer die volgende dag, stuur sy broer hom reguit terug na sy ouma hier in Cradock.

Nou hoekom sal daardie broer van hom, sy kleinboetie, help en namens hom by die voorvaderpaal gaan praat, soos dit die tradisie is? Daar is natuurlik 'n ding soos vergiffenis, dit was maar net 'n krat Black Label, en nie eens al die bottels het gebreek nie. Maar die ding is, sy broer is nie hier nie, en soos die tyd op die kalender staan, moet hy en Frankie van der Merwe binne dae die park ingaan, en hy het 'n seëning nodig voor dit, sowaar, hy hét.

Die meisies tel die krummels wat op hulle vingers oorbly, hulle is trommeldik van al die koek. Sy vrou sê: Here, ons is dankbaar ons kan nog asemhaal. Laat daar nog verjaarsdae kom, en sy gee die laaste sny sjokoladekoek aan hom. As sy vrou regmaak om te bid, skreef haar oë en haar gesig trek skoon skeef. Die snaaksste ding is dat hy dan voel hoe sy eie oë skreef en sy mond ook plat trek terwyl hy haar dophou.

Gedurende die nag lig hy eers sy vrou se arm wat warm op sy bors rus op en plaas dit langs haar sy, hy staan op en loop verby sy ouma se bed om te doen wat hy in die jaart moet doen.

My kind, sê Makhulu. Hy het gedink sy is vas aan die slaap.

Gaan net bietjie uit, fluister hy.

My kind, sê sy weer. Haar oog glinster in die donkerte. Sy weet maar te goed waarmee hy besig is.

Dit werk so. Net die hoof van die familie mag die voorvaders by die ixhanti-paal gaan spreek. Sy pa is lankal dood, trekkerongeluk op 'n wit man se plaas in die Sondagsriviervallei, hy kan nou nog sê waar die hek na daardie plaas toe is. Hulle het almal gehoop op kompensasie, maar niks het gekom nie, dis hoe dit is. Nou, as die hoof van die familie dood is, is dit die eersgeborene se plek om namens jou te gaan vra, om te gaan vra vir 'n seëning van die voorvaders vir iets wat jy beplan, iets wat jy so graag wil hê dat dit jou bang maak.

Kaalvoet stap hy buitentoe, die jaart is hard en skoongevee met 'n besembos. Die lug is vars op die vel van sy arms en sy bors. Daar staan die ixhanti aan die regterkant van die huis, 'n lang skaduwee van 'n paal, nieshout, baie harde umthathi, niks bas nie, bas is net vir termiete, doodstil staan die paal daar so lank as hy lewe, langer, die horings van 'n boerbok en die horings van 'n springbok heel bo met toutjies vasgemaak. Die boerbokhorings kom van daardie spesifieke bok wat geslag is vir die voorvaders. Hy het besluit: Hy gaan self tot voor die ixhanti loop en praat. Wat anders staan hom te doen? Sy broer is nie hier nie en al was hy ook hier, sou hy sekerlik nie namens sy kleinboetie gaan spreek het nie. In elk geval, 'n mens mag dit doen, privaat, jy op jou eie, jy mag daar gaan staan en spreek by die paal, by die altaar: Die geeste van die voorvaders is daar teenwoordig.

Dis ek, Athule Bomvana, sê hy en staan met gevoude arms, sy kop buig hy na onder. Hy is veronderstel om die naam van sy oupa aan sy pa se kant te spreek, en die name van al die ou manne, hoofde van families wat hy skaars onthou. Net die ou man, sy oupa met sy pruimtwak, stinkerig en lekker, hom onthou hy, en hoe hy 'n duimpunt daarvan afgesny het met sy knipmes.

Athule staan met huiwering daar voor die paal, hy spreek nie name nie – dis nou nie sy saak om dit te doen nie. Hy vra om verskoning dat hy die een is wat daar staan, ongelukkig is sy broer in Oos-Londen. Hy is darem ten minste ouer as sestien jaar. Hy verduidelik waarom hy gekom het en vra dat die voorvaders sy respek teenoor hulle sal raaksien en dit so aanvaar. Maar hy het niks in sy hande saamgebring na die ixhanti nie, net hy wat daar staan in sy ou groen bokser. Daarom waag hy dit nie om 'n seëning te vra oor hom en Frankie van der Merwe as hulle die park moet binnegaan nie. Hy kyk op na die paal, die maan skyn af op die dikker horings van die boerbok en die dun horinkies van die springbok. Die maan is besig om aan die einde van die eerste kwartier te kom, dis iets wat hy duidelik kan sien.

Ek sal vir Makhulu 'n bakkie koop, sê hy toe, buig weer sy kop, ek is nie 'n slegte mens nie. Hy wag. Hy is bewus van sy hartklop, en hoop dat hy hierdie keer, hier in die teenwoordigheid van die voorvaders, dat sy hart dié een keer vry sal word, vrygestel, al is dit net 'n kort rukkie, sodat hy waarlik sal omgee vir sy vrou, selfs vir Frankie as hulle uit is op die jag, dat hy dié keer, net hierdie een keer, sal omgee vir sy eie lewe.

Niks. Hy voel dat sy tyd verby is en draai om, maar sonder om sy rug op die ixhanti te draai; stilletjies loop hy terug tot hy weer binnekant is.

Daardie oggend, net voordat hy in die taxi in Calata-straat klim, soen sy ouma hom so inniglik dat hy ver op die pad nog haar lippe kan aanvoel, verby Cookhouse. Sy ouma stop ook die note vir die taxi in sy hand, en toe hy die geld in sy broeksak gesteek het, laat sy hom weer sy hand oopvou en plaas 'n hondetand in sy handpalm. Dra jy daardie tand saam met jou. Hou dit teen jou lyf, moenie vergeet nie, sê sy.

In die taxi terug na Motherwell sit hy met 'n plastiekbakkie vol umphokoqo op sy skoot. Die reuk van die krummelpap is soos grondboontjies of iets, en die lekker dik sprinkel suiker bo-op vertroos hom. Sy ouma weet vir seker daar is iets vorentoe wat hy gaan aanvang, maar hoe sy dit weet, kan hy waarlik nie sê nie.

Op 'n laat uur van die nag ry die taxi Motherwell binne. Hier en daar is 'n lig aangelaat in die huise, selfs al gebruik dit ekstra krag. Dis die tradisie, hy weet hoe dit werk; dis vir 'n persoon in die familie wat verdwyn het. Daardie persoon kan dalk nooit, ooit weer terugkom nie. Die klein liggies gee hoop, bietjie, dis al.

*

Decima laat sak haar kop diep en met geronde tong drink sy die koelte van die water op. En nog 'n slag. Die water is soet en vars en, bowenal, kalmerend. Maar sy is krapperig. Verder moes sy daar staan en wag soos 'n dooie stomp totdat die olifante almal eers klaarmaak. Maniere, nee wat. Nie eens 'n erkentlikheid na haar kant toe nie, en die ene ore en slurpe en wydtrap bla-blatter-blô om hulle kleintjies asof sy 'n bedreiging is. Hulle vererger net haar krapperigheid. O, sy weet vir seker met 'n 40-plus jaar agter die rug dat die manjifieke donkermaannagte nou verby is, en die eerste kwartier, finish en klaar. Nou loop die tyd aan tot by môreaand, wanneer als skielik ooplê in die helderte, elke bleddie renosterlyf uitgestal.

Slurp-slurp, water verfris met aarde, selfs op die middaguur is dit salig, drup van haar gepunte lip. O, daardie donkermaannagte, haar gunsteling. Dan stap sy altyd aan deur die savanna, deur die boskaas waar blaar en tak haar lyf die en daai kant aanraak, so vertroostend, en verby 'n aalwyn met regopblaar soos kraaiveer en terug tot by haar bosplek, ryk en klam van laatnag-spekboom.

Decima tree terug op die modderrand van die watergat, sy sal vir die res van die middag gaan rus. Maar weet nie hoe, kan nie vreedsaam raak, weet nie hoe om haar nou in daardie kalmte in te kry nie. Die nag ná môre sal die gluur van die maan als wat veilig is, alles, uitwis. Oor daardie oop grasland gooi die maan sy wye skynsel, dis hoe die maan kom, sál opkom, g'n wegkruipplek oor, weggeveeg is die skuiling wat haar eie bosplek bied.

G'n teken van die storm nie, hulle loop oraloor, maar waar? Tandeka en haar kalfie, rompie-stompie agter haar aan, ook nêrens te siene nie. Al die jare van aanstap en modderrol, van wei en afpluk, skuinslê of sommer net stilstaan, kon sy nog nooit sê wat die veiligste op 'n volmaannag is nie: die storm versprei oor vlakte en in die bos, of saamgedrom, lyf teen lyf. Selfs in hierdie uur, terwyl sy aanstap na haar bosplek – o, hier's 'n gerieflik lae miershoop. Sy vertoef 'n wyle om haar maag teen sy spits te krap.

Wat betref die verspreiding of samedromming van die storm, dis nie 'n wysheid waaroor sy beskik om oor te dra nie. En soos sy aanstap, dra hierdie wederkerende probleem net verder tot haar krapperigheid by. Decima rol haar ore in die rondte. As daar iets soos irritasie is, is dit hierdie middag net voor die volmaan.

Melkerigheid by haar linkeroog: Uitskot, al is dit ook vog wat aan haar behoort – dikwels die geval dié tyd van die volmaanmaand – is vanmiddag dikker en besig om aan te pak. Sy skuur tot teenaan die spekboomtak, die blare help om die melkdrupsel af te vee.

Op saf harde sandbed sak haar lyf af, soos altyd vou die linkerbeen na binne sodat haar kop daar rusplek kan kry. Die lug is swaar van lentehitte en besige bye, erg hoor, en twiete en tjilpe wat sy gewoonlik kan paar met dié of daardie voël, maar nou, as sy haar kop ophef, laat sak, dan weer optel, swaarder elke slag, is sy oortrek met krapperigheid, nie op haar maag of agter haar horings of selfs tussen haar ore nie, dit is net daar, iewers, en dit hinder die hel uit haar uit. Ongedurig, haar kop kry nie rus nie, sy ervaar 'n prikkeling van horing- tot stertpunt. Kan nie, wil nie gestil word nie. Dit is besig om haar te oorweldig, 'n ding wat sy nie kan peil nie.

*

Daardie laaste keer toe ek in New York was, vat my knap, fris vriend my per fiets om al die uitsigte en geluide van Manhattan binne een dag te belewe; ek doop hom sommer Brolloks, na daardie fantastiese karakter, die ene tande en ruigbaard.

Brolloks ken die roete al langs die Hudsonrivier; sonder helmets, dis NYC dié en slegs toeriste gehoorsaam verkeersreëls. Die son is skaterblou op die water en ons ry verby 'n ou woud van boomstompe wat eens 'n plankloopbrug gestut het, en ek is opgewonde en bly om saam met iemand soos hy te ry met al die selfvertroue van 'n ware New Yorker. Net, iets is aan die gebeur op my voorkop – ek het 'n wye, oop voorkop soos my pa s'n; verstand, my kind, het hy my altyd gerusgestel.

Wat kan dit wees? Ons stop dikwels vir foto's en toe ons weer eenkant aftrek, voel ek aan my voorkop in 'n poging om die prikkeling daar te verstaan. Hierso is die wit kelke en stele van die nuwe Little Island-projek; Brolloks is trots daarop, asof hy self die argitek is. Dis April in New York en al die blombokse is vol tulpe en affodille waaraan niemand raak nie, word net so gelos ter wille van skoonheid. Nie verwag dit gaan so warm wees nie, ek het nóg sonweermiddel, nóg 'n keps saamgebring. Wat ís dit? My vingerpunte raak aan iets, soek rond op die vel, probeer om die jeuk wat oral uitslaan te identifiseer. Teen die tyd dat ons by Ground Zero aankom, waar die twee voetspore van die World Trade Centre omgebou is tot twee identiese vierkante van swart graniet waarin water stort om gestorwe en ewig verdwene mense te herdenk, loop my vingers vat-vat van een knoppie tot die volgende op die oopte van my voorkop. Minuskuul en pienk, verbeel ek my, iets wat jy dalk op die maag van 'n wit bulterriër sal sien.

Wat is dit dié? vra ek vir Brolloks, en vat weer aan my voorkop terwyl ons fietse parkeer en sluit. Ons kyk af in die reusagtige hal van die nuwe treinstasie wat Calatrava ontwerp het, so stylvol dat selfs die mees siniese, selfs Bin Laden se lakeie, sal toegee dat dit 'n ontwerp is om te bewonder.

Wat is wat? vra hy.

Hy sien niks nie; my voorkop is skoon en glad. Dis iets wat ek my verbeel. Maar dit is nie. Dis 'n sensasie wat iets aan my wil deurgee, ek weet nog net nie wat nie.

Ons ry met ons fietse verby Franklin D. Roosevelt-weg wat verkeer tot op die Brooklyn-brug vat, onder die massiewe balke en kappe en boute deur. Die staalwerk is 'n ligte pers geverf, 'n verrassende kleurkeuse vir so 'n brutale konstruksie, so 'n petuniapers wat ek laas in my ma se blombeddings voor ons sitkamervenster gesien het. Brolloks gil op voetgangers wat nie betyds vir ons padgee nie, netjies in die fietslaan, 'n stem so driftig soos dié van die mees gebelgde drag queen – ek is trots op hom.

Die ding is, daardie ligte pers, nou ver agter ons, was so pragtig dat dit my kwellinge weggestreel het; altans, so het ek gedink, of so wou ek dink, totdat ek van JFK af vertrek het. Eers toe, vasgegespe in my paadjiesitplek, het die benoude hitte en die vooruitsig van die lang vlug huis toe weer die piepklein blasies laat opwel met daardie ander soort voorgevoel wat, sou dit lank genoeg so gelaat word, die dood kan beteken.

By die kliniek word die diagnose met 'n onverwagte hewigheid aangekondig: sifilis. Kyk, dis beswaarlik vleiend om die aanwesigheid van hierdie siekte in watter fase ook al te erken, maar die pure verlustiging, die baljaardery op en langs die koningingrootte kooi in Hotel Indigo, Baltimore, 'n stad wat ek om akademiese en vermaakredes besoek het, daaroor gaan ek nou rêrig nooit spyt wees nie.

Daardie oomblik toe ek op my fiets geklim het, Brolloks aan my sy, ons twee vrolik verby al langs die Hudson af, was 'n prikkelrige ding besig om te versprei en toe te neem, iets wat my dalk, of dalk nie, kon plattrek, om dit so te stel, en as ek 'n dier en nie 'n mens met voorkomende medikasie tot my beskikking was nie, maar blootgestel aan roofdiere op die oop veld, desperaat besig om my agterstewe onder spekboom te probeer wegsteek, maar steeds uitgelewer aan die geweer, dan, in daardie geval, sou die prikkeling my dood aankondig.

En dit is hoe ek Decima se onthutsing moet begryp, nie as vrees vir die dood nie, maar die voorgevoel daarvan: Haar ore wat los vlieë probeer wegswiep waar sy daar staan, geplant op tuisgrond, terwyl sy haar gereed maak vir daardie klanke wat sonder twyfel op 'n volmaannag in haar rigting gaan sketter, so seker en so trots as wat sy daar staan.

Sy verwyl die laatmiddag onder dynserige spekboom, luister sy, haal sy asem. Plotseling 'n flits van 'n panga wat vlees oopkap, skerp soos die lem self, word sy teruggevoer, 40 jaar agtertoe, sy self nie veel ouer as 'n jaar nie. Hol sy vinnig na haar ma wat reeds neergevel is, bene in die lug – dit kan mos nie? Braaf hol sy op hulle af, stinkende mansmense, besig met haar ma se horings, storm sy hulle, probeer sy hulle terughou met haar snuiterhorinkie. Hulle word nog kwater en gee nog meer goor af, swaai om, kap na haar met die panga, bly weg, bly weg jou kak, maar sy het nie.

Decima ril. Dis die middag van die dag voor volmaan.

*

Eens op 'n tyd was daar die klank van hoewe, springbokke wat vrylik kon wei en trek sonder grensdraad, derduisende van hulle, die ene oker- en bleeksand- en witgevlekte mae, neuse opgehef na die hemel, met spierwit flank en glansvel kon hulle spring en pronk dwarsoor die magtige vlaktes van Namakwaland. As jy jou dalk in daardie klipperige euphorbiaveld bevind en gaan staan en luister het, sou jy ook die kollektiewe geluid van hulle asemhaling kon hoor, duisende bokasems.

Eenkeer in 1892, en toe glo weer in 1896, naby Upington, was die klanke daar, veld en lug en son deurdrenk daarvan, maar ná dit nooit nie weer. Daardie woestynland, eens sonder draad en geweer, het nou geen vesting meer vir hulle gebied nie – die klank van die groot trek springbokke vir ewig en altyd weg.

*

Dis een nag voordat hulle die park ingaan, voordat die maan vol is en die tyd gekom het, en Frankie trek af by Athule se shack, Athule se huis. As daar 'n straatnommer is, het hy dit rêrig nie gesien nie. Hy herken die plek aan die heining met pale wat halfpad helderblou, halfpad wit geverf is. Nogal heel mooi. Frankie het twee quarts Black Label saamgebring.

Hulle sit buitekant voor die deur, Athule op 'n plastiekstoel, hy op sy hurke. Hy't ingeloer by Athule se huis – niks om van te praat nie, net wat nodig is om aan die lewe te bly. Hy't wel opgemerk hoe ordelik alles is, die kombers opgevou by die voetenent van die bed, bo-op ander komberse, en twee kussings met katjiegesigte op ook mooi netjies by die kop van die bed. Daar's 'n primusstofie en 'n groot, hoë boks wat Athule sy vertoonkabinet gemaak het, en dis die lot. Frankie durf dit nie hardop sê nie, maar verdien 'n mens dit om so te lewe? Die ding staan egter so, die binnekant van die huis dui op die man wat Athule Bomvana is, en dit gee hom vertroue oor hulle missie: Dinge gaan loop soos hulle dit beplan het.

Athule kry 'n selfoon, een van die twee wat Kingpin aan hom gegee het. Hulle is ten volle gelaai en kom met lugtyd. Ons mag hom nie gebruik tot omtrent teen môremiddag nie, sê Frankie. Niks oproepe of boodskappe nie, benadruk hy.

Hy hou 'n pakkie twintig uit vir Athule. Plat op die grond gaan hy wragtig nie sit nie, daar's te veel hondedrolle en kak oral, hy't darem nog selfrespek oor.

As hulle bier op is, moet hy spore maak.

Hoe voel jy? sê Frankie en steek die selfoon, die een wat Kingpin aan hulle gegee het, terug in sy broeksak, veilig.

Ek voel fokkol, sê Athule. Hy kyk na die sigaret in sy hand, hoe stil die rook optrek. Ek is reg. Ek was Cradock toe en nou's ek terug. Ek het met my voorvaders gepraat. So jy kan maar sê ek is reg.

Weet jy wat? sê Frankie.

Wat?

Partymaal wens ek ek kan bid. Hy staar voor hom na die ekstragroot plastieksak wat daar in Athule se jaart staan, aan die linkerkant. Dis een van daardie industriële-grootte sakke wat merinoboere gebruik vir hulle wol. Wat bêre jy in daai sak?

My plastiekbottels wat ek versamel. Toe sê Athule vir Frankie: jy kan bid, enigiemand kan. God sal ons help. Amsho.

God help net die ryk mense. Ek sien dit elke dag voor my. Luister, Athule, jy weet jy't net een kans om te skiet, nè, net die een?

Jy kan hierdie man vertrou. Ek wil hê jy moet my vertrou. Maar 'n wit man vertrou nie sommer maklik 'n swart man nie. Oukei, sê hy toe hy sien hoe Frankie se lyf skrik, hy't die man seergemaak. Oukei, sê hy toe, saggies. Hy leun vorentoe en raak vinnig aan Frankie se arm soos hy daar op sy hurke sit en moeg word van so sit, ook 'n witmensding. Jy skiet hom net bokant sy voorbeen, net hierso, tussen die nek en die skouer, Athule plaas sy hand met sy sigaret, al klaar tot op 'n stompie gerook, op die linkerkant van sy bors. Ek is reg, sê hy dan. Ek het 'n silencer gemaak vir die geweer, ek gaan nou vir jou wys. Hy staan op en loop sy huis binne.

Frankie staan ook op, steek nog 'n sigaret aan en kyk bietjie rond hoe Athule sy klein jaart omhein het. Die los kalkklippies oral is amper nogal mooi in die maanlig. Die grond hierso is hard en die sinkplaat ook maar, Athule het seker die plate iewers geskaai en hier met 'n hamer aan mekaar kom slaan om sy huis te maak. Al om die jaart staan die pale daar, bloues en wittes. Anderkant, soos naby die see, die suising van karre op die R335 wat kom en gaan, aankom en uitdoof. Dis die plek waar Athule vir homself huis kom opsit het. Frankie blaas uit.

Terwyl Athule aangeloop kom met die silencer-ding in sy hande, dink hy: Waar was hy hom saans? Onder sy arms en onder sy balle, waarso?

Athule wys hom hoe't hy die silencer van rubber en lap en plastiekpyp gemaak, daai dik soort pyp wat jy partymaal op boupersele sien. Ek sal hom styf laat sit, dis mos 'n Winchester, nè? Ek weet wat die manne gebruik as hulle uitgaan om te jag. Kyk hierso, en hy laat Frankie na sy handewerk kyk.

Ons sal in daardie bakkie van jou ry tot op 'n plek naby die grensdraad, maar nie te naby nie, anders sal hulle ons sien, sê hy nou verder vir Frankie.

Wie?

Die nagpatrollie. Die veldwagters met hulle honde. Partymaal is daar twee honde, partymaal sommer drie. Daar's een met 'n seer voet, het ek laas gehoor. Dan parkeer ons op daardie plek wat ek ken.

Wat van my bakkie wat sommer so daar gelos word?

Frankie, dis die eerste keer die aand wat hy sy naam sê, jou bakkie is gefok. Wie dink jy gaan daai bakkie wil vat? As jy steel, kies jy mos die beste. Hy lag weer.

My bakkie is te gefok, sê Frankie. Te gefok. Hy lag: Arm mense is veiliger as ryk mense. Hy hou daarvan as Athule se gesig van treurig na bly verander, dit laat hom gerus voel.

Oukei, luister, my vriend. Van daar af loop ons al met die paadjie langs, ek ken hom. Teen môremiddag sal ek 'n boodskap aan my kontak stuur sodat hy my nuwe nommer kry. Voordat ons begin loop, sal ons 'n boodskap op hierdie selfoon kry, hierso, hy vat-vat aan die Kingpin-foon. Dit sal die koördinate van die renoster wees.

Op daardie oomblik het Frankie meer hoop as ooit tevore. Man, jy't jou huiswerk gedoen, sê hy. Hy hoor skielik 'n seemeeu, twee. Vlieg hulle dan so ver? vra hy vir Athule.

Dis nie so ver nie. Hulle kom soek oorskiet hierso. Athule praat weer verder oor hulle mission. Daar is 'n gat in die grensdraad, ek ken hom. As hulle hom miskien reggemaak het, het ons die draadcutter. Ons maak 'n gat net groot genoeg vir ons twee om deur te kruip. Ons is nie dik nie. Hy beduie na Frankie vir nog 'n sigaret. Sy Black Label is ook amper op. O, hy geniet hierdie drank, hy kan nie sê hoe baie nie.

Hoe maak ons as ons teiken te ver is, te diep in die park? Partymaal, en meer dikwels, verkies hy om te praat van hulle teiken eerder as om te sê: renoster.

Dis waar my voorvaders se seëning ons gaan help, sê Athule. Jy kan ook maar bid. Ons is nie op ons eie nie.

Maar Frankie is bekommerd. Ek moet loop, sê hy. My vrou gaan begin wonder waar ek is. Maar hy weet sy sal nie.

Nee, my vriend, hang aan, bly nog so 'n bietjie, sê Athule. Hy het opgemerk dat Frankie nie vir 'n oomblik kan stilsit nie. Vat my stoel, sit hierso, en hy staan op. Die man moet aangemoedig word, hy het dit nodig, nog meer as hy. Nou sê hy vir hom: Dit gaan nie te ver vir ons wees in daardie park in nie, jy sal sien. My kontak weet wat om vir my te gee, hy weet waar daardie renoster loop. Daar is nie rede om te twyfel nie.

Frankie hou Athule fyn dop terwyl hy al hierdie goed sê. Hy wens hy ken die man so goed soos hy sy vrou ken, met haar gitswart korente-oë, sodat hy hom beter kan verstaan. Hy kan nie. En dit beteken nou nie dat hy hom wantrou nie. Voordat hy gaan sit in Athule se opgefokte wit plastiekstoel, loop hy na regs langs die sinkhuis, maak sy gulp oop in die maanlig, hy kan omtrent elke klippie en splinter glaskak sien op die grond voor hom.

Staan daar teen my lemoenboom, sê Athule wat aanstap na die hekkie, ook van paletplanke gemaak. Hy maak oop vir sy twee vriende, twee oulike honde met die sterte wat sonder ophou waai. Hy't 'n paar KFC-bene vir hulle gebêre.

Wat wil jy van die lewe hê, Athule? vra Frankie toe hy weer gaan sit. Die twee honde hier by sy skoene met hulle neuse, snuffel op en af teen sy kuite, ruik natuurlik vir Trompie.

Niks, sê Athule dan. Ek sal graag 'n kar wil koop. 'n Bakkie vir my ouma. Verder, niks. Ek het lankal opgehou om vir enigiets te wens. Dis dom om so te lewe.

Maar wil jy nie jou lewe so bietjie verbeter nie? Frankie is versigtig hoe hy die goed sê. Hy sal nou byvoorbeeld nie van sy sinkhuis as 'n shack praat nie.

Ek wil niks hê nie, sê hy. Jerr, Frankie, skielik dringend terwyl hy die allerlaaste sluk bier uit daardie bottel vat, daar is iets om ons te help. Ek kan dit môre vir ons kry, maar jy sal 'n bietjie geld vir my moet gee, my vriend.

Wat is dit?

Nyaope. Maar ons kan eerder tik vat, dis veiliger. Ons kan dit vat om wakker te loop, ons oë wawyd oop die hele nag. Dis wat ons nodig het.

Frankie staan op, skud 'n sigaret los uit die pakkie, hulle het omtrent alles tussen hulle twee opgerook. Hy steek aan in die bak van sy hand. Dis 'n groen aansteker, kleur van 'n sprinkaan. Ek weet nie wat tik is nie, ek bedoel, ek het al daarvan gehoor natuurlik, ek het alles daaroor gaan oplees, want ek weet julle manne gaan uit en dan vat julle die goed, maar ek het nog nooit self daarvan gevat nie.

Athule kyk na die man wat daar voor hom staan. Na sy bene, hoe sterk en dik hulle is van plaaswerk in die son – moet dít wees, en van jare se vleis eet en ander goeie kos – klein wit haartjies bokant die sokkies wat hy dra en dan sy twee knieë, wit en vierkantig, nie soos sy eie rondes nie, en dan nog haartjies amper tot bo waar sy kortbroek begin, daar hou hulle op groei. Athule weet hy sal nooit sulke bene hê nie. En hy het ook nie kortbroeke nie, dis nie sy styl nie.

Frankie, dis nie net vir tsotsi's nie, ek weet wat jy dink. Dié slag is dit om ons deur die nag te help, om wakker te bly.

Jis, sê Frankie, sy regterhand met die sigaret bewe so dat hy hom moet wegsteek vir Athule. Hy gee op, hulle het nie 'n kat se kans nie.

Vyf-en-sestig rand, dis al wat ons kort. Ek kan jou nou sê. Hy't daardie bewende hand raakgesien. Frankie loop weg van Athule en sy huis tot naby die heining. Honde op sy hakke. Hy is skoon lighoofdig. En tog weet hy wat om te doen. In en uit haal hy asem. Die naglug is vol rook van oop vure, hy dag hy ruik ook strandbosse, en mensekak. Haal net asem. Hy vroetel in sy sak na geld. Dra altyd 'n paar note of so los in sy broeksak, nie in sy beursie nie, vir die dag as hy gemug word. Toe hy weer by Athule kom, nog steeds gehurk, gee hy hom die geld wat hy het.

Ek sê baie dankie, sê Athule op sy beste Afrikaans – hy probeer. Hy staan op, hy kan sien Frankie maak gereed om te ry. Toe – hy verras homself – loop hy na Frankie en slaan sy arms om die man, die note nog net so in sy hand. Frankie ril skoon in sy omhelsing, maar hy's ook nie heeltemal seker wat dit is nie.

Athule merk dat Frankie se bakkie dadelik vat. Hy bly nog lank daar op die rand van die R335 staan, hou die rooi agterlig dop, daar is veronderstel om twee aan 'n normale kar te wees. Die honde snuffel om hom, hoop steeds op 'n ietsie. Athule vryf die note in sy broeksak – dis vir die tik. Die nag is nóg koud, nóg warm op sy vel, en hy kan nie sê dat hy gelukkig of hartseer is nie – dis die beste wat hy in 'n lang ruk gevoel het. Toe draai hy om, huis toe.

*

Moenie bang wees nie, jongens, sê Teddy Roosevelt en rol sy yl hangsnor tussen duim en wysvinger.

Een wit en een swart jongman sien ek, nou ja, dit kan ook werk. Tye het verander. Niks om te vrees nie, my seuns, gaan in, die renoster is die onnoselste dier op aarde, sê hy, en herhaal die ding oor die onnoselheid, rol nog altyd sy hangsnor, skoon vergeet dat niemand hom meer kan sien nie.

*

Die fotograaf met die woeste blondekop gaan die park binne vir 'n fotosessie. Toe hy en sy bestuurder na 'n ruk op 'n swartrenoster afkom, beskou die fotograaf dit geensins as 'n hoërisikosituasie nie. Ons is gelukkig, dink hy. Maar die swartrenoster het hulle reeds geruik, hy's bewus van die beweging daar voor, die gereedmaak om te storm. Die bestuurder gooi die Land Rover in trurat, jaag agteruit. Hulle gaan dit maak. Die fotograaf sal waarskynlik die foto van die aanstormende renoster verkoop, die dier met drie voete van die grond af, die renosterlyf wat oorhel na regs – die foto is uit fokus, dis pure beweging.

Hulle is terug by die rondawel en die fotograaf hou maar aan praat oor die gedrag van hierdie diere, hulle nuuskierigheid en hulle verskerpte gehoorsintuig. Dit is die uitstaande eienskappe van die Dicoris bicornis, en terwyl die man met die blondekop en die haselneut oë uitwei oor sy eie verhouding met die swartrenoster, plaas hy die beeld van hierdie groot soogdier in die 21ste eeu. Hy herstel die naam van die swartrenoster in ere, indien 'n mens in staat is om so iets te doen vir 'n dier van dié statuur: Hulle reputasie loop hulle vooruit, en met rede, ek is absoluut gek oor hulle aggressiewe geaardheid.

*

Vlak drie is die kingpin: Hy is ver verwyderd van die aksie en sit rustig en wag op die lewering van die horing; vlak een is die armsalige sot wat sy lewe waag om 'n renoster te gaan doodskiet en die horing te lewer aan vlak twee, die een wat die hardeware organiseer en wat die koördinate van die renoster aan die stroper gaan verskaf, al dan nie.

Inligting oor vlak vier is skraps. Dis die voordeligste vir almal. Vanaf die oomblik dat die horing gelewer word aan vlak drie, die kingpin, is dit vlak vier se taak om dit in Hongkong te kry. Daar word die finale transaksie beklink. Vlak vier moet bewys dat die horing wat hy lewer wild is. In dié geval word top-dollar betaal. Vlak vyf sal nou 'n skyf of wat van die horing verkoop, dit hang af van aanvraag, daar is die TCM-praktisyns, juweliers en skatryk mense wat die horing op 'n good luck-feesmaal saam met vriende deel. Vir so 'n maaltyd word die horing in 'n spesiale vyselbakkie fyngestamp en op sagte rysnoedels met vars boonspruite, ekstrasterk rissie en heldergroen sojabone gesprinkel.

Die inligting is saamgestel uit flarde hoorsê en artikels, soos die video wat aan my verskaf is deur 'n joernalis van *Die Laevelder*. In die video sit 'n vlakvier-man met sy rug na die kamera in 'n donker vertrek. Ek mag net een maal na die video kyk. Die joernalis verseker my dat die man met sy rug na die kamera 'n Chinese diplomaat is, ag man, ek kan my kop op 'n blok sit, sê hy. Swart pak, sommer gewoon wat, ek kan sien die materiaal het 'n skynsel bygekry. Hy het aangedring op 'n fooi vir die onderhoud en dat sy anonimiteit gerespekteer word. Geen probleem daarmee nie. Die man kom in en gaan sit met sy rug na die onderhoudvoerder, en na afloop van die onderhoud moes hy 'n halfuur grasietyd kry om die vertrek te verlaat en weg te ry, om veiligheidsredes. Die joernalis sê die onderhoud het in 'n hotelkamer in Mbombela plaasgevind, dit kon die Protea of die Southern Sun wees, die besonderhede is met opset weggelaat.

Die onderhoud draai om 'n enkele sin soos uitgespreek deur die Chinese diplomaat aan die begin, en dan weer aan die einde. Sy

Engels is nie te vrot nie, en as hy wel die smokkelartikel by name noem, en dis nie dikwels nie, verwys hy daarna as "renosterneus". Ons maandelikse salaristjek is hier by die $1 000, dis omtrent R4 000 per week. Water, elektrisiteit, wi-fi, petrol vir die kar – Volksrepubliek van China betaal slegs vir die huis. In stede van uitgaan na restaurante, bly ons tuis en vreet rys.

Na die tyd het ek gewonder of hy regtig die woord *pateties* gebruik het – nietemin, die salaris is die grondmotief, niks verder hoef verklaar te word nie. Hy onderhou sy gesin in Hongkong, sy ouers maak waarskynlik ook deel uit van die groter gesin, en sy salaris is pateties.

Daar is 'n Chinese diplomaat wat in Menlopark, Pretoria, woon. 'n Stewige baksteenhuis met drie slaap- en twee badkamers, 'n respektabele, middelklashuis. 'n Ses voet hoë baksteenmuur omring die huis en tuin, die baksteen verskil van dié waarvan die huis gebou is, 'n aanduiding dat dit later bygevoeg is toe huisbraak algemeen begin word het in die voorstede. Geëlektrifiseerde lemmetjiesdraad is uitgerol bo-op die muur en besoekers word binnegelaat deur 'n sekuriteitshek, en slegs nadat hulle goedgekeur is op die CCTV-stelsel. Die interieur van die huis is sprekend van die diplomaat se benarde situasie, aan sy bure slegs bekend as meneer H.

Slegs een slaapkamer is gemeubileer, en net met 'n driekwartbed, 'n sytafel en leunstoel. Die Volksrepubliek van China beskou hulle diplomaat as enkellopend, en niks verder word dus benodig nie. In die sitkamer is daar 'n tweesitplek-rusbank, 'n smal koffietafel en 'n platskermtelevisie, en dis al. Al die ander vertrekke in die huis, die eetkamer inkluis, is kaal, en die kombuis is toegerus met 'n ryskoker en eet- en messegoed, maar slegs vir een persoon.

Op 'n Saterdagoggend as hy nie by die ambassade besig is nie, dwaal meneer H deur die huis en kom in die tweede slaapkamer, dit sou ideaal wees vir sy kinders, en gaan staan en kyk uit op die tuin met 'n grasperk wat hy veronderstel is om te sny, 'n bedding met strelitzias – blomme wat mens ook in Hongkong te siene kry – en 'n boom wat hulle doringboom noem, inheems hier in Pretoria, en ook 'n jakaranda wat binnekort gaan begin blom, pragtig mooi. Terwyl hy daar staan en tee drink wat hy uit 'n termosfles geskink het, sien hy 'n voël of voëls in die bome en op die grasperk, as mens dit so kan noem – hy gee regtig nie om nie. Die hadeda het hy begin ken, en die kwêvoël met presies daardie roep, kwê, en dus kan 'n mens aanneem dat meneer H nie onverskillig teenoor die natuur staan nie.

'n Tafelcomputer, 'n verouderde model, is by sy huis afgelewer deur die man wat vir instandhouding by die ambassade verantwoordelik is. Meneer H kon die man op die klein skerm in die kombuis identifiseer en het hom toe binnegelaat. Meneer H het hom gevra om die computer op die vloer in sy slaapkamer te plaas.

Die man se naam was Abrie en hy het vir meneer H gevra of hy nuut is hier in Pretoria, en of hy uitsien na die koms van die res van sy meubels. Meneer H maak toe 'n bekentenis; 'n oomblik van medemenslikheid waar 'n bekende maar onderdukte behoefte skielik met 'n vreemdeling gedeel word.

Chinese diplomate, groot job maar patetiese salaris, sê meneer H, sonder om te besef dat hy iets meedeel wat privaat behoort te bly. Dis maar net $1 000 per maand; dis niks, absoluut niks vir my, ek sit hier by die huis en eet rys.

Abrie het liewer niks daarop gesê nie, aangesien hy en sy vrou en twee kinders in 'n woonstel in Sunnyside ingehok is, en hy sal helemaal oorstelp wees om 'n $1 000 per week te oes – hy wis nie dat hy verkeerd gehoor het nie.

Voordat hy Abrie binnegelaat het, het meneer H seker gemaak dat die garagedeur dig toegemaak en gesluit is, ook die deur wat vanaf die kombuis na die garage lei. Net ingeval.

In die garage onder sterielwit neon, sy tweedehandse Toyota is altyd in die oprit geparkeer, staan daar nog 'n tafel, 'n raps groter as die een in sy slaapkamer. 'n Staalklamp is vasgeskroef aan die tafel – dit het hom ekstra gekos daardie maand – en verder is daar sy gereedskap, 'n topklas staalhandsaag vervaardig in Duitsland, en 'n tweede, kleiner handsaag.

By ontvangs verwyder meneer H die renosterneus – renosterneuse as hy gelukkig is – uit die swart plastieksak. Hy klem die middelseksie van die horing in die staalklamp vas. Die hek en al die deure is uiteraard agter slot en grendel, die huis in donkerte gehul. Meneer H saag die horing in skywe van wisselende grootte, partymaal, maar ook nie altyd nie, ontvang hy 'n brief vanaf Hongkong wat die afmetings van die skyf stipuleer. Hy let daarop om alle velreste of bloedkors, selfs verrottende vleis, aan die horing te laat. Die Hongkong-kliënt verkies yě wèi, sonder uitsondering, dis die wilde smaak, en dis mode. Verder haal swartrenoster 'n hoër prys as witrenoster. Enige skaafsels, vaalbruin stof, niks meer nie, skraap hy netjies bymekaar in 'n Ziploc-sakkie. Daar is altyd kans om die stof te verkoop en 'n ekstratjie te maak, bo en behalwe sy Hongkong-transaksie.

Die shopping-lys vanaf Hongkong word per e-pos aan hom gestuur. Die boodskap sit daar heel bo in sy inboks, gestuur na sy privaat e-posadres, dit mag nooit met die adres van die ambassade verwar word nie. Die boodskap kom van vlak vyf, die agent in Hongkong. Dié slag het vlak vyf 'n boodskap by sy e-pos aangeheg, een wat direk van die TCM-praktisyn kom: My kliënt bly in die Mid-Level-area; sy is welgesteld en reeds baie oud. Sy het die fase van stuiptrekkings bereik. Gedurende die nag verstrengel sy haarself in haar beddegoed totdat sy heeltemal vasgewikkel is. Haar kondisie vererger die seun se angstigheid, hy moet haar gaan omrol en losmaak, elke oggend. Hy hou haar hand vas, wit soos 'n droë been. Die seun het 'n ergernis geword, hy bel my elke dag: Ek het die renosterhoring nodig, my ma kan enige dag sterf. Ek sal betaal, verstaan jy?

Die boodskap van die kliënt aan die TCM-praktisyn is aangeheg om die dringendheid van die saak te beklemtoon. Dringendheid is standaard by hierdie shopping-lyste: Almal is desperaat en wil 'n stukkie hê. Dié slag is dit duidelik dat die renosterneus nie net vir versiering is nie (die horing word gepoleer as penning om teen die vel van die nek te hang, met die gelukkige ontvanger se naam daarop gekerf, of dit word 'n gesogte geskenk aan 'n hoë amptenaar om sy guns te wen vir so en so 'n saak), dit is spesifiek vir medisinale doeleindes. Dié slag is anders, en dit moet wilde swartrenoster wees, dit móét.

Meneer H lees die e-pos, antwoord daarop en vee dit dan uit, ook uit sy delete-boks. As hy 'n respons skryf, maak hy seker dat alle vorige korrespondensie uitgevee is voordat hy sy boodskap wegstuur. Hy is in alle opsigte 'n versigtige soort mens en probeer die onvoorsiene voorsien voordat dit hom skade kan aandoen.

Meneer H plaas sy bestelling by die kingpin, 'n man wat hy by die Brumameer-winkelkompleks in Johannesburg ontmoet het. Die kingpin kom van die ooskus en hy verseker hom alles is veilig en onder beheer. Meneer H is ongemaklik in die geselskap van die kingpin, wat baie groter is as hy, en so kru en kragdadig dat dit hom afstoot. Hy kan aan niks verder dink om aan die man te sê nie, behalwe dat hy daarop staatmaak om die bestelling te ontvang. Daar is g'n enkele rede om die proses wat volg met die kingpin te deel nie: Hy sal die horing in sy garage verwerk en die skywe in sy klere en baadjiesakke wegsteek en by sy sokkies inprop, en die kledingstukke deur sy hele koffer versprei.

Dit kan nou nie meer te lank wees nie; meneer H wag op die aflewering van sy bestelling. Hy is angstig daaroor, want hy het reeds sy vlug vanaf Johannesburg na Hongkong bespreek. Indien sy koffer oopgemaak en deursoek word, het hy 'n kontak by Oliver Tambo-lughawe. Die geld wat deurgestuur is vir juis dié saak het reeds by die regte persoon aangekom. Die twee ander kere toe hy die bestelling na Hongkong moes deurvat, het dinge vlot verloop. Alhoewel meneer H al gehoor het van die sogenaamde vlakke, die agent in Hongkong is vlak vyf en hy is veronderstel om vlak vier te wees, vermy hy die terme aangesien dit hom net ontsenu.

Daar is 'n laaste ding oor meneer H: Hy het verneem daar is renosters in die Pretoria-dieretuin. Hulle behoort nie tot die swart soort nie. Meneer H hou die voëls uit sy slaapkamer dop en hy kan hulle roepe van mekaar onderskei, kwê en kwê en ha-de-da en so aan – hy kan inderdaad beskou word as 'n mens met waardering vir die natuur. Hy het dit al oorweeg om na die diere in die Pretoria-dieretuin te gaan kyk. Ten einde sy wens te vervul, het hy vir die sekretaresse by die ambassade gevra of dit moontlik is om 'n spesiale gratis kaartjie vir 'n amptenaar soos hy te bekom. Niks het van sy versoek gekom nie, en hy moes haar weer daaraan herinner. Hy wag nog steeds.

*

Die artikel oor die gebruik van renosterhoring deur praktisyns van tradisionele Chinese medisyne word gepubliseer in *Animal conservation science*, vol. 2.1, 2019. Daar is 'n mate van bevrediging vir die skrywers – 'n akademiese mylpaal is bereik – maar dis nie die geval met Roslyn Lung nie. Op die ou einde is die opsomming en keuse van sleutelwoorde vir die artikel almal deur Leigh-Ann Biggs geskryf.

Opsomming
Die artikel ondersoek die medisinale gebruik van renosterhoring deur TCM-praktisyns in Hongkong. *Materia Medica* is die hoeksteen vir alle geneeshere, en hulle verwerp sonder meer enige bevraagtekening van die bestanddele en formules in daardie gesaghebbende werk. Die praktisyns hou by renosterhoring as middel om 'n hoë koors te beveg. Die gebruik van renosterhoring beteken nie die verwerping van die wetenskap nie, maar is deel van voortgaande navorsing. Voorts toon die meeste van die praktisyns onkunde oor die chemiese samestelling van

renosterhoring. Die horing word in 'n afsonderlike
afdeling gekategoriseer, en as sodanig dus apart van
die lewende dier, en dis onmoontlik om praktisyns
bewus te maak van die bedreiging wat horingstropery
vir die soogdiere inhou. Die voortgesette gebruik
van Xī Jiǎo stook die aanvraag, en dit spreek van die
inskiklikheid van die TCM-praktisyn om die geloof van
kliënte uit te buit.

Sleutelwoorde
Materia Medica, Oosterse aanvraag, renosterhoring,
wen bing, wettiging van renosterhandel.

Hulle werk is afgehandel, en die twee Hongkong-navorsers kom nie weer ter sprake nie. Sover dit die artikel betref, gaan dit op niks uitloop nie: hoogstens opname in 'n digitale biblioteek; of, as hulle dit gelukkig tref, sal dit nageslaan word deur 'n handjie vol akademici, almal ingehok in daardie benouende, begrensde sfeer. Dis hoogs onwaarskynlik dat die artikel enige uitwerking gaan hê op die aktiwiteite en oortuigings van die onderskeie spelers in die rhino game. Soos my ma sal sê: Dit beteken boggerôl.

*

My ma bel weer. My vertrekdatum nader en sy bel meer gereeld. As ek eers weg is, sal eensaamheid nadersluip, meer tasbaar as tevore, in haar sitkamer, op haar bed, terwyl haar hand die volume op die radio verstel.

Dis elfuur in die oggend en die timbre van haar stem is yl, maar klokhelder. Die petrolprys is weer op, jy moet sorg dat jy voor middernag volmaak. En: Die dam hier in die aftreeoord kort water anders gaan die vis almal vrek. Sy het dit oor dié klas goed, dis heimwee na die dae op die Oos-Kaapse plaas toe die prys van petrol en reënval saak gemaak het. Sy kan oor daaglikse nuus praat, oor feitelikhede, maar meestal wil sy die kom en gaan van haar vreugdes en haar droefenisse met my deel. As God sy tuin binnegaan, gaan hy nie die mooiste blomme uitsoek en pluk nie? So verwys sy na haar gestorwe en sterwende vriende. *Eensaamheid* is nie 'n woord wat sy sal gebruik nie.

Uit die bloute vra ek: Mamma, wat dra Ma vandag? My ma is een vir aantrek, en mense weet dit. Selfs gedurende die plaasdae en nog voor ontbyt sou sy buitentoe gaan in 'n kanariegeel broekpak met blou-en-geel kristaloorbelle en bypassende halssnoer om jakobregoppe te gaan pluk met haar snoeiskêr.

Jong, verskoon my, sê sy, ek is nog in my pajamas. Ag, wat maak dit tog deesdae saak? Ek sit nie my voet by die deur uit in hierdie wind nie. Nee wat, dit maak glad nie meer saak nie, sê sy weer.

Eenkeer, net toe ek by die toilet verbyloop, die deur staan so effentjies oop, kry ek iets te siene van my tannie Willemien, my ma se ouer suster, net besig om van die sitplek op te staan, en toe sy haar rok laat sak, ruik ek haar. Estée Lauder is dit nie, maar beslis ook nie die snuf van 'n dagoue, ongewaste liggaam nie. Dis doodeenvoudig die reuk van tannie Willemien, die reuk wat ook myne sou gewees het indien ek haar kind was, trouens, sy het my soms "my kind" genoem, en ek was so lief vir haar daaroor. Ek hou die iPhone teen my oor – waar was ek toe, in Hazyview, of miskien terug van die bewaringsgebied? – en dink: My ma se reuk terwyl sy haar kamerjas vasknoop, dieppruim met hemelsblou blomme, daar is niemand meer oor in daardie huis om my ma te ruik nie. Sý is, maar 'n mens ruik mos nie eintlik jouself nie.

In daardie drieslaapkamerhuis bly net sy oor, die spaarkamer waar ek gewoonlik slaap, en die tweede spaarkamer met enkelbed staan net so, leweloos; daardie kamers loop sy soms binne, dikwels, en staar na die netjies opgemaakte beddens, buk af om 'n bleekpienk papierdop van 'n bougainvilleablom op te tel, seker ingewaai deur 'n skreef, maar verder is dit maar net sy in haar drieslaapkamerhuis met die TV, en net haar verouderde selfoon om mee te gesels, en nie 'n voet by die deur uit daardie dag of die dag vantevore nie.

Ons sê totsiens nog voordat ek haar kan vertel waaroor ek nou skryf. Ek swiep na die argief op my selfoon, tik op 'n foto van my ma daar waar sy op haar rusbank sit, omring deur goeters wat haar dag help volmaak. Ek zoem in, oog op detail, en sien vir die eerste keer die bars in die muur agter haar, vanaf die skakelaar tot by die kroonlys; 'n ruk nadat haar huis voltooi is, het ek tot my verbasing ontdek dat die lys van polistireen gemaak is. Ek laat die bars toe om my te ontstel, om my te herinner aan die soort mens wat my ma geword het, elke oggend op – net sy daar in die huis, hoe dan anders? – drink haar kalsium- en bloeddrukpille, haar twee baaltjies Weet-Bix met Long-life daar voor die TV, die gholf reeds aan, of die paar treë buitentoe om 'n pienk roosknop van die westewind te spaar, en terug TV toe – man, daardie Ierse outjie met sy birdies – haar stem tenger, daar is tog niemand om die intonasie aan te hoor nie: 'n Oproep word gemaak, 'n oproep ontvang, voor haar en agtertoe strek die dag tot by haar lewenslange rol van versorger vir haar kinders en man en haar dierbare diere, die boerboele, Kaptein Een en Kaptein Twee en so aan, al haar gemmerkatte en Ridja, haar kastaiingmerrie, uitgeknip vir haar styl van dressage, en die bondels hanslammers, die hansies met hulle blinknat, swart neuse opgelig vir die tietiebottel. As dit nie daarvoor was nie, daardie lewe van haar wat sy met so 'n belangstellende gees en begeestering aangedurf het, sou sy lankal weggekwyn het. Want dit het sy ook met my gedeel gedurende een van haar oproepe: Daardie goue jare op die plaas wat vir 'n wyle opgemaak het vir die verlange, vir dit wat haar lewe kon geword het, maar nou besef sy dat daardie selfde goue jare nie voldoende was om haar lewe te vervul nie, om haar die lewensmoed te bied vir dié, die einde van haar lewe, volslae alleen, terwyl sy die Ierse gholfspeler met sy groen trui en roomkleur gholfhandskoene dophou nie.

Teen sononder word die lug rooi en die wind kom op, altyd die nare ou wind, alhoewel hy darem nou van rigting verander het. Slaaptyd teen halfnege met die radio op RSG, die radio langs haar Bybel, die Bybel langs haar boks tissues.

Het ek jou gesê, my seun – haar vaarwelwoorde op die selfoon – as ek in die nag op my bed lê, kan ek die volmaan oor die baai sien opkom.

*

Dink jy hierdie wit mannetjie kan deliver, blaf Kingpin na Topsy Peters toe. Sy't nog 'n dubbelbrandy en Coke vir hom geskink en nou steek hy wragtig sy vinger daarin, lek daaraan asof hy besig is om iets anders af te lek, sies.

Ek sê, laat ons hom 'n kans gee, hoekom nie? Ek kan mos sien hy is vasberade. Onthou bietjie, hy't 35K gevra. Dis mos nie almal wat sulke goed sal waag nie. Ons het almal 'n kans nodig, dan nie? sê sy sidekick saggies, amper onhoorbaar.

Ek het net twee dae ná volmaan oor, dan moet die horing hier wees. My vlug is bespreek, nè?

Als is reg. Jy is bespreek vir Port Elizabeth na Johannesburg op 16 September, middagvlug. Partymaal kan Topsy nie help om, hierdie man, nee, sy sal dit maar eerder nie sê nie. Kyk, as dit nie vir die outoppie is nie, het sy op die damn sypaadjie gesit met haar useless graadsertifikaat en al.

Lek hy wragtig weer aan sy brandyvinger. Toe: Hy lyk na 'n swakkeling vir my. Ek hou nie van swak as ek dit sien nie.

Topsy kyk weg. Frankie is oukei, gee hom net 'n kans. Wie't ons miskien anders oor?

Kingpin se arms en bene lyk te allemintig vir sy stoel, en daar is boonop muskiete in die vertrek. Hy ontstel hom oor die deel van die missie waaroor hy nie beheer het nie. As die diplomaat met daai hande witter as wat jy nog ooit in jou lewe gesien het eers die goed van hom oorgeneem het – selfs al is die transit op Oliver Tambo veronderstel om gereël te wees, en selfs al was daai deel van die missie voorheen suksesvol – is sy beheer oor die transport van die horing finish en klaar. Hy skuif sy agterstewe heen-en-weer op die stoel.

Fokkit, sê hy. Topsy kyk op. Daai wit mannetjie kan nottefok wildehoring vir my lewer. Hy's net 'n kind. Ek het dit in sy oë gesien.

*

Noordekant toe, die misdorp. Hier het die dag reeds vlekke ingebrand, vaalgras en kaneel, kakie en hars. Binnekort sal Decima se storm verbykom, hulle pad loop so, en hulle sal verdere bruine tot die hope renostermis byvoeg, en so word klein bergies en valleie opnuut gemaak of platgeskraap.

Die renosters kruie stadigaan terug van die koppies waar hulle gewei en gepluk het en nog voordat hulle die misdorp bereik, trap hulle reeds stadiger om die boeket van reuke in te neem. By die plek van bolle en halfbolle is dit die bul, wys soos net 'n jong bul kan wees, wat eerste binnestap en sy kop laat sak om die nuutste boodskap op te snuiwe. Skraap-skraap met die agterbene, kraak die gras-en-takkie-bolle oop en laat dan sy eie boodskap. Dis 'n boodskap van huis toe kom, van liefde vir die misdorp, gelaat vir koei en kalfie wat verbykom: Dis die ding dié, en dis ons s'n.

Stap hy weer aan, kop opgelig, weg van die misdorp wat lank uitstrek, weg van die stomende bolle wat hy vir die ander gelos het, op sy spoor volg hulle en dink: Nou wat het die meneertjie, fris kêrel, hoor, vandag vir ons gelaat? Wat hom betref, hy's op pad na die spekboom-boskaas om bietjie te gaan skeeflê, sy voetsole aromaties van als wat die misdorp kon voorsit.

Hy stop by 'n doringboom en spuit teen die papierbas, naaldstrale teen 'n kliphoop verder aan en kyk terug na die misdorp: Die klomp het gearriveer. Rykbruin, gebrand en taan, skakerings van al daardie bolle, op- en oopgeskraap tot berg en vallei, geurige boodskappe vir hulle neuse.

Sy sal nie gaan skraap nie, die jong moeder; die misdorp is net om op te snuiwe. Sy stap een maal versigtig deur en verkas, welwetende dat dit 'n tuiskoms was, en so sal dit altyd wees, en waag dit darem om 'n missproei te laat voordat sy heeltemal wegstap.

Hier kom die jonger bulletjie nou, gelok deur die stomerigheid, snuiwe aan soetvars en ou bolle, versigtig om slegs die oostelike rand te besoek vir 'n slotsnuifie, dan laat hy ook sy bol: O, die dag gaan kom vir hom, nie vandag nie, maar miskien oor 'n jaar of so; en hy skraap met die regter- en linkervoet soos hy die aksie waargeneem het, soos hy maar te goed weet, en waarom sou hy nie, en dan loop hy aan. Ook hy het tuisgekom, dit weet hy vir seker. Hy het sy bol beskeie aan die sykant van die misdorp gelaat, netjies nietemin, en hy's trots daarop. Dit is syne. Hy draf na sy bulletjiebroer en maakstorm, horing laag, 'n ligte, los spel van kurwe teen kurwe. Draai dan sy kop en kyk terug na die misdorp waar grootbul se klanke nog luier, vars bolle, boodskappe vir rondlopers.

Die misdorp van renosterbolle lê daar so stil, al wat stoom is lank reeds opgedroog deur die son oor die Groot Visrivier-park. Bouwerk aan die ou, ou dorp het reeds by die aankoms van die eerste swartrenoster begin. 'n By, 'n sprinkaan, nee wat, nie veel vir haar daarso nie, dan stap een of twee of selfs drie miskruiers met glansende rugskilde die suidekant van die misdorp binne. Daar lê werk voor. 'n Bries jaag skielik nader en 'n takkie bewe op die kruin van een van die misbolle. Ragfyn doringboomblaartjies wolk dwarsoor die dorp, een of twee fladder na onder, die res dryf weg.

Dis aand. Die misdorp is soet en ousout van reuke. Skielik 'n serp vliegies, net-net sigbaar behalwe die slag toe hulle dik pak oor die bolle. Ewe skielik styg 'n swerm swart Afrika-swawels vanaf die oostelike rivierwal ook op en duik en dompel op die vlieë af, val die misdorp binne vir bekkevol skemerhappies. Kom hulle, vlie hulle weg, hoog en ver van daardie dorp, swart gevlerk swenk hulle ooswaarts.

Die misbergies gooi donker, roesbruin skaduwees terwyl die nag nader. 'n Laaste miskruier rol sy bol weg, rondgevorm, beter kan jy nie. Die misdorp sug.

*

Hulle sal ingaan. Trek nou kop uit en jy's fokkol. Vannag gaan hulle in. Frankie, my maat, waddefok is jy besig om aan te vang? Hy hou homself vas vir sy oggendpis. Opgekrimp soos 'n wurm. 'n Vrees het so diep binne hom kom sit dat hy dit self nie kan sien nie.

Net toe hy gulp toemaak, bel hy vir Athule: Ek kom drieuur. Niks, g'n boodskap terug nie. Athule se lugtyd is of op of hy is net wat hy is. Hulle mag nog nie die ander selfone gebruik nie.

Frankie smeer appelkooskonfyt en grondboontjiebotter op snye witbrood. Maak twee ekstra toebroodjies. Daar's 'n kort, dun biltong oor. Hy haal die termos met die Skotslap-omhulsel uit – het nog aan sy ma behoort.

En dit? vra sy, en wys na die twee ekstra toebroodjies.
Ek gaan nou-nou uit, sê hy. Ek doen dit vir ons.
Wat is dit?
Al wat ek kan sê, is dat ek dit vir ons doen, dat dit beter met ons kan gaan. Dis al. Hy gee nie meer om wat sy van hom dink nie. As hy vanaand ingaan, dan is dit hoe dit is. Op daardie oomblik gaan hy dapper wees, en niks, nie eens haar swart korente-oë, gaan aan sy moed knaag nie.

Om eenuur namiddag, heeltemal te vroeg, want dis maar net 'n raps meer as 'n uur na Motherwell, verlaat hy die huis om die koffer te gaan haal. In skemerlig sluit hy die koffer oop en gaan die hardeware deur, daar lê almal op 'n ry: die jaggeweer, die byl en die saag. Een, twee, drie, en dan het hy 'n panga ook bygesit. Die lang koffer word agter die sitplek gebêre. Hy vryf sy hande. Ja-nee wat. Nogal gehou van die knape soos hulle daar lê en wag het in die koffer.

Toe hy terugkom by die huis om sy rugsak met die toebroodjies en die termos met koffie en hope suiker te gaan haal, staan sy daar en wag.

Jy kan nie eens skiet nie, sê sy.

Hy kyk op, verras, maar ook nie; sy weet alles. Sit sy keps op en swaai die rugsak oor sy skouer, krap vinnig die kommervou tussen Trompie se ore.

Jy moet nou totsiens sê vir my, sê Frankie. Sy beweeg weg van die kosyn waarteen sy geleun het. Toe sy naby genoeg is, slaan hy sy arms om haar dun toeknooptruitjie, maar sy sorg dat sy wydom vat, om hom en die rugsak sodat nóg haar hande nóg die binnekant van haar arms aan hom raak. Hy ruik aan haar nek, dan loop hy.

Niks wolke, miskien gaan dit lekker sonnig wees. Hy swaai af op die R335 en hy kan aan die vooroorgeboë koppe van die voetgangers sien daar is kwaai wind. Toe hy aftrek, kom Athule uit sy huis. Eerste ding wat hy sien, is die man se oë; hy staar so, kyk na hom en ook nie. Frankie weet genoeg om te kan raai hy't van die goed in. Daar is geen ander manier om hieroor te dink nie: Athule is gereed.

Die koffer, beduie Frankie, los daarso of bring ek hom in? Hy kyk op en af by die R335 so ver as hy kan sien, en al om die eenhede van NU 29. Dinge lyk veilig.

Bring, sê Athule.

Hy loop agter Athule die huis binne. Plaas die lang koffer op die bed en gaan sit op die punt. Kyk die plek deur sonder om dit te ooglopend te maak. Met die vingers van sy regterhand tel hy die komberse op Athule se bed, een, twee, drie, vier. Op 'n boks langs sy bed is 'n notaboek en 'n pen en 'n glaspyp soos 'n sampioen met 'n lang steel, die bol van die pyp is toegewasem. Dis vir daai goed, hy's nie stupit nie.

Het jy bier gebring? vra Athule.

Nee, niks.

Hulle gaan die plan stap vir stap deur. Hulle sal net voor donker vertrek en 'n geskikte plek soek om die bakkie te los, so naby as moontlik aan die teiken, waar ook al dit gaan wees. Athule glo die koördinate gaan deurkom op sy selfoon. So is dit gereël, dan nie?

Toe hulle aan niks verder kan dink nie, steek Athule die wire cutter in Frankie se rugsak, maak die koffer oop en pas die tuisgemaakte silencer om die loop van die .458. In die lig wat deur die venster val, merk Frankie die klammigheid aan Athule se hande.

Athule, sê hy, hou uit jou hand.

Athule steek sy hand uit: Steady, my vriend. Jy dink ek is nie reg om te skiet nie? Jy kan my vertrou, my vriend. Jy moet, dink so daaroor. En jouself ook. Hy wys na die glaspyp op die boks langs sy bed: Ons gaan onsself prime. Maar eers 'n bier.

Toe, onwillig, ry Frankie na die naaste bottelstoor vir twee bottels Black Label. Hy besef dat Athule nou in beheer is van die missie. Die wind snerp deur die skreef venster wat nie mooi kan toemaak nie en laat sy oë traan, hy's befok bang. Voor sy oë wag daai glaspyp van Athule op die boks langs sy bed, die binnekant toegefok met wasem.

Terwyl hy so ry, tem hy sy vrees deur weg te dink aan 'n video wat hy al baie maal gekyk het, elke keer as hy 'n draai maak by tannie Marie. Die video gaan oor 'n ysbreker, die Tavastland, wat met sy magtige romp sy pad oopbreek deur skerwe ys in die Noordpoolsee. Die Tavastland nader 'n ysbank en vaar stadiger, tot die minimum seemyl per uur, Frankie weet nie hoe stadig nie, maar dis kwaai stadig, en tog ook nie heeltemal nie. Die oomblik wanneer die Tavastland die rand van die ysbank raak, staan die plaasvervangerloods met sy rugsak en spesiale vaskloustewels daar en wag, gereed. En dan breek die oomblik aan wanneer die leer vasgeheg aan die kant van die ysbreker reg oorkant die klein menslike figuurtjie kom. Sy maat help hom om 'n smal loopplank oor die ysbank te stoot totdat dit amper aan die kant van die ysbreker raak. Nou moet die loods die oomblik afwag, presiés, en sodra die leer reg oorkant hom kom, net 'n sekonde of twee, maar nie langer nie, moet hy sorg dat hy op die eindpunt van die ysbank is en vanaf die loopplank wegtrap en op die leer teen die kant van die boot klim.

Die dapperheid en die vaardigheid fassineer Frankie, weer en weer. Jy moet jou tyd presies afwag of jy trap die boot mis en word papgedruk, en die loods besef dit. Maar die plaasvervangerloods is 'n fokken champ; hy steek sy regterhand uit en gryp die reling en hys hom op die eerste sport van die leer; hy't letterlik net 'n breuksekonde om dit te doen, want die ysbreker het al klaar wegbeweeg van daardie plek waar hy op die ysbank gestaan en wag het. Die akkuraatheid van die loods om homself op die Tavastland te kry, daai presiese aksie, is een van die min dinge waaraan Frankie kan dink wat hom inspireer.

Teen die tyd wat hy weer by Athule aankom, het hy hom reggeruk. Die sonnetjie is bleek en die wind kou aan hom, dis nie waarop hy gehoop het nie.

Nou moet jy ontspan, sê Athule. As ons senuweeagtig gaan wees, moet dit senuwees wees wat ons mission gaan laat werk. Verstaan jy, Frankie?

Athule is doenig met die glaspyp en hy't musiek op die ander selfoon, die Kingpin-ene. As hy al sy lugtyd gaan opgebruik, is hulle gefok. Frankie sê niks nie. Athule plaas die aansteker reg onder die bol van die pyp en die goed binne-in begin so 'n knettergeluid maak. Toe hou hy die opening met sy vinger toe en bring die pyp tot teen Frankie se mond.

Blaas al jou asem uit, en dan trek jy in. Hou in jou mond so lank as wat jy kan. Frankie gehoorsaam. Hy hou die rook in sy mond so lank dit moontlik is vir hom, en dis lank. Athule is bly hieroor. Hy maak sulke danspassies in sy klein huisie, dromme en shakers op sy selfoon.

Wag nou vir daai note van die klavier om in te sny, Athule gryp die foon en draai die volume heeltemal op.

Watse musiek is dit? vra Frankie.

Daar's hy nou, hoor hoe gly die elektriese klavier in. Dis die JazziDisciples.

Nog nooit van hulle gehoor nie.

Ja, dis nie vir wit mense nie. Hierdie tipe noem ons Amapiano. Jy sal dit nie ken nie.

Frankie skakel sy eie selfoon aan, tel die koffer op. Hulle is gereed om in te gaan. Nes Frankie wil wegtrek, wes op die R335, sit Athule sy hand op sy arm. Hy spring uit en loop na sy klein lemoenboom daarso. Ek moet sê, die man lyk vrolik, dink Frankie. Hy haal sy kussing en kussingsloop van een van die takke af waar hy hulle opgehang het om uit te droog.

Hy spring weer langs Frankie in: Sweet wat uit my kop kom, heelnag deur, sê hy en lag. Nou is ek reg, en jy?

Frankie klem die stuurwiel vas en knik.

Draai regs hier, sê Athule toe hulle al 'n hele ent op pad is, miskien 'n halfuur, maar dit voel na niks vir Frankie, na 'n minuut. Toe hulle by 'n wildevy kom, gee Athule opdrag om te parkeer. Van daar af gaan hulle tot by die grensdraad loop. Hy merk Athule kyk op sy selfoon, maar durf nie vra of die boodskap met die koördinate al deurgekom het nie.

Frankie is verbaas oor al die gemors wat daar rondlê, in die skemerte lyk die grond rooi en omgedolwe, asof iemand iets daar kom soek het. Daar is 'n aalwyn en nog gemors, ou blikke en groen plastiek en kak. Hy het gemeen tekens van menslike lewe so naby aan die grensdraad sal begin uitdun, maar nee. Die ding wat hom die meeste verbaas, is hoe helder hy alles kan sien. Oukei, die volmaan is besig om op te kom, maar jis, nooit soos nou nie.

*

O, klein wesie, lig asseblief jou kop op, vat hierso, sê die vrou wat die bottel met poeiermelk teen die gepunte lip van die renosterkalfie hou. Slurp-slurp, sy krap al langs die weeskalf se neus. My boytjie, moenie ons nou los nie, fluister sy. Daar is genoeg mense in hierdie wêreld, vat dan maar eerder my lewe.

*

Athule knip 'n gat in die draad, naby die grond en net groot genoeg. Asityebanga thina, hy kyk op na Frankie, klop op sy plat maag en glimlag. Hulle gaan dink dis 'n jakkals. Hy's omtrent vrolik, die man.

Doek? Frankie hou die doek vir hom om sy hande mee af te vee. Athule beïndruk hom tot sover. Hulle gebruik oranje baaltou om die doek om hulle skoene vas te bind. Hy kan selfs die klein haartjies op die agterkant van Athule se hande uitmaak. Hulle is in. Dis nie meer nodig om te praat nie.

Hulle loop vir 'n uur of miskien net 'n paar minute. Voel meer soos minute. Hy herken spekboom, die kruis-en-dwars-takke en spekblare, hy kan hulle tel. Die doeke begin hulle hinder en na 'n ruk roep Athule halt, hulle moet ontslae raak van die goed. Weer ervaar hy hoe skerp en duidelik alles is, hy kan elkeen van sy voetstappe agter Athule aan tel sonder om eens daarop te konsentreer, hy kan sy hele lewe sien. Die maan is op en vol, die klompe bos is besig om digter te raak. Dinge loop mooi, Frankie hou van homself, hy hou van die missie waarop hulle is.

Voor hulle, 30 of 40 meter ver en naby genoeg, gewaar hy die grootmoeder. Hulle het hulle teiken bereik. Hy dag hy hoor haar kou, toe hou dit op. Maanlig val oor haar rug, dis die grootste ding wat hy nog ooit in sy lewe gesien het. Daar's die stert, swiep heen-en-weer. Die dier is op haar hoede, g'n twyfel daaroor nie. Die kop op dieselfde vlak as die lyf en daar: Die horing. Die horings. Athule beduie vir hom om terug te val, trug!, en hy gehoorsaam. Maar in plaas daarvan om te bly staan, sak hy af en toe sy knieë grond raak, knars 'n droë blaar of 'n klippie, godweetwat. Die kop ruk op, die blik reguit op hulle twee, die oë onsigbaar vir Frankie – daar is net 'n duisternis, die duisternis van daardie blik. As dit nie 'n teken is nie, praat hy met homself.

*

Wat is dit met hierdie man? Athule bak sy hand, beduie vir Frankie om op te staan. Kom, staan op. Ons is veilig, fok. Hy staan stokstil in die veld, slegs die bries vee teen sy bors – hy het die windrigting getoets, reg so, wat die fok, hierdie ander een het nie eens geweet jy moet dit doen nie. Hy haak die geweer los van sy skouer sonder 'n enkele geluid, maanlig glip langs die loop af.

Athule sien alles voor hom en alles agter hom, soos in 'n klein handspieël. Wat ook al nou gaan gebeur, gaan die regte ding wees. Hy staar na die dier daar reg voor hom: Makwehle okwehlayo. Laat kom wat moet kom. Hy maak g'n enkele beweging nie, ook die dier is doodstil. Albei van hulle lewe, dis een ding wat hy vir seker weet voordat hy dit wat in sy hart is, laat los.

En so breek Athule uit die niksheid wat hom met so 'n krag beheer. Hy lewe. Hierdie oomblik sal miskien nooit weer kom nie, ook dit weet hy. Hy staan soos 'n boom, die sole van sy nerfaf All Stars op die grond. Sy taaiheid, sy dye en boude al die pad tot by sy skouers hou hom staande, al is dit dan net vir hierdie paar oomblikke. Dié slag kan hy in homself glo, in sy ouma wat hier saam met hom is, hy vat aan die hondetand wat sy vir hom gegee het: Dis nou sy tyd. Die windjie van die Groot Visrivier laaf hom, sy visie is skerp: Mik vir die plek net bokant die linkervoorbeen, dan gaan die koeël reguit hart toe. Ja. Andibuyi mna. Daar's nie meer omdraai nie.

Een, twee sekondes bly oor voordat hy die sneller trek, en tog gun hy hom nog tyd. Die bos en gras en die doringboom ruik hy soos hulle snags afgee, elkeen anders, soos 'n dier sper hy sy neusgate oop en gun homself daardie saligheid. Die land en die bos behoort ook aan hom, nes dit aan die umkhombe daar voor hom behoort, en die naglug, ja, selfs dit kan deur al twee van hulle ingeasem word in hierdie nag, al is dit dan net nou. Na dié plek moes hy kom om soos die dier daar voor hom te word. Hulle is mekaar se gelyke, albei verlig deur die maan. Want dis die maan wat die dier so skerp laat uitstaan, nie as teiken om gedood te word nie, maar as 'n lewende wese wat eet en kak en staan en slaap, en, as sy wakker is, een wat wéét. En volmaan beteken dat sy op aandag is. Paraat.

Die dier bly roerloos soos sy daar staan met haar voue en plooie, en Athule gee mensereuk af ten spyte van die windrigting. Hy keer om selfs die kleinste beweging te maak sodat hy homself nie verklap nie, maar dit maak nie saak nie, hy is dáár, oop en bloot soos die loop van die lyne in sy handpalm; sy het sy teiken geword, en hy hare.

Dan kom daar 'n verskuiwing: Dit is soos hy dit wil hê. Hy moet hom losmaak van hierdie dier en aangaan met sy lewe. Hy moet gereed maak om te doen wat hy gekom het om te doen, maak nie saak wat die uitkoms is nie, maak nie saak hoe min, niks, hy omgee oor die uitkoms nie.

Dis tyd. Hy weet dat die dier van hom bewus is, dat sy op die geringste geluid kan storm. Draai net so bietjie, asseblief, wys jou voorkwart, nou, asseblief, en hy rig die .458 en hou sy asem op, adem in, en weer fluister hy: Makwehle okwehlayo. Dié slag is die binnekant van sy mond vol spoeg: Laat dit wat moet kom, kom.

*

Dis dit, die stank aan hulle, die twee daar reg voor haar. Daardie walgreuk wat haar teruggooi, ver, ver terug, na die goor van lies en onderarm.

Sy is reg vir hulle. Die massief van vlees, 'n oerenergie wat lank voor hulle en hulle gewere bestaan het. Haar lyf bult aan beide kante van haar kop, stert regop, verskriklik nou ook haar horings, 'n wese wat oor al die sintuie en massa beskik om haar en haar kind te beskerm.

Decima storm.

'n Skoot skeur die naglug van die Groot Visrivier-park. Wie ook al dit gehoor het, weet dit is puur terreur.

*

Dis reeds laat, om en by tienuur. Ziyanda Nelson weet hoe laat dit is sonder om eens na haar horlosie te kyk, maar dis nie laat genoeg vir die volmaannag om verby te wees nie, dis wat saak maak. Haar oë gly vanaf die boek wat sy lees na die swart-en-wit skerm, die beeld wat vanaf die nagkamera versend word.
Sy tuur na die trillende beeld, 'n mot fladder verby, toe 'n klein veldvlermuis. Sy tel haar glas wyn op, mors op haar frokkie toe sy drink.

O, my God, nee. Net nie sy nie. Ziyanda leun tot teenaan die skerm. Die wit mot vlie weer verby, moontlik 'n ander een. Die nagskerm bewe swart-en-wit, niks verder verskyn nie.

Asseblief, God, ek het dit nie gesien nie. Met haar regterduim druk sy die PTT-knoppie op haar tweerigtingradio: Nagpatrollie, kom in, kom in. Stilte. Kom net in. Asseblief. Nagpatrollie, asseblief, kom in. 'n Beeld soos 'n lap vee oor die skerm, daarna niks meer nie.

Ziyanda hol uit haar parkhuis in boksers en frokkie, die tweerigtingradio op ontvangs, krapperig. God, skree sy teen die hemele, slaan haar arms om haarself. Asseblief, kom tog net in.

Sy hardloop weer terug, kontroleer die tyd op die skerm en skryf dit noukeurig neer: 22.10.02. Sy omklem haarself, gestil, besef meteens dat dit haar lot was om juis dit te doen, sonder om te val, sonder om te faal: Sy moes die presiese oomblik van die dood aanteken.

*

My ma het geskreeu in die laaste oomblikke van haar lewe.

Vreeslik geskree, ek behoort dit nie vir jou te sê nie, sê Lodewijk oor die telefoon. Maar laat ek jou nou sê, 'n mens kon die geskree tot oor die pad hoor.

Hy was my ma se naaste mansvriend, ook haar buurman, 'n man met die naam van Lodewijk. Ou Lotie, het Ma hom genoem. Is dit dan nou nie verkleinerend nie? Nee, sê sy, nooit – hy's altyd aan my sy. Niemand kan my kar bestuur soos hy nie. Mooi hande ook. As ek net bietjie jonger was.

Daardie aand het haar lig nie aangegaan nie. Lodewijk stap oor, klop aan die deur, tik teen die sitkamervenster. Niks. Hy hardloop terug en gaan haal die sleutel van my ma se huis, bel nagpersoneel by die hoofgebou. Hy kom haar slaapkamer binne waar die lig nie brand nie, my ma lê lankuit op die tapyt langs haar bed, op haar regtersy. Haar hand reik na die paniekknoppie wat aan haar bedstyl hang. Sy skree – dis verskriklik, maar Lodewijk ken haar goed genoeg om te weet dat dit my ma is wat beheer wil neem, of liewer vir oulaas in beheer van haar lewe wil wees soos sy altyd was, en nou skreeu sy gedurende daardie laaste oomblikke omdat daar niks anders is wat sy kan doen nie.

Op die tapyt merk hy die Magnum wat besig is om van die spaantjie af te smelt, roomys dam oor die silwerskoon tapyt. Die personeel daag op in hulle wit-en-donkerrooi uniforms met al die toerusting wat nodig is om kliënte van Paradys-aftreeoord by te staan, kliënte soos my ma wat nou 'n pasiënt geword het.

Deur die bank gaaf, sê Lodewijk, ek wil nie hê jy moet anders oor hulle dink nie. Hy verseker my: Hulle hande het sagkens met haar gewerk, hulle is geweldig bekwaam, dit het ek sommer gou gesien, sê hy. Ek staan daar en kyk na jou ma, nog steeds op haar regtersy. Sy het nie beweeg nie, dis hoe ek geweet het dit was 'n beroerte. 'n Gemors oral, maar ek moenie dié goed vir jou vertel nie. Die ambulans kom daar aan, die blou lig draai en draai tot in jou ma se huis in. Wat het ek nog om te vertel? Ek kon haar nie meer help nie, ek het altyd, áltyd. Ek is so lief vir jou ma. Wás so lief vir haar. Die verpleegsters was doenig met haar. Hulle het haar verdoof, uitgedra. Ek het so daar in haar slaapkamer bly staan, die gemors op die tapyt. O, sy sou dit verpes het. Altyd so trots, jou moeder.

Selfs terwyl ek hierdie toneel uitskryf, die woorde kies wat Lodewijk Otto nie veronderstel is om te gebruik nie om my die ontsteltenis vir die res van my lewe te spaar, selfs terwyl ek die toneel herkonstrueer, weet ek dis 'n manier om saam met haar tot op die laaste te wees. Ook haar klein radio, afgeswiep van haar bedkassie, dié lê daar in die gemors, maar aai, ek moenie dié goed vir jou sê nie, het Lodewijk gesê. Selfs terwyl ek die goed skryf, weet ek dat ek vir ewig berou gaan hê omdat ek nie gedurende daardie laaste oomblikke by haar was nie.

My moeder het haar slaapkamer verlaat; sy word op 'n draagbaar uit haar huis gedra. Lodewijk hang nog 'n minuut of wat rond, langer kan hy nie, en loop dan ook uit.

Die lewe, so alomteenwoordig in daardie slaapkamer tot en met haar dood, is nou weg. Dit gaan nie oor die liggaamsvloeistowwe of die roomys op die tapyt nie, dit gaan om die geluide wat uit daardie klein radio se luidspreker kom, die country-musiek wat oor 'n laatnagprogram tydens 'n nag in die middel van September speel. Dit gaan om die geruis van 'n pajama-arm teen die laken terwyl my ma haar hand uitsteek, ag nee mense tog, watse gemors speel hulle nou weer? Dit gaan ook om die duifie wat skuif-trap op die balk net buitekant haar slaapkamer. Het ek jou ooit vertel, het sy eenkeer gesê, ou dokter Biccard het vir Oupa gesê die enigste ding wat my longe gaan regmaak, is vars lug. En toe het ek en my pa elke nag op 'n klapperhaarmatras op daardie breë ou stoep van Kareefontein geslaap. My ma se stem is weg, haar stories, die tongval wat ek so goed geken het. Dit gaan om my ma wat diep in die nag in haar slaapkamer wakker word, iets mompel – wat weet ek nie – water uit haar glas opslurp, op haar linkersy draai, dan terug op haar regtersy in haar satynpajamas. Daarso. Sy slaap. In daardie slaapkamer met my ma nog aanwesig, is 'n ritseling, 'n fluistering, nog moontlik.

Maar nou is sy weg – Lodewijk het die verekombers oor die bed getrek toe hy loop, hy wou dit nie so kaal los nie – en daar bly g'n enkele geluid meer oor nie. Lodewijk het gesluit en is terug na sy eie huis. Hy het vir my alles vertel wat hy kon, alles wat hy gereken het ek behoort te weet.

Want aan dít moet ek vashou. My ma se stem sal nog 'n wyle in my binneoor opklink, maar hoe ek ook al gaan probeer om daardie stem aan die lewe te hou, ek sál begin vergeet: Het ek jou gesê, my seun, het ek jou gesê as ek snags op my bed lê en uitkyk, kan ek die maan sien opkom oor die baai? Het ek?

*

Ek ontvang 'n rekening van Paradys-aftreeoord. Oorgedra: R660,60. Teken en betaal.

Die lys items is as volg:

ADM17	Senior personeel uitroep	84,00
AM8	Bloedglukose	45,00
1780001	Suurstofmasker	31,62
1780001	Suurstof	350,00
1780001	Hydrofilm 10×12.5	22,98
1780001	Adminstel, volwasse	60,33
1780001	Jelco Blou	33,64
1780001	Dekstrose 200 ml	32,49
1780001	Webcols wattepleister	32,49
0000400	Afronding van bedrag	0,04

Ontvang in goeie orde: Teken ... Datum ...

Die suurstofmasker is die tweedegoedkoopste item. Die suurstof is die duurste. Die senior personeel in wit-en-donkerrooi met hulle sagte raakvathande sou my ma opgelig het waar sy op haar regtersy op die tapyt gelê het en die rek om haar kop geglip het. Die masker op haar gesig het gemaak dat sy skreeu. Sy het alle inperkinge gehaat, alles wat lelik was het sy vermy.

Jelco Blou is 'n kateter, vind ek uit. Hoe het die senior personeel haar die bloedglukose ingegee? Daar word geen verdowingsmiddel vermeld nie. Asseblief, kan jy haar asseblief namens my 'n drukkie gee?

Man, sê Lodewijk, jy verstaan nie. Sy het haar bewussyn verloor in daardie laaste oomblikke. Toe hulle haar uitdra, was sy kalm. Maar ek kan jou maar sê, ek het geweet sy sal nie weer terugkom nie.

Ek moet eenvoudig vertrou dat die senior personeel hulle bes gedoen het. Die laaste oomblikke van my moeder se lewe was nie tevergeefs nie: Hulle het haar lewe probeer red. En toe sy eers haar bewussyn verloor het, het hulle haar so gemaklik as moontlik gemaak.

Ook op die rekening, heel onder regs: "Bedrag sonder belasting" en afslag @ 0.00% = 0.00. Ek teken en betaal. Dis die hartseerste rekening wat ek nog ooit ontvang het. Daar is egter 'n leuen: ontvang in goeie orde. Hoe durf hulle dit sê? En waarna verwys hulle nou eintlik? Dis nie reg teenoor my nie.

So skryf ek oor my ma ten einde die laaste oomblikke van haar lewe te probeer herkonstrueer. Ek skryf die storie in my notaboek neer, in potlood, sodat ek nog woorde en sintaksis kan verander om die verslag so na as moontlik aan die waarheid te hou. Terwyl ek skryf, is dit my ma se stem wat my in die rede val: O, hulle hande staan vir niks verkeerd nie. Sy praat natuurlik van die senior personeel, baie van hulle het sy persoonlik geken.

My ma se stem maak inbreuk op my storie in my notaboek, die potlood huiwer: Dit is ook 'n poging om my eie lewe saam te stel soos dit voorheen en steeds, áltyd, deur daardie stem onderbreek is. En dit is wat ek nou moet begryp: Dié keer moet ek die storie uitskryf soos ék dit wil hê – behalwe dat ek nooit die kans gaan hê om haar te vertel hoe dit is nie.

Maar waaroor het sy dan so geskreeu? het ek oor en oor vir Lodewijk gevra. Was dit die datum van my pa se verjaarsdag? Sy het met my daaroor verskil. Ek wou elke detail uit hom tap sodat ek nog 'n woord of sin kon uitvee om 'n foutlose weergawe van my moeder se laaste oomblikke weer te gee.

Nee, glad nie, het Lodewijk gesê. Waarom sou sy nou oor jou Pa se verjaardag aangaan? Lodewijk het desperaat geklink: Jy verstaan nog nie, lyk my. Jou moeder is dood.

En selfs terwyl ek die woorde skryf, wag ek vir my ma se stem om my 'n laaste keer te onderbreek, wag ek op haar Oos-Kaapse segswyses en hoe sy sydelings van een onderwerp na die volgende kon beweeg – wie onder haar liewe vriende in Paradys-aftreeoord het haar gesnap? – maar daar kom niks meer nie.

*

Tot op 3 000 meter styg hy, teen sy kaal nek 'n soutbries vanaf die Indiese Oseaan, vlerke gestrek in v-vorm, swewe hy speelsglad. Skalpie kan werklik sê g'n niks skort vanoggend nie. Daai ou dassie, dikkerd wat hy was, het net 'n raps te lank op sy klip sit en bak.

Wes-noordwes voer die warm stroom vir Skalpie. Hy gaan bietjie gesels met mevrou Noster, het haar geselskap nodig. Liefvader, die lospraatjies onder die gebroedsel put hom soms so uit, hy kan skaars 'n brons oog oophou.

Wat's daai? Hy daal, en toe hy twee kilometer of wat daarbo hang, val hy nog 'n bietjie. 'n Flits wit doer onder. Dit is nie iets uit die veld nie, sien hy sommer dadelik. 'n Stukkie ding verloor deur 'n mens, inderhaas iewers op pad, altyd mos aan't jaag.

'n Vlerk kurf om links te swenk en effe te daal – so behaaglik, so in die wolke – nog laer daal hy totdat hittegolwe vanaf die grond aan die bleekroom ondervlerk veeg. Wat ís dit? O, 'n apie het die wit ding raakgesien, geluksalig is hy, dis immers blouapie-kos daardie. Sit hy daar, boude op die warmgebakte grond, smullend aan 'n toebroodjie, net so. Nogal oulik die manier waarop hulle 'n happie met hande, nie kloue nie, kan hanteer. Nou ja, almal is ten minste met een ding geseën. Nog nooit blouapie geproe nie, snaaks, nè?

Styg en sweef, o salige blou wêreld, nog verder wes hou

Skalpie, totdat klompe spekboom in sig kom. Hy't 'n splinternuwe brokkie nuus wat hy graag met mevrou Noster wil deel. Sy moet darem besef dis nie net hulle, die ou grys storm, wat konstant bedreig word nie, en ja, hy hou volmaantyd as 'n primêre gevaar in gedagte. Maar dink 'n bietjie aan ons ook, mevrou Noster, wat van ons kransaasvoëls?

En dan is daar nog 'n ding of twee wat hy verneem het. Aasvoëlkop en -harsings, skoon en smetloos, dis wat jagters deesdae in die oog het. Eet bietjie dié, dis mos hoe hulle is, dit gaan jou versiende maak, sommer tot anderkant die westerkim.

Kan hulle seker nie kwalik neem nie.

En nou, wat is dit tog dáárdie? Skalpie daal, val sommer pylreg na onder: Dis, nee, dit kan nie wees nie. Is dit sy? Asseblief tog nie, sy is te wys, 'n grasie, 'n seëning, die Groot Visrivier-wêreld verdien alles behalwe dit.

'n Gemoffelde grom, 'n groot seer pers uit die snawel, nog laer daal hy totdat hy haar in volle sig het: Die grootmoeder, vier bene in die lug. En die gebroedsel met haaksnawels reeds besig, reeds op haar. Aaggg!

Vanaf daardie hoogte gewaar Skalpie dit wat hy reeds weet: Oor die magtige ou, ou lyf loop kalkerige skytsel soos hulle uitskeur en wegsluk. Waar die byl gekap het, het die voëls begin – dis geen maklike taak om by renostervlees uit te kom nie. Hy sien vir Batseba raak, en Idlanga, en daar's Rooinek bedwelmd deur aasvlees, en ja, die bloeddors van Rokky. Dié slag, net dié een keer, sal hy homself daarvan onthou.

Hoog steierstyg hy, weg van die smart wat die land besmet, wég, totdat 'n warm stroom hom vat, vinnig genoeg kan hy nie vlieg van die spektakel wat hy moes aanskou nie.

Skalpie daal af na 'n krans, land op 'n bekende rotsbank. Tip-tip trap hy, wanhopig, in 'n poging om sielerus te vind. Dis asof sy veredos self oes voel. 'n Yl strepie son glip oor die klipplaat, maar Skalpie skuifel ook daarvan weg totdat hy, boggelskouer, in 'n grot diep skadu skuil. Daar probeer hy om die ding deur te sien, hoop hy dat dié eensaamste van plekke vertroosting sal bring.

Aagg, aagg, die bitterste van 'n grom uiter hy. En weer. Verberg dan sy kop in die bleek vou onder sy vlerk.

*

Lismore, Australië 2019–2022

DANKIE AAN

Fourie Botha, Johann Blaauw, Duncan Blaine, Johann de Lange, Gerard Dunlop, Helene Eloff, Chris Engelbrecht, Lynda Gilfillan, Rachelle Greeff, Estiaan Houy, Rowan Nceba Koni, Puiso Kekana, Jean Meiring, Norinki Mgalagala, Welcome Mashaba, Mzuvukile Maqetuka, Melt Myburgh, Petronel Nieuwoudt, Hombakazi Mercy Nqandeka, Elize Parker, Annemie Schrauwen, Elna van der Merwe en Gerrit Visser.

ERKENNINGS

Ek wil graag die gebruik van die volgende materiaal by die skryf van hierdie boek erken:

Bate, WJ. "The sympathetic imagination in eighteenth century criticism". Bate, Walter Jackson. *ELH*, 12 (2), 1945, ble. 144–64

Burt, J. John Berger's "'Why look at animals?': A close reading". *Worldviews: Environment, culture, religion*, 9(2), 2005, ble. 203–18

Berger, J. "Why look at animals?" *About looking*. Pantheon, 1980, ble. 1–28

Cheung, H, et al. "Medicinal use and legalized trade of rhinoceros horn from the perspective of Traditional Chinese Medicine practitioners in Hong Kong". *Tropical conservation science*, vol. 11, 2018. ble. 1–8

Clarke, TH. *The Rhinoceros from Dürer to Stubbs 1515–1799*. Sotheby's Publications, Londen, 1986, bl. 219

Coetzee, JM. *The lives of animals*. Princeton University Press, 1999

Conrad, J. *Heart of darkness*. Signet Classics, 1997

De Waal, F. *Mama's last hug*. WW Norton & Co., 2019

Flaubert, G. *The legend of St John the Hospitaller*. Dodo Press, 2008

Hunter, JA. *White hunter: The adventures and experiences of a big game hunter in Africa*. Seeley, Service & Co., 1938

Hochschild, A. *King Leopold's ghost*. Pan Books, 2012

Enright, K. *Rhinoceros*. Reaktion Books, 2008

Joubert, E en Eloff, FC. "Notes on the ecology and behaviour of the black rhinoceros *Diceros bicornis* Linn. 1758 in South West Africa." *Madoqua*, vol. 1 (3), 1971, ble. 5–53

Kraus, B. "The loss of natural soundscapes". *Earth Island journal*, vol. 17 (1), 2002, ble. 27–9

Laburn, HP en Mitchell, D. "Extracts of rhinoceros horn

are not antipyretic in rabbits". *Journal of basic and clinical physiology and pharmacology*, vol. 8 (1–2), 1997, ble. 1–12

Leader-Williams, N, et al. "Trophy hunting of black rhino *Diceros bicornis*: Proposals to ensure its future sustainability". *Journal of international wildlife law and policy*, 24 Februarie 2007, ble. 1–11

Jin Yang, H en Zhu, L. *Introduction to Chinese Materia Medica*. World Century Publishing Press, 2013

Lunde, D. "Teddy Roosevelt's epic (but strangely altruistic) hunt for a white rhino". *Smithsonianmag.com*, 12 April 2016

MacKenzie, JM. *The empire of nature*. Manchester University Press, 2017

Miller, IJ. *The nature of the beasts: Empire and exhibition at the Tokyo Imperial Zoo*. University of California Press, Project MUSE, 2013

Milliken, T, et al. *The South Africa –Viet Nam rhino horn trade nexus*. Traffic, 2012

Nieuwoudt, P. Hoof uitvoerende beampte van Care for Wild, persoonlike onderhoud, Oktober, 2018

Orwell, G. *Shooting an elephant and other essays*. Penguin Classics, 2009

Percival, AB. *A game ranger's notebook*. Nisbet & Co., 1924

Rookmaaker, K en Pierre-Olivier, A. "New maps representing the historical and recent distribution of the African species of rhinoceros: *Diceros bicornis, Ceratotherium simum* and *Ceratotherium cottoni*". *Pachyderm* 52(52), Januarie 2013, ble. 81–96

Roosevelt, T. *African game trails: An account of the African wanderings of an American hunter–naturalist*. Charles Scribner's Sons, 1910

Scott, S. Direkteur, STROOP: *Journey into the rhino horn war*, dokumentêr, 2018

Scully, WC. *Between sun and sand: A tale of an African desert*. Project Gutenberg, 2011

Silverman, DL. "Art nouveau, art of darkness: African lineages of Belgian modernism, part I". *West 86th: A journal of decorative arts, design history, and material culture,* vol. 18 (2), 2011, ble. 139–181

Silverman, DL. "'Modernité sans frontières': Culture, politics, and the boundaries of the avant-garde in King Leopold's Belgium, 1885–1910". *American imago,* vol. 68 (4), 2011, ble. 707–97

Stanard, MG. "King Leopold's bust: A story of monuments, culture, and memory in colonial Europe". *Journal of colonialism & colonial history,* vol. 12 (2), 2011

Suter, J. Instagram, 6 Mei 2021

NOTA

Die wetenskaplike tydskrif *Animal conservation science* is fiktief. Die aanhaling uit "In mijn leven" deur Slauerhoff verskyn in *Verzamelde gedichten*, uitgegee deur Nijgh & Van Ditmar in 2018.

Eben Venter is die skrywer van nege hoogaangeskrewe romans, onder meer *Ek stamel, ek sterwe*, *Begeerte* en *Horrelpoot*. Hy is reeds vyf keer met die WA Hofmeyr-prys bekroon, en het die KykNet-*Rapport*-prys vir sy boek *Wolf, wolf* ontvang. Hy is ook die skrywer van twee kortverhaalbundels en 'n versameling rubrieke. Sy boek *Green as the sky is blue* het hy as deel van 'n doktorsgraad in kreatiewe skryfkuns aan die Universiteit van Queensland voltooi, en sy werk is in Engels, Nederlands en Duits vertaal. Hy is gebore op 'n skaapplaas in die Oos-Kaap en woon tans in Australië.